OVERLORD

8

兩位領導者

OVERLORD [8] The two leaders *Kugane Maruyama*

丸山くがね 插畫●so-bin

Kugane Maruyama | illustration by so-bin

Kadokawa Fantastic Novels

目錄 Contents

第一章 安莉慌張忙亂的每一天

Story 1 | Henri's upheaval and hectic days

1

為了在天亮前就開始準備飯菜，安莉．艾默特起得很早。這是因為她不像過世的母親那樣熟練，做起飯來需要費更多工夫，而且準備的份量又大。

安莉、妮姆，以及向安莉竭誠盡忠的十九名哥布林，這樣就有二十一人。除此之外，還要再追加兩人，準備共計二十三人份的飯菜已經不能叫做忙碌，根本像在打仗。面對大量食材讓她大吃一驚，沒想到一次竟然要吃掉這麼多東西。

「畢竟將近以前的六倍嘛。」

安莉深深地吸了一口氣後吐出，接著鼓起幹勁，捲起袖子。

她默默地切菜，然後換一把菜刀切肉。腦中早已安排好了處理食材的順序。

安莉雖然不太擅長做菜，卻能在短時間內處理得這麼得心應手，可見一個人迫於環境所逼時，的確會發揮驚人的力量。

聽到安莉準備飯菜的聲音，妹妹也揉著惺忪的睡眼起床並走了過來。

「姊姊，早安——我也來幫忙。」

「早安，妮姆。這邊我來就好了，麻煩妳幫忙做我昨天拜託妳的工作。」

妹妹一瞬間露出不滿的表情，但終究沒有一句怨言。「……好——」她只是有點無精打采地回答，並乖乖聽姊姊的話。

安莉的手停了下來。

她感到一陣心痛。

十歲的妹妹原本是個活潑又任性的女孩。然而自從發生那起事件後，天真爛漫的妮姆變得很聽姊姊的話，不耍脾氣，完全不吵不鬧。她變得如此「乖巧」，反而讓安莉難過。

爸媽慈祥的笑容不時浮現在腦海中。即使已經過了好幾個月，內心留下的創傷仍未完全癒合。

如果爸媽是因為患病等原因過世，還能先做好心理準備；又或是遭逢恨不得人的意外事故或天災，或許不會這樣一直糾結在心。然而爸媽的死並不是因為這些原因，而是基於令人憎恨不已的事件。

她用力閉上眼睛。身邊有人時，她會努力避免示弱，然而，當身邊沒有人的時候，寂寞就會使心裡的舊傷復發。

「——啊。」

爸媽溫柔的容顏浮現在眼瞼內側。即使睜開眼睛，兩人的身影仍然沒有消失。溫暖的記憶接二連三地湧上心頭。

她任由心中激烈翻騰的黑暗情感——對弒親仇人的憎恨——驅使，高舉大把菜刀揮下。

重重砍下的切肉菜刀，漂亮地將肉一刀兩斷。

安莉用力過重，連「砧板」上也留下了刀痕，這讓她皺起眉頭。

（要是讓刀刃缺口，修理起來很麻煩的……對不起，媽媽。）

她為了粗魯對待菜刀一事，向母親迫不得已留下的菜刀道歉，同時替開了大洞的內心蓋上蓋子。

就在安莉用手指摸過刀刃，檢查菜刀有沒有缺口時，她旁邊的——玄關的門開啟。

走進來的是個體型不同於人類，個頭更小的——以哥布林之稱聞名的亞人。

「早安，大姊。今天換我輪班……怎麼了嗎？」

畢恭畢敬地低頭行禮的哥布林，一臉擔心地看向安莉的手邊。

雖然安莉只是一介村姑，但哥布林總是懂得分寸，表現謙恭的態度。因為她是哥布林的召喚者。

在發生那起事件後，村民們正討論著是否需要大家值班看守時，安莉忽然靈機一動，使用道具召喚出哥布林們。突然出現的一群魔物令村民們大驚失色，不過當安莉解釋，這些人是透過拯救村莊的安茲．烏爾．恭大人贈送的道具召喚出來的之後，村民們似乎都稍稍放下心來。不用說，這是因為每個村民都對安茲・烏爾・恭相當感謝與信賴。而之後，哥布林們的工作表現也足以化解村民們的疑心。

「早安，海砂利。我切肉時有點太用力……」

召喚出的其中一個哥布林海砂利顰眉蹙額，露出擔心的表情——怎麼看都像是冬眠受到打擾的食人熊臉孔——看著安莉。

「那可不行呢。請小心一點。畢竟這座村莊沒有鐵匠。連我們的裝備也不能修理呢。」

「這樣啊……」

海砂利努力發出開朗的聲音說：「哎，總會有辦法的啦。」然後就開始幫忙準備飯菜。他從帶來的甕裡取出燒剩的，正在冒煙的木材，駕輕就熟地替爐灶生火。他俐落地讓小朵火花轉變成旺盛爐火的舉止，感覺神乎其技。

（可是他們卻不會做菜……為什麼呢？）

他們哥布林就連最簡單的料理都不會做。本來以為這是因為他們敢吃生肉生菜，但他們似乎又比較喜歡烹調過的料理——不過生的也照吃就是。

（是不是被召喚出來的人都不會做菜呢。）

自己只不過是個村姑，不可能知道那麼多。安莉如此下了結論，開始專心處理自己的工作。所幸菜刀並沒有缺口。

不久，飯菜都做好了。

餐桌上的菜色比以前母親下廚時更豐盛。

首先，餐桌上有肉。的確，以前游擊兵(Ranger)偶爾也會分肉給大家，但沒有現在這麼多。肉的份量會增加，起因於村莊的活動範圍變廣了。

周圍的都武大森林賜予卡恩村村民森林的恩惠——柴薪，蔬菜水果等糧食，動物的肉與毛皮，同時也提供了各類藥草。

雖然大森林就像一座寶山，但森林裡有魔物，一不小心還有將其引來村莊的危險，因此村民以往無法輕易進入森林。頂多只有獵人等對自己的本領有信心且經驗豐富的專家，能在遠離森林賢王地盤的區域盜取寶藏罷了。然而，如今因為有了哥布林們，再加上森林賢王不在森林，使得狀況有了一百八十度的改變。

村民們現在可以讓哥布林從村莊附近入侵森林，採集寶藏。強悍的哥布林們十分能幹，因此能獵到以往難以取得的獸肉，並讓餐桌上擺滿新鮮蔬果，伙食水準大幅提昇。

而且，由於哥布林們是安莉的忠實部下，因此他們總是將抓到的獵物優先送到安莉家。

不只如此，新加入村莊的游擊兵，也對改善伙食水準有所貢獻。

原本在耶·蘭提爾當冒險者的一名女性搬進他們村莊，跟隨本來就住在村裡的游擊兵鍛鍊作為獵人的技術。這名女性冒險者原本是個戰士，因此很擅長使弓，也能射倒大型獵物。

就這樣，村莊獲得肉類的頻率更高了。

良好飲食生活帶來的變化，當然也會顯現在身體上。

安莉把手臂用力一彎，肌肉隆起。

而且相當結實。

（嗯——總覺得好像越來越有肌肉了……）

雖然哥布林們都稱讚她「大姊越來越壯了呢。」「再練出更多肌肉吧。」「腹肌一塊塊喔。」「目標是六塊肌！」「線條分明！」——應該是稱讚吧——但身為女性，心情有點……不，應該說相當複雜。

（雖然還不至於變成各位哥布林期待的健美身材……但我可不想變成肌肉女啊……）

安莉把哥布林們希望的安莉最終形態趕出腦海，開始在桌上把料理盛盤。這又是一件麻煩的工程。

雖然大家並不會因為份量多一點或少一點就吵起來，但湯裡有沒有肉可是個大問題。她一邊確認每個人的碗裡都有一樣多的料，一邊慢慢盛湯。

等到她額頭開始滴下汗水時，早餐總算是準備完畢了。

「那麼，得去叫大家（哥布林們）跟恩弗吃飯了呢。」

「是啊——」

「那我去叫！」

往身後一看，妹妹——妮姆兩眼發亮地站在那裡。

「拜託妳的事做好了嗎？」看到妹妹點頭，安莉也點點頭。「這樣啊。那就麻煩妳去叫恩弗——」

「——不！我負責去叫哥布林他們喔！」

妹妹突然大聲打斷自己，不過安莉並不反對她的提議。海砂利輕輕對妮姆點點頭，應該是在謝謝她特地跑一趟吧。

「就拜託妳嘍。那我去叫恩弗好了。」

「這樣最好！好！大姊，我也跟您一起去。」

雖然這樣就沒人看家了，但不會有什麼問題。從沒聽說村裡有人遭過小偷。

妹妹先走出家門，安莉隨後也帶著海砂利走到外頭。

帶著草原清香的微風，在晨光中吹向安莉。她深吸一口氣，讓新鮮空氣填滿肺部，海砂利也同樣跟著深呼吸。安莉不禁微笑，海砂利察覺後，也歪扭著臉露出猙獰表情。如果是以前的安莉，或許會覺得這副嘴臉很可怕，然而如今她已經習慣與哥布林共同生活，所以非常清楚他是在笑。

在風和日麗的天氣裡，安莉走到隔壁人家。

由於最近發生的悲劇，使得幾戶人家變成無人居住的空屋。而原本在耶・蘭提爾當藥師的巴雷亞雷一家，現在就住在其中一戶空屋裡。

住在這裡的有兩個人。一個是經驗老到的年老女藥師莉吉・巴雷亞雷。另一個則是她的孫子恩弗雷亞・巴雷亞雷，他與安莉感情很好。這兩人都關在家裡煎藥草或調配藥劑。

他們從不跟其他村民一起做些什麼。一般來說這種行為相當不可取，容易遭到排擠——運氣不好甚至可能被斷絕往來——但他們例外。

這是因為在小村莊裡，藥師的工作——調配藥劑以備治療病患或傷患——是不可或缺的重責大任。村民甚至懇求兩人什麼都不用做，只要專心做藥就好。

尤其像卡恩村這種沒有會使用治療魔法的神官之處，藥師就更加重要了。

順帶一提，如果是再大一點的村莊，常常會由神官兼任藥師的職務。

使用治療魔法時，神官會收取相應的報酬。更正確來說，是非收不可。但如果村民沒有能力支付酬勞，則經常會以勞動代替。而無法付出勞動力的人，神官會以藥草等藥材為他們配藥。因為以藥草做成的藥，價格比魔法治療便宜。

村裡的哥布林當中也有祭司，如果只是一點小傷口，一瞬間就能治好，但村民一致認為除非傷勢真的很嚴重，否則應該極力保存魔法力量，以防萬一。而且哥布林祭司能使用的咒文種類屈指可數，也沒有能夠治療疾病或中毒的咒文。

所以大家都很感謝巴雷亞雷家的兩人能關在家裡埋頭製藥。

雖然他們的工作如此重要，這個村莊裡卻很少有人會接近他們。

只要一靠近他們家就會知道原因。

安莉皺起了鼻子。海砂利也露出相同的表情——不過看起來更邪惡些。

這是因為他們家周圍飄蕩著刺激鼻腔的惡臭。這股若有似無的刺激性臭味，隱約給人一種對身體有害的不祥預感。雖然有些藥草在搗爛後會散發出刺鼻的惡臭，但那畢竟是青草的腥味，而不是這麼危險的臭氣。

安莉一邊用嘴呼吸，一邊敲了敲入口的門。

她敲了幾次，心想是不是沒人在家時，門的另一邊傳來某人移動的感覺與聲響。慢了一拍後聽見開鎖的聲音，門打開了。

（——嗚！）

雖然她自認應該沒叫出聲來，也沒寫在臉上，但一股難以忍受的空氣從屋內流出。

好痛。

眼睛、嘴巴跟鼻子都被強烈的刺激性臭味刺得發疼。這股惡臭讓人明白，房屋周遭的氣味不過是殘香罷了。

「早安，安莉！」

恩弗雷亞的長瀏海之間露出的眼睛雖然睜得老大，卻布滿了血絲。大概昨天又通宵進行鍊金術了。

雖然因為空氣中瀰漫著刺激性臭味，讓安莉不想開口，但不回話太沒禮貌了。

「早……早啊，恩弗。」

才短短一瞬間，安莉就感覺喉嚨乾痛不已。

「早安，大哥。」

「呃，海……海砂利也早啊……已經早上了啊。我太專心了都沒發現，像這樣看到太陽才會覺得時間過得真快……我一直在做實驗，好睏喔。」

恩弗雷亞打了個呵欠。

「你工作還真專心——」

早餐做好了，跟婆婆一起來吃吧。安莉本來想接著這麼說，但恩弗雷亞打斷了她。不，他並非有意打斷安莉的話，只是因為太興奮了，沒想到那麼多。

「我跟妳說，這真是太驚人了，安莉。」

恩弗雷亞突然逼近。他穿在身上的工作服也沾滿了刺激性臭味，安莉雖然想拉開距離，但身為朋友，她硬是忍了下來。

「怎……怎麼了，恩弗雷亞？」

「妳聽我說！我們終於成功以新的製程做出藥水(Potion)了。這可是劃時代的創舉喔！我們混合了恭大人給我們的溶液與藥草，結果做出的藥水呈現紫色。」

安莉只能回答「喔」。

她完全聽不懂哪裡驚人。紫色的藥水，是不是就像放了紫色高麗菜的水一樣呢。

「而且真的可以治療傷口！癒合速度甚至與只能用鍊金術道具製作的藥水匹敵！」

恩弗雷亞捲起袖子，露出沒有傷口的細瘦手臂。「搞不好比我還細。」安莉正在這麼想的期間，恩弗雷亞仍然講個不停。

「然後啊！」

「好好好，就先講到這裡為止吧。」海砂利迅速走上前去。「看來大哥因為睡眠不足而有點亢奮呢。就是所謂的『很high！』啦。大姊，這裡就交給我，您先回去吧。」

「可以嗎。」

「不要緊。等我往他臉上潑點水，讓他冷靜下來後再帶他過去。您太晚回去，其他人會擔心的。那老婆婆呢？」

「奶奶還在專心做研究……我想她應該不會想吃早餐。不好意思，妳都特地煮了。」

「啊，沒關係。我也在想莉吉婆婆有可能不會吃。」

因為這不是第一次了，她並不覺得訝異。

「那麼，請大姊先回去吧。」
人家都這樣說了，安莉只能照做。
「嗯。那就拜託你嘍。」
目送安莉的背影離去之餘，海砂利冷眼看向恩弗雷亞。
「您在做什麼啊。您也知道的吧，女人只有在對一個男人感興趣時，才會認真聽他談興趣啦。聽不喜歡的男人談興趣，女人只會覺得無聊喔。」
「……抱歉。因為有了驚人的發展，所以……真的很驚人喔！是劃時代的突破喔！」
恩弗雷亞還沒學乖，又講了起來，海砂利伸出手打斷他。
「唉。您這樣真的沒問題嗎，大哥。您不是很愛大姊嗎。」
恩弗雷亞不禁「嗯」地屏息，然後點了一下頭，態度很堅定。
「那您就得把大姊放在第一位啊。要把她看得比藥更重要。」
「……知道了，我盡量。」
「不能盡量啦，是一定要做到。您一定要讓大姊愛上您，我們也會全面做您後援的。不只有我們，連大姊的妹妹也答應會幫助您。希望大哥也能下定決心，拿出幹勁來。」
「嗯……」

「若是一味等對方向自己告白，大多都會被別人橫刀奪愛，然後就玩完了喔！鼓起勇氣說出口是很重要的。」

恩弗雷亞的胸口受到彷彿利刃穿心的強烈衝擊。

「哎，話雖如此，我覺得恩弗大哥也很努力了啦。以前您在大姊面前，可是連句話都說不出口呢。現在都可以正常講話了。」

「因為那時候很少有機會見到安莉嘛。只有來這個村莊拿藥草時，才能碰到她……比起以前，搬來這個村莊之後，見到面的時間長得多了。」

「對，就是這股氣魄。再來就是全力進攻了。首先，您得展現您的力量。我聽村民說，女人好像還是喜歡有力量的男人喔。雖然這麼說的人已經四十九歲了。」

「我對力氣沒自信耶。是不是該多幫忙下田比較好。」

「不，恩弗大哥可以靠這個。」海砂利敲敲自己的腦袋。

「要靠這裡決勝負。再來就是魔法，聽好嘍！只要我們覺得『現在是表現的時候』，我或是其他人就會使勁擺出這種姿勢。到時就請您展現能迷死大姊的態度或發言。」

海砂利擺出展現肱二頭肌的姿勢，大塊肌肉隨之隆起。

「就是這個啦，這個。然後如果我們覺得應該進一步表現，就會擺這個姿勢。」

接著，海砂利擺出展現胸肌的姿勢。雖然個頭矮小，卻有著戰士該有的厚實身軀。

為什麼要擺姿勢啊。心中雖然閃過這個疑問，但他們的確是一片好意，因此恩弗雷亞無法強硬表示疑問。只是有一件事，他一定要問個清楚。

「那個，你們為什麼願意幫我呢？我知道你們是安莉的忠誠部下，但我有點搞不清楚你們為什麼要幫我。」

「連這麼簡單的事也要問啊。」海砂利一副拿他沒輒的語氣，然後好像講給小孩子聽似的，用緩慢而清楚的語氣說：「我們希望大姊能獲得幸福。從這觀點來看，大哥算是及格了。所以得請兩位趕快結婚才行。」

「有必要這麼急嗎！應該是慢慢拉近兩人的距離吧。」

「……那樣就太慢了啦。人類從懷孕到生小孩，不是要花很多時間嗎。」

話題一口氣跳到懷孕這種就某種意義上是男女關係的最終形態，讓恩弗雷亞直翻白眼，臉也變得有點紅。

「這個嘛。大概不到九個月吧。」

「這樣的話，生十隻……不對，生十個人要花太多時間了。」

「十個人！有點太多了吧！」

農村家庭的平均子女人數是五人左右。如果是很難長大成人的惡劣環境，這個數字會再增加一點；若是在都市，因為生病時可以請神官治療，也有避孕藥等藥物，因此數字會稍微減少一點。

叫一名女性生十個小孩，不是有點，根本是太多了。

「您在說什麼啊，以哥布林來說很普通啊。」

「我們又不是哥布林！」

「好吧，雖然種族上有差異，總之我們希望大姊可以多生幾個，過著幸福的人生啦。」

「……雖然我不會說『小孩多並不一定幸福』……但總覺得哪裡不太對……」

「會嗎。」

看到海砂利偏著頭，恩弗雷亞什麼都不想說了。畢竟就整體來看，他們的行動對恩弗雷亞很有好處。

「那麼，大哥，我們走吧。總之希望您能趕緊找機會踏出一步。雖然一旦確保了跟家人沒兩樣的地位，就很難有進一步的發展……但還有最後一招，就是順水推舟。」

「……你們的知識都是從哪兒來的啊？」恩弗雷亞搖搖頭。「欸，奶奶，我要去安莉家吃飯，妳去不去？」

恩弗雷亞對著屋子裡問了一下，得到拒絕的回應。

大概是一直在反覆實驗吧。她說不想浪費時間吃飯。

恩弗雷亞很能體會她的心情。

放在家裡的各色鍊金術道具與器具都是高等器材，甚至有大多數器材的使用方式是他們無法理解的。這些全是侍奉大魔法吟唱者(Magic Caster)安茲・烏爾・恭的女僕搬來的，說是要兩人用這些器材開發新的藥水或鍊金術道具。甚至還送來傳說中能治百病的藥草。

雖然他們詢問對方溶液等材料以及未知器具的使用方式，但對方堅持「你們自己思考」，令他們無所適從。

所以兩人才會不眠不休地重複進行各種實驗。雖然步調緩慢，但的確有所進展。即使有時候會大幅後退——

恩弗雷亞自不用說，在莉吉的人生當中，這兩個月應該也是最充實的一段時光吧。

而努力的結果，就是桌上的紫色藥水——擺在莉吉面前的物品，也是讓恩弗雷亞興奮到忘我的成果。

「那我去吃飯嘍。」說完，恩弗雷亞就關上門，轉向海砂利。

「走吧。」

●

雖說所有人到齊，可以開飯了，但安莉的家沒大到能一次塞進這麼多人。因此天氣好的時候，他們總會在屋外吃飯。

因為是在屋外，所以就算有點吵也還能忍耐。要是在屋裡，安莉早就爆發了。話雖如此，目前這狀況還是有點太吵了。

「也就是說！安莉大姊是我老婆！」

「喂，你這混帳！我們不是說好不能追安莉大姊，你忘了協定嗎！」

「就是啊！你想偷跑，那我也要！」

「你說什麼！是我先啦！」

幾個哥布林踹開椅子站起來，還有幾個哥布林跳上了桌子。

安莉硬是壓下怒氣，溫柔地對他們說：

「大家請冷靜下來。」

然而，哥布林們眼中的火焰並未平息。

「你這是無謂的掙扎，兄弟。勝負早就分曉啦。看，這塊光輝燦爛的肉！」

其中一個名叫食寢的哥布林舉起的湯匙當中，穩穩躺著一塊乍看之下還以為是豆子的雞丁。雖然安莉盡可能地平均分配了，但那麼小一塊，沒看到或是看錯也怪不了她。

「我剛才已經吃了肉。但湯底還有這麼一塊肉。你們的盤子裡有嗎？沒有吧！換句話說這就是愛！」

「胡說八道！那只是因為大姊把肉看成蔬菜丁了！」

「或者是你的妄想吧！剛才吃的肉搞不好只是馬鈴薯什麼的，而給你的肉只有那可悲的一小塊。醒醒吧，人家是在嫌你噁心呢。說到底，吾神是這樣告訴我的：『汝要讓安莉幸福。』」

「你的神根本是惡神吧，扣那！」

有一半的哥布林都站起來，剩下的坐在椅子上起鬨，煽動站立組的戰意。順帶一提，妮姆也是煽動組之一。只有幾個例外沒加入戰局，仍面對著餐桌，恩弗雷亞就是最好的代表。

「……紅寶石粉末……魔力羽毛……白蠟樹製研磨棒……研磨缽……研……研磨？」

他一邊把湯送到嘴邊，一邊兩眼無神地唸唸有詞，所以湯才剛送進嘴裡，又流回盤裡。雖然眼睛被頭髮遮住看不見，但他的視線恐怕正在現實與幻夢之間來回。

「恩弗，你還好嗎。」

哥布林們吵成一團，若是放著不管恐怕會愈演愈烈，但恩弗雷亞的狀況十分異常，也一樣不能置之不理。他大概很久沒睡了，自從坐在椅子上後，注意力就越來越渙散，開始吃飯之後更是變得跟不死者沒兩樣，生氣與知性都消失無蹤。

「嗯……沒事……的。安莉……湯……」

「欸，恩弗。振作一點啦。」

「真要說起來，你這傢伙上次不是還說什麼『我只愛妮姆小姐！』嗎。」
「現在情況不一樣了，我後來知道了。因為妮姆小姐十歲，個頭也跟我們差不多，所以我原本以為她正值青春年華。但據說人類……要到大約十五歲才算成年人啊！」
「咦！你是說真的嗎……所以安莉大姊不是巨型人類之類的嘍。」
哥布林吵鬧不休，而且話題跳得好遠。巨型人類是什麼啊！她還來不及問，起鬨膩了的那一群，開始為毫不相干的另一件事吵得不可開交。
「啊！你偷了我的麵包！」
「我的狼在餓肚子嘛！別小氣巴拉的！」
「各位！」
安莉拉開嗓門大叫，但是被喧譁聲蓋過了。湯匙與盤子在空中飛舞，怒吼與大罵像狂風吹襲。雖說被扔來扔去的都是些空碗盤，並沒有浪費食物，但還是難以原諒。
安莉終於下定決心，倒豎柳眉，深吸一口氣。
「狼是吃肉的吧！別以為你等級比我高，肉搏戰的本領我就會輸你！」
「有意思！我就讓你想起來你昨晚吃了什麼！」
安莉猛然站起來的瞬間，他們就像一陣風似地回到原本的座位上，乖乖開始用餐。
「鬧夠了吧，請安靜下來──！」

安莉的大嗓門，在靜悄悄的餐桌上迴盪。
「啊……」
安莉愣愣地環顧周圍。所有人都一副「我們正在乖乖吃早餐，怎麼了嗎？」「您這樣突然大叫，有點吵喔」的表情望向安莉。經過短暫的寂靜後，安莉漲紅了臉，乖乖一屁股坐回椅子上。
「噗，哈哈哈！」
最先打破沉默的是妮姆。接著安莉也捧腹大笑，哥布林們也一齊笑得前仰後翻。
時機配合得實在太好了，一定是事先經過綿密的討論，說不定還練習過。把那麼真摯的努力浪費在這種無聊的惡作劇上，實在是太好笑了。
「啊──笑死我了。你們從一開始就打算整我嗎？」
安莉擦掉眼角因笑得過頭而泛出的眼淚，假裝有點生氣地問道。
「當然嘍，安莉大姊。我們才不會為了這種事吵架呢。」
「是啊，大姊。」
「就是啊，就是啊。」
哥布林們臉不紅氣不喘地說，跟平常一樣嘻皮笑臉，將安莉的追問蒙混了過去。但安莉只針對海砂利一個人，目不轉睛地盯著他看。結果海砂利有點尷尬地別開視線，小聲咕噥著找藉口。

「哎，怎麼說才好……因為安莉大姊今天早上看起來情緒有點低落。」

身旁的哥布林們也有點難為情地垂下目光，或是望向別的方向。

「各位──」

「哎，因為我們是安莉大姊的親衛隊嘛。」

「對啊。」

「沒錯，親衛隊！」

「我們還想好了親衛隊的登場姿勢喔！」

「對對，首先請大姊及妮姆小姐站中間。」

「咦！我也要嗎？」

「當然嘍。兩位就像這樣威風凜凜地舉起雙臂……像這樣！」

就算用最大級的善意解釋，這個姿勢也只像是肚皮朝天的青蛙。

「呃，不，我就不用了，而且我不太懂什麼叫親衛隊……對不對，恩弗。」

安莉轉向坐在身旁的青梅竹馬求助，但卻看不見半個人影。

她懷著某種預感緩緩往下看，只見恩弗雷亞趴在桌上，整張臉泡在湯裡。

「恩弗！」

安莉臉色慘白地抱起癱軟無力的恩弗雷亞大叫。扣那馬上跑過來，用手指掰開恩弗雷亞閉起的眼皮。

「……只是睡著了而已，讓他睡到中午應該就沒事了。」

「恩弗……真拿你沒辦法。」

安莉背起恩弗雷亞的身體，決定先讓他在家裡臥房睡一下，邁開腳步。「奇怪，一般來說應該反過來吧。」「妮姆小姐，別說了。」「恩弗雷亞大哥……」她背後傳來這些聲音。

等到麥子收割結束，稅吏就會來村裡徵稅。

安莉在考慮到時候該怎麼解釋哥布林們的存在。

該說他們只是召喚出來的魔物，或是自己的屬下，還是……

安莉心想，他們總是為安莉著想。

他們不只保護安莉的性命安全，還會關心安莉的心情。為了這些哥布林，自己能做些什麼呢？

為了吵鬧不休但十分可靠的新家人，自己究竟能——

●

安莉用乾淨的手背擦掉從脖子滑落的汗水，將拔下的雜草收集起來。她拔了一大堆，壓爛的雜草散發著青翠的芬芳。

汗水浸溼的衣服黏在因長時間下田而疲憊不堪的身體上，感覺很不舒服。

安莉為了轉換心情，挺直了背脊。

一望無際的田園映入視野。

種植的麥子前端越來越飽滿。接下來即將進入收穫季節，不久後麥子就會染成金色。放眼望去一片金黃的田園雖然讓人嘆為觀止，但在那之前必須先確實做好麻煩的拔雜草工作，不然金黃色就會變得稀稀疏疏。

所以現在就是在為此辛苦努力。

挺直背脊使得緊繃的部分得到鬆緩，僵硬的身體變得柔軟多了。清風吹拂下田工作而發燙的身體，舒暢宜人。

習習清風也為安莉帶來了其他訊息。是村莊裡的喧鬧聲。

敲擊某種物體的聲響，以及同心協力的呼喊等等，都是些以前沒聽過的聲音。

目前村莊正加緊腳步進行著各項計畫。

其中最受到重視的，就是建造圍繞村莊的圍牆，以及搭蓋瞭望台。不用說，這都是為了讓村莊進一步化為要塞。

卡恩村位於都武大森林附近。森林是魔物的住處，是魔境。若想在森林附近居住，沒有堅固的圍牆就無法安心生活。

然而，這個村莊的住家散居於平地，中央有個廣場，並沒有像樣的圍牆，因此誰都能輕易踏進村莊。至今為止並沒有問題。因為村莊離森林雖近，但魔物從未靠近村莊。

這是因為人稱森林賢王的強大魔獸地盤擴大，沒有魔物會通過這裡，就像受到銅牆鐵壁防守般安全。

結果是人類改變了這個狀況。

村莊遭受帝國騎士們襲擊，親朋好友遭到殺害，再也沒有人贊成維持現狀。

因此當哥布林指揮官壽限無指出，村莊若是再度遭受襲擊，單靠哥布林的人數不足以抵禦外敵，而提議將村莊化為要塞時，計畫立刻獲得眾人一致同意。因為大家都無法忘記至今仍夜夜折磨他們的夢魘。

首先，他們拆掉無人居住的空屋，將廢棄材料用來建造圍牆。當然這樣還是不夠，還需要到大森林裡砍伐樹木。若是進入森林深處有可能誤觸森林賢王的地盤，所以他們沿著森林外圍走到遠處砍樹。

隨身護衛的當然是哥布林們。

透過這些作業，村民對哥布林的戒心可以說完全解除了。另一個原因，是同為人類的騎士到處殘殺村民。即使種族相同，一樣會互相殘殺。相對的，哥布林雖然是與人類相異的種族，卻願意當安莉的部下為村莊賣力。村民因此理解不能用種族差異來判斷能否信任。

最重要的是，他們力大如牛。哥布林們做為戰士負責警備任務，若是受傷時，哥布林祭司扣那也會為大家療傷。

哥布林們這樣盡心盡力，村民很難排斥他們。

就這樣，不過幾天的時間，哥布林們已經在村莊裡紮了根，成了村莊不可或缺的存在。看看哥布林的住處就知道了。他們雖然是不同種族，現在卻特地在村莊裡蓋起一棟——離安莉家很近的——大房子當作生活據點。

全村與哥布林齊心協力，一起努力進行村莊的防衛計畫，無奈人手實在太少。因此起初他們只能搭蓋起簡易的圍柵。

就在這段時期，對村莊而言有防波堤功效的森林賢王，跟隨身穿黑鎧的英勇戰士離開森林，放棄了地盤。雖然辛苦了半天才完成圍柵，村民卻不得不開始悲嘆，這點程度的防護實在無法令人放心。

然而——村莊如今卻有高大的圍牆守護。

一名絕世美女自稱是村莊救世主安茲．烏爾．恭的女僕，並帶來幾隻岩石哥雷姆（Stone Golem），這讓事情有了轉機。

哥雷姆是永不疲勞的存在，會聽從命令默默工作。而且力量絕非人類所能比擬。雖然動作有點笨拙而無法交付精密工作，但他們的參與大幅縮短了工程時間，快得令人難以置信。多虧有哥雷姆不眠不休的工作，圍牆建築才能以最快步調迅速進行。

砍伐大量木材，挖掘打穩地基所需的大洞等光靠村民或哥布林無法完成的龐大工程，哥雷姆都以飛快的速度一一完成，本來預測需要好幾年時間才能完成的圍牆，短短幾天就建造起來了。而且比原本預定的規模更高，更廣闊，甚至更堅固。

不只是圍牆，瞭望台的建築工程也進行得相當輕鬆。就這樣，他們在村莊東西兩側蓋起了瞭望台。

「安莉大姊，這邊也弄好嘍。」

幫忙一起拔草的哥布林——派波對安莉說話，打斷了她的思緒。

「啊，謝謝。」

「不，不用道謝，這怎麼好意思。」

派波害臊地揮動被泥土與青草汁液弄髒的手，但安莉卻對哥布林感激不盡，感覺再怎麼道謝都嫌不夠。

失去父母親的安莉，連維持自己家裡的田地都有困難。本來村民應該會伸出援手，但目前村莊的勞動力減少了，每戶人家都自顧不暇。不過，因為有了哥布林的幫助，這個問題獲得了解決。而且得到幫助的還不只是安莉一個人。

聽到有人在叫自己，安莉轉頭一看，一名微胖的女性站在那裡。身旁還有一個哥布林。

「安莉，真是太謝謝妳了，有哥布林幫忙，我田裡的工作已經做好了。」

「那真是太好了。大家都是主動說要幫忙的，不用謝我，直接謝謝他們就好。」

「嗯，我已經跟哥布林道過謝了，但他說他們是大姊的部下，希望我直接跟妳道謝。」

安莉露出苦笑，掩飾對大姊這個字眼的緊繃情緒。

哥布林們主動提出要幫忙因受到襲擊而失去勞動力的家庭。眼前的婦女也是其中之一。哥布林付出這麼多，村民怎麼可能厭惡他們？在卡恩村，哥布林說不定比人類更能成為親密的鄰居。現在大家對哥布林的觀感已經好到理所當然地出現了這類話題。

「對了，其他哥布林在哪裡？我想請大家吃頓飯當作謝禮。」

「有的在當護衛，有的則是去幫搬來村莊的人的忙。我會替妳轉告他們的。」

「這樣啊。那麼安莉，就麻煩妳代為轉達嘍。到時候我會燒一桌拿手好菜的。那現在我就先請這位哥布林吃飯吧。」

「這樣啊，既然機會難得，我就恭敬不如從命了。大姊，不好意思，我去莫爾加女士家叨擾一下。」

安莉點點頭，女性就與身旁的哥布林一起往村莊走去。
「希望搬來村莊的人也都能明白你們不是壞人。」
「是啊，第一次見面的時候，他們的表情都很不妙呢。我們在他們心目中好像被當成敵人了。」
「因為如果不是我們村莊這種開拓村的話，一般都會把亞人當成敵人……」
「所以我們才會派出很多人手去幫他們的忙。不過心結還是有點難解呢。」
「不……不過，我覺得大家已經漸漸接受了喔。上次我還看到他們很正常地打招呼。」
「哎，因為他們也跟這個村莊的各位一樣，遭受過襲擊，有著家人慘遭殺害的記憶嘛。不，他們背負的記憶恐怕更沉重喔。」
卡恩村遭逢的命運雖然殘酷，但至少還有大約一半的村民存活下來。然而有的村莊幾乎是被騎士們滅村了。
卡恩村招募移居者時，搬來的都是這種村莊的倖存者。
沉默造訪兩人之間。
安莉再次挺直背脊，仰望天空。雖然午鐘還沒敲響，但時間也差不多了，田裡工作也正好告一段落。
「那就去吃午餐吧。」

派波那張好像壓扁了的臉上，明顯浮現出快活的笑容。
「太棒了！安莉大姊做的飯很好吃的。」
「沒那麼好啦。」
安莉害臊地笑起來。
「沒有沒有，我說真的。幫安莉大姊下田工作，在我們當中可是競爭率最高的差事喔。因為可以吃到美食。」
「啊哈哈，要不然我也幫大家做午餐如何，跟早餐一樣。」
三人份或是二十人份以上做起來都一樣……當然沒這種事。光是切菜就是一大工程。而且一兩個鍋子根本不夠，非常費事。但想到哥布林對自己的恩情，這點程度實在不算什麼。
「不不，那怎麼可以。大姊的午餐是在競爭中勝出的人才能得到的優惠喔。」
看到個頭矮小的亞人咧嘴一笑，安莉露出了有點傷腦筋的笑容。安莉知道哥布林們都是用猜拳決定由誰來幫她的忙，但她並沒自信能做出讓他們這麼讚賞的料理。
「那麼，我們回去吃飯吧。」
「太好了……」
話說到一半，派波突然閉起嘴巴，目光銳利地注視遠方。眼見派波從原本逗趣的矮小亞人，一下變成了身經百戰的戰士，安莉倒抽一口氣，也順著他的視線看過去。

只見那裡有個騎著黑狼的哥布林。他們在草原上以滑行般的速度往村莊前進。

「是久命。」

安莉召喚的哥布林軍團由十九人組成，包括十二名八級哥布林，兩名十級哥布林弓兵，一名十級哥布林魔法師，一名十級哥布林祭司，兩名十級哥布林騎兵，以及一名十二級哥布林指揮官。

今天早上的海砂利以及幫忙下田的派波是八級哥布林；以毛皮皮甲與槍武裝自己，騎著黑狼往他們這邊過來的久命，是十級哥布林騎兵。

哥布林騎兵的工作是在草原上奔馳戒備，以期趁早發現危險。他定時回到村莊報告狀況已經是司空見慣的光景了。

「……是啊。」

然而，派波的口氣很沉重。聽他的語氣，好像覺得有什麼問題。

「怎麼了嗎？」

「……只是覺得他回來得有點早。那傢伙今天應該是去大森林那邊巡邏……發生了什麼事嗎？」

聽了派波的解釋，安莉胸中湧起一股不安。她擔心又有一場血腥慘劇將再度發生。

在兩人默不作聲的期間，久命騎乘的巨狼跑到安莉與派波面前。狼粗重的呼吸，說明他們是火速趕回來的。
「怎麼了？」
對於派波的詢問，久命先向安莉輕輕行了一禮，騎在狼背上回答：
「大森林那邊好像發生了某些狀況。」
「……什麼狀況？」
「不太清楚。不過似乎不像之前那樣是一大群生物北上。」
「是騎士嗎？」
聽著兩人說話的安莉忍不住插嘴。她知道自己幫不上任何忙，但還是忍不住詢問。因為她尚未忘懷村莊遇襲的那種恐懼。
他們所提到的「之前有一大群生物北上」指的是他們前陣子發現超過數千名生物的腳印似乎正在往北移動的事件。那些腳印大小雖然跟人類一樣，但由於都是光腳，因此研判不是人類。
「……雖然沒有確切證據，但我想應該不是。比較像是森林深處發生了狀況。」
「這樣啊。」
聽到他的回答，安莉不禁放心地嘆了一口氣。
「……總之，我先去報告指揮官。」

「好，辛苦啦。」

「辛苦了。」

兩人揮了揮手後，久命讓狼向前奔跑。兩人以目光追著他們的背影，只見他們鑽進了村莊緩緩開啟的大門裡。

「那麼，我們回去吧。」

「好。」

●

安莉與派波在井邊洗好手回到家裡後，聽見一名少女的聲音。

「姊姊，歡迎回來。」

石頭與石頭相互摩擦的聲音伴隨著招呼聲傳來。往聲音的方向一看，妮姆正在屋子後頭轉動石磨。

石磨散發出嗆鼻的強烈臭味。那臭味跟安莉手上剛才散發的味道很像，只是加重一倍，即使站在稍遠處都能聞得到強烈的臭味。

妮姆大概已經聞習慣了，並沒有任何問題，但安莉卻被強烈臭味薰得眼角泛淚。而站在身後的派波並沒露出特別的表情。不知道是種族特性，還是認為在主人的妹妹面前露出厭惡的表情是件失禮的事。

「我回來了。如何，都磨好了嗎？」

「嗯，磨好了。妳看。」妮姆滿意地微笑，用視線指向一處。在安莉出門前還堆得高高的藥草，現在只剩下一點點。「很厲害吧！幾乎都磨完了喔。」

妮姆受到安莉拜託，正在把藥草磨成泥裝進甕裡。有些種類的藥草必須曬乾保存，有的則必須磨碎保存。

「哇啊，妳好努力喔，妮姆！」

安莉大大地稱讚妹妹，使她露出有點得意的靦腆笑容。不知道是不知不覺間受到恩弗雷亞的薰陶，還是想盡量幫上姊姊的忙的心意使然，妮姆處理藥草總是細心又俐落。

藥草是卡恩村很重要的收入來源。可說是勞動力不多的開拓村唯一的特產。

販賣藥草是賺取貨幣的珍貴手段，因此，村民們知道好幾處各種藥草叢生的群落。

安莉陷入沉思。這種藥草在村莊能採到的藥草當中，報酬率是最高的。但這藥草只有在即將開花前的短暫時期才具有藥效，因此只能當成臨時收入。雖然已將目前所知的群落都採集完畢，不過如果再往森林更深處探索，或許能在某處找到尚未有人採集的藥草。

但大森林總是有魔物四處徘徊，不是安莉能當郊遊一樣前往的地點。不過現在有哥布林在，還有採藥經驗豐富的恩弗雷亞在。只要請求他們協助，應該可以賺到一筆不小的收入。

猶豫了一會兒後，安莉向派波提出了請求。

「我想去新的地點採藥草，可以請你陪我去嗎？」

照常理來想，安莉並不需要親自前往危險的大森林，只要派本領高強的哥布林去即可。然而，安莉召喚的哥布林們有個奇特的弱點。

那就是他們很不擅長找藥草，或是肢解打到的獵物。

這與做菜時類似，即使把藥草拿給哥布林們看，他們也無法找出就長在眼前的同一種藥草。雖然讓人不明就裡，總之他們就是缺乏這種能力，而且學也學不會。就像是被某人刪除了這項能力一樣。

因此如果要找藥草，就必須要有人跟哥布林同行。

「是無所謂，可是……如果安莉大姊也要一起去，恐怕有點困難喔。」

「咦，是這樣嗎？」

「是啊，剛才久命不是說森林深處好像發生了什麼狀況嗎。如果是這樣，森林裡會變得不太平靜。」

看到安莉一臉不解，派波進一步詳細地說明。

「戒心比較強的傢伙，有時候會換地盤。這樣一來，周圍的地盤也會暫時亂成一團，引起很多混亂。說得明白點，就是現在更容易遇上魔物，危險度比平常高。搞不好還會有些魔物跑到森林外頭來。就算安莉大姊再怎麼渾身是膽，也犯不著故意涉險嘛。」

「是這樣啊……」雖然安莉對於渾身是膽這點抱持疑問，但她覺得應該是平常那種客套話，也就沒特別理會。「之前好像也有過這種大型移動，到底是發生了什麼事呢？」

「真的不知道。雖然很想派人進去大森林仔細調查……可是如果我們去了森林，村莊的守備就會變得薄弱……有了！僱用冒險者怎麼樣？」

「有點難喔。」安莉蹙眉。「恩弗告訴我，冒險者的委託費很貴的。雖然耶・蘭提爾的領主好像會負擔一部分的費用，但我們這種小村莊，就連自己這一份都付不太出來。」

「原來如此……」

「如果能採到很多藥草拿去賣，說不定還有點希望……不然就只能賣掉恭大人送我的道具了……」

安茲・烏爾・恭送了安莉兩支號角。一支在使用後消失了，另一支還藏在安莉家裡。

「還是不要這樣做比較好喔，大姊。如果要賣，還不如用掉比較好。」

「我當然不會賣掉。」

安莉不想成為把人家好意贈送的道具賣掉的差勁小人。就算陷入非賣不可的困境，她也不想那麼做。而且恭大人直到現在都還在關心村莊的狀況，特地派女僕率哥雷姆過來幫忙，安莉絕不想做出這種忘恩負義的事。

「不過這下就傷腦筋了。那種藥草只能在這個時期採到。所以雖然有點危險，但如果可以，我還是……」

安莉對一臉擔心的妮姆笑了笑。她不想讓剩下的唯一一個親人傷心，但也不想錯過賺取現金的難得機會。的確，如果從優先順序來考量，自己的選擇或許是錯的。但她也想回報為了村莊賣命——將自己視為主人的哥布林的恩情。

（我得多賺一點錢，打聽看看能不能替哥布林們買些裝備。全身鎧（Full Plate Mail）之類的防禦力好像很高呢。那個身穿黑鎧的人……對了，那位人士叫什麼名字來著。）

安莉完全不懂武器或防具的行情，但她猜想應該很昂貴，才會下定決心不要錯失機會。

這時派波伸出了手，要安莉等一下。

「……嗯——好吧，畢竟我剛才說的都是個人意見，還是先跟指揮官談談好了。請安莉大姊也別太快決定，我可不希望指揮官罵我亂講話。而且，我想恩弗雷亞大哥應該也會想要各種藥草吧。」

就在安莉開始煩惱該怎麼做時，一陣可愛的咕嚕聲響起。一看，妮姆一副不滿的樣子盯著安莉。

「姊姊，我肚子餓了。我們吃飯吧！」

「也是，對不起喔。那麼，收拾好之後去洗洗手。我去做飯。」

「好——」

妮姆元氣十足地回答後，把石磨分成兩個，用刮刀靈巧地將累積在中間的綠色糊狀物刮進小甕裡。安莉一邊想著要煮些什麼，一邊往家門口走去。

2

安莉站在都武大森林前方。當然，不是只有她一個人。對安莉竭誠盡忠的哥布林軍團也全員到齊，站在她身邊。

哥布林們的武裝是鍊甲衫(Chain Shirt)與圓盾(Round Shield)，腰上垂掛著厚刃的大砍刀。鍊甲衫底下是褐色的短袖短褲。此外還穿上堅韌毛皮做成的鞋子。腰間掛著用來裝小東西的隨身包。可說是全套武裝無一缺漏。

全副武裝的哥布林們，正在對攜帶物品做最後檢查，確認水袋的水量以及厚刃大砍刀的鋒利程度。

所有人裝備都很齊全，但揹的行囊很少，因為他們打算短時間結束工作，不考慮長期在大森林內進行探索。

並不是在這裡的所有人都要當安莉的護衛，跟著她在大森林內探索。他們的主要目的是詳細調查騎兵帶回的情報，以及發現大森林內的異常狀況。不過因為他們只需要守住村莊，所以只計劃在村莊周遭進行廣而淺的探索。

只有三個哥布林會跟著安莉去採藥草。

另外還有一人，就是恩弗雷亞。他也做好了萬全準備，穿著適合在森林等地採集藥草的服裝。只要有恩弗雷亞在，採藥過程想必會很順利。

大概是感覺到安莉的視線，他偏了偏頭，像是在說「什麼事？」安莉揮揮手說「沒什麼事」，但他好像還是有點在意，伴著身旁的大塊頭哥布林一起走到安莉身邊。

這個哥布林肌肉結實而且體格高大，令人難以想像他是哥布林。他用只重視實用性的樸實胸甲(Breast Plate)裹住強壯身軀，背上扛著用慣的巨劍。

他是壽限無，是哥布林的頭子。名字是安莉依出現在故事中的哥布林勇者「壽限無・裘蓋姆」取的。順便一提，這個故事當中，與哥布林勇者並肩奮戰的騎士們都有個特別的名字，這些名字也就成了其他哥布林的名字。

「看妳好像不是在擔心什麼……發生了什麼事嗎？」

「沒有，真的沒事！只是正好看你一眼而已。」

「那就好，不過進入森林後，即使是一點小事都有可能致命。所以就算只是一點小問題也要說出來喔。」

「就是啊，安莉大姊。剛才已經說過，我們要去巡視森林周圍的情形，所以萬一有什麼緊急狀況，是無法立刻趕來幫你們的……真的不要緊嗎？」

壽限無那粗獷的臉龐憂心地扭曲，湊過來端詳安莉的臉。安莉對他微笑。

「不要緊。我們不會走太裡面，他們也會保護我們的。」

「那就好……」壽限無望向安莉看著的三個哥布林，依序瞪了每個人一眼，然後扯開嗓門：「喂，小子們，你們都清楚吧。不准讓大姊受到一點小傷，知道嗎！」

「是！」

三個哥布林──五劫，海砂利與雲來──同時中氣十足地回話。

「也請恩弗大哥多照顧安莉大姊嘍！」

安莉忽然發現海砂利擺出了正面雙臂肱二頭肌的姿勢。

「在這時候表現啊……咳嗯！當然嘍！我一定會保護安莉的！」

恩弗雷亞充滿自信地笑了，安莉彷彿看見他的亮白牙齒閃閃發光。這種態度與平常的他落差太大，感覺有點噁心。不過安莉猜想，大概是因為要去森林，他的情緒才有點亢奮吧。

像個小孩子一樣。安莉不由得微笑，覺得自己好像是他的姊姊。

「謝謝你，恩弗。請你多幫忙嘍。」
（奇怪，這次換成側面胸大肌了……到底是什麼意思？）
「咦，還要喔……呃，我準備了很多自製的鍊金術道具喔！包在我身上！」
看到第二次的「閃閃發光」，令人微笑的感覺筆直下降了一半。
「呃，嗯……拜託你嘍。」
「啊——萬事拜託了……不過啊，說真的，您其實沒必要做這麼危險的事……」
壽限無轉向安莉，再次板起了臉。安莉見他又想提起在村莊裡講過好幾遍的事，心裡覺得有點厭煩，但畢竟他是擔心自己才會這樣說，不能擺出惡劣的態度。
「可是藥草還是得採啊，不然就賺不到錢了……」
「賣動物毛皮之類的不行嗎，如果是那些，我們還有辦法弄到手。」
「那是不錯，但還是藥草最值錢。」
動物毛皮與藥草的價格截然不同，可以說有著雲泥之別。如果是珍稀動物的毛皮，的確可以賣到好價錢，但這種事可遇不可求。
「可以請恩弗大哥採來……」
「巴雷亞雷家跟我們家的家計是分開的。我們必須互相幫忙，平分利益。不可以老是依賴人家。」

在村裡生活，有事就是要互相幫忙——所以一旦被村人斷絕往來，接下來的日子就過不下去了——但若因為這樣就事事依賴別人，也表示這一家無法獨立自主，村民的包容力可沒那麼大。自給自足並不是一件簡單的事。

兩人將視線從在後面說著：「海砂利，這種時候還是識相點，別擺姿勢了啦……」的恩弗雷亞身上移開。

「您說得有道理……雖然是這樣沒錯……但只要您跟大哥在一起，錢不就能共用了嗎……不過……阻止不了您對吧……」

壽限無越講越沒力。他應該也明白無論如何都無法阻止安莉去大森林吧。

雖然安莉也不想讓真心為自己擔心的壽限無煩惱，但她心意已決。

明知道有危險還要闖進森林，是因為她聽到海砂利說「無法維修裝備」的緣故。磨菜刀也就算了，修理鐵製武器防具只有專業鐵匠才辦得到。換句話說，他們哥布林懷抱著一個潛在危機。裝備品質變差，就離死亡更近一步。備用武器是不可或缺的。

他們賭命保護自己，將自己當成主人一樣崇敬，那麼自己這個受到保護的人又能做些什麼呢？安莉的結論是：自己不該只是待在安全的地方坐享他們的犧牲奉獻，而是應該盡力支援，讓他們能夠隨時全力以赴。

哥布林們是安莉的護衛，但同時也是卡恩村的守護者。只要搬出這個理論，或許也可以向所有村民徵收購買武器所需的費用。然而，安莉捨棄了心裡浮現的這個主意。

安莉很想由自己向哥布林報恩。這次的探索之行，也就是她的誠意與矜持的表現。

「本來應該要等確認安全無虞之後，再讓安莉大姊前往的……」

在後面插嘴的，是哥布林魔法師——玳諾。

這是個戴著人形生物頭骨的哥布林魔法吟唱者。

手上拿著雖然簡陋，但比自己身高還高的彎曲木杖。全身上下裝飾著像是某種部落會穿戴的奇妙飾品，胸口部分微微鼓起。仔細一瞧，臉龐似乎比男性柔和一點。就連看習慣哥布林外貌的安莉，都只能看出這點差異，一般人一定無法分辨。

「不過，應該無法確認森林裡是不是安全了吧。」

「嗯，是啊。很可惜，誰都無法確認。頂多只能判斷森林是否平靜下來了，而且那也要花很多時間，如果還要調查新的地盤分布等資訊，就會花更多時間。」

這麼一來，想要的藥草採收時期就過了。聽到玳諾這樣說，安莉眼中隱藏著堅定意志，果決地說：

「不要緊，我不會走到那麼裡面。」

看到好幾次問答都無法改變安莉的想法，壽限無死了這條心，看向當保鑣與安莉同行的三個哥布林。說的話還是跟剛才一樣。

「我們無法保護安莉大姊。所以你們要代表我們大夥兒保護安莉大姊的性命喔。順便也要保護恩弗大哥。」

「是！」

「其實大家本來應該一起行動最安全。分散戰力太愚蠢了。」

玳諾嘟囔著。

「那樣就不能第一時間處理問題了，對吧。」

「對。我們必須趕走接近村莊的魔物，或是想建立地盤的一些傢伙，不然之後會很麻煩。牠們一旦築了巢就不會離開，就算暫時離開，之後大多也會再回來。」

伴隨著大森林勢力分布的變化，大森林——尤其是村莊附近必須搜索一番。

這次是第一次搜索。因為是第一次，危險性也就最高。就是因為這樣，才會只能派出三個哥布林保護安莉。

「好，那麼，大夥兒走吧！趕緊結束搜索，再與大姊會合！」

壽限無大聲吆喝，哥布林兵團便發出威猛的同意吶喊。

大森林內部。

往內部前進一百五十公尺後，溫度降低了幾度。這純粹是因為太陽光照射不到的關係。話雖如此，倒也不至於一片漆黑，即使是安莉也能順利看見周圍的狀況。安莉等五人穿越沁涼的空氣，往森林裡走。

大森林目前仍保持著寂靜。除了樹梢搖晃的微弱聲響，以及不時迴盪的鳥獸鳴叫之外，幾乎安靜無聲。只有安莉等人的腳步聲迴盪著。以壽限無為主組成的另一支小隊不知道走到哪裡了，完全沒聽到聲音。

一行人組成類似三角形的隊形，在森林中前進。安莉與恩弗雷亞走在中間。

在森林裡很難維持擴散式的隊形，因此正常來說都會採取直線隊形，但哥布林為了保護兩人，才勉強維持這個隊形。雖然因此拖慢了前進速度，不過他們認為這是不得已的。

往大森林深處北上之後，恩弗雷亞開始四處張望。

他是在尋找沉眠於密林裡的寶藏——藥草。

關於藥草方面，安莉也不是外行人。單純的口服與外用藥，或是一般能做為藥水材料的藥草，以她這個年紀的女孩來說，安莉算得上是知識豐富。但還是完全比不上恩弗雷亞。不只是醫療用藥草，他對可以當成鍊金術原料的植物也知之甚詳。

「找到什麼稀奇藥草了嗎？」

安莉一問，周圍的哥布林們就好像等著這句話似的，一齊擺出了姿勢。

（又是雙臂肱二頭肌……現在很流行嗎？）

安莉偏偏頭，沒注意到恩弗雷亞露出有點厭煩的表情。

「我為什麼就是說不出口，叫他們別再打這種暗號呢……缺乏勇氣真是太糟糕了。呃，那邊不是有帶點茶色的苔蘚嗎？」

恩弗雷亞指著的地方，的確長著苔蘚。

「那個叫做貝貝亞莫克蘚。加一點到治療藥水裡，可以增強一點藥效喔。」

「喔，是這樣啊。如果是我，一定會以為是普通苔蘚就錯過了。不過就算你告訴我，如果是我來找，大概還是找不到。真不愧是恩弗。」

「哎呀——恩弗大哥真是太厲害了。那個很值錢嗎？」

「還算值錢——啊，等等。不用去採沒關係。我跟安莉要找的藥草更值錢。如果沒採到很多，回來時再採這個就好了。」

「原來如此，了解。不過話說回來，對恩弗大哥來說，這座森林就像一座寶山，想靠它發財也不是問題呢。哎呀——只要跟恩弗大哥在一起，生活就有保障嘍。」

「沒有啦——」

周圍的哥布林們改變了姿勢。

「咦——嗯，或許吧。我還算有點自信，可以讓願意嫁給我的人不愁吃穿。」

「嗯。恩弗應該辦得到喔。」

寧靜的森林，流過一陣尷尬的空氣。

「那個，大姊，您的感想就只有這樣嗎？」

「咦，海砂利，什麼意思？」

「咦？沒有啦，那個，我沒別的意思……啊……對了，我忘了問一個問題。請問一下，兩位在找什麼樣的藥草？」

「我沒跟海砂利你說嗎。我們在找的藥草叫做安凱西，妮姆已經磨完了。」

「原來如此，原來如此。了解啦。說是這樣說，我們也分辨不出來就是了。那麼，繼續往前走吧。」

一步一步往深處前進，濃郁的森林芬芳就鑽進鼻腔。

當一行人置身於杳無人煙，感覺得到人類的脆弱與渺小的世界時，恩弗雷亞開口道：

「在這附近稍微找一下吧。這裡樹蔭多，空氣有些潮溼……也許附近有池塘之類的，那種藥草都會自然生長於這種地方。而且也沒有被魔物破壞過的痕跡，我覺得可以找找看。」

「了解，恩弗大哥。」

既然是身為藥師且經驗豐富的恩弗雷亞，應該不會說錯。哥布林們與安莉都表示同意。

一行人放下揹著的各種物品，減輕身上負擔。

「啊——大姊，妳要不要去幫一下大哥？」

「啊，說得也是。恩弗揹那麼多東西，一個人處理應該很辛苦。」

她走到正把行囊放下的恩弗雷亞身邊，手腳俐落地幫忙。

「謝謝妳喔，安莉。」

「別在意，恩弗。不過話說回來，專家的隨身物品就是不一樣呢。原來需要這麼多種工具啊。」

安莉的眼角餘光掃到哥布林們滿意點頭的模樣。她不懂他們在滿意什麼，總之決定視而不見。

「那麼，開始找藥草吧！」

以若干壓低音量的「喔——」呼喊聲做起頭，哥布林開始戒備四周情形，而安莉與恩弗雷亞則開始採集藥草。

安莉本來做好了不會那麼簡單就找到的心理準備，但幸運的是，他們不費吹灰之力就找到了安凱西。她一眼就看到藥草叢生於樹林隙縫間。

「在那邊。想不到一找就找到了群落，幸好有找恩弗陪我一起來。」

「沒有啦，不是我的功勞。只是運氣好才能找到沒被破壞的群落。要是有魔物踐踏過，那可是慘不忍睹呢。」

大量生長的藥草雖然還不到金山銀山的地步，但至少也像是堆積如山的錢幣。安莉拚命壓抑心中燃起的欲望。他們現在待的地方很危險，不能利慾薰心，必須趕快把藥草採完。

不過——安莉蹲了下去，小心翼翼地從根部摘取藥草。

安凱西的藥效成分累積在根部附近。但不能連根拔起。因為這種藥草生命力很強，只要根還在就會再長出來。若因一時偷懶而拔光好不容易發現的新群落，那就太浪費了。

每次摘起藥草時傳出的刺鼻臭味，只要習慣了也就不會影響作業。比起恩弗雷亞家的惡臭，這裡簡直是天堂。

她一株一株小心摘起，並注意著不要壓爛藥草，放進夾在腋下的袋子裡。如果能讓哥布林們幫忙的話會更快，但哥布林們正在提高警覺注意四周。安莉也沒笨到會叫負責警衛的他們幫忙摘藥草。

身旁摘取藥草的恩弗雷亞動作很靈巧，拔得很快。而且摘得非常漂亮，不會減損藥效。只有專業人士才能有這麼精湛的技術。

安莉一語不發地望著他專心採藥的側臉。熟悉的臉龐看起來像另一個人。

（…………他長大了呢。）

「……怎麼了？」

大概是注意到安莉停下動作，覺得怪怪的吧，恩弗雷亞突然抬起頭來。

雖然沒有怎樣，但安莉害臊起來，她低下臉。

「沒有，只是覺得恩弗很厲害。」

「……會嗎，我覺得還好耶。畢竟我也算是個藥師嘛，這點技術很普通吧。」

「…………是嗎。」

「我覺得啦。」

對話到此中斷，時間緩緩流逝，而袋子裡的藥草逐漸增加。就在袋裡裝滿了一半以上時，突如其來地，哥布林壓低了身體，在兩人身邊坐下。

安莉嚇了一跳，海砂利比了個手勢要她安靜。安莉明白到發生了某種異常狀況，這才停下手邊工作，側耳傾聽。從非常遙遠的地方，傳來撥開草叢前進的聲音。

「這是……」

「有什麼正在往我們這邊過來。與其說是以我們為目標……我覺得正好往這個方向前進的可能性比較大，總之我們先到旁邊去吧。」

「……那應該不需要用能發出大聲音的道具聲東擊西嘍。」

「大哥說得對。我覺得還是不要比較好。感覺好像會弄巧成拙。好，我們走吧。」

五人離開聲音傳來的方向，移到附近一處樹蔭下。他們沒有走遠，是擔心會發出踩踏草地的聲音。如果對方只是正好往這個方向前進，就沒必要冒險讓對方發現自己。

這棵樹不算太大，無法遮住整個身體，但他們仍趴在樹下，盡量讓自己不顯眼。

五人維持匍匐姿勢屏氣凝息等待，祈禱發出聲音者能夠往其他方向前進。然而很遺憾，他們的心願沒能實現，發出聲音者進入了一行人的視野。

「……咦？」

安莉口中漏出小聲的驚呼。

那是個遍體鱗傷的小哥布林。

他全身上下滿是小傷口，流著鮮血。呼吸紊亂不堪，滿身大汗，全身都是血。

哥布林本身體格比一般人類小，但這個哥布林更是特別矮小。安莉與哥布林一同生活而鍛鍊出的洞察力，告訴她這是個「小孩」。

哥布林小孩害怕地回頭往後方——自己跑來的方向看。不用豎起耳朵，也能聽見更遠的後方傳來撥開草叢的聲音。從狀況看來，像是一個人在追另一個人。

哥布林拚命擺動痙攣的雙腳，躲到與安莉他們躲藏的不同的樹蔭下。

「怎——」

「——請勿出聲。」

五劫打斷安莉的話，視線完全沒動。保持警戒的目光筆直看向哥布林小孩出現的方向。

幾十秒後，追殺者突然地現身了。

那是一隻有如巨大黑狼的魔獸。可以肯定那不是狼而是魔獸，是因為牠身上纏繞著鎖鏈。那鎖鏈像是一條要絞殺獵物的蛇，但完全不妨礙魔獸的動作，甚至有如幻影一般。不只如此，牠的頭上還長出兩支犄角，向前突出。

恩弗雷亞喃喃說出魔獸的名字。

「犬魔(Barghest)……」

雖然不是在回答他，不過犬魔像條狗似地抽了抽鼻子，然後——臉孔扭曲。那是一般野獸絕不可能露出的邪惡獰笑。緩慢移動的視線，對準剛才逃過來的哥布林小孩藏身的樹木。

如果犬魔擁有一如外觀的——野獸般的嗅覺，不可能聞不出那麼濃的血腥味。

就狀況來看，哥布林能勉強逃到這裡，並非他有力量能對抗犬魔。不是犬魔嗜虐成性，要不就是牠正在玩一場狩獵遊戲(Sport Hunting)吧。

突然間，犬魔停下動作。牠狐疑地皺起眉頭，瞪著藥草密集生長的地方。

（啊——）

安莉縮回了頭。其他人也跟著把頭縮回去。

安莉躲在樹後張開自己的手掌心，肌膚上飛濺著點點綠汁。身旁的恩弗雷亞也做出了相同動作。

（摘藥草時沾到的汁……）

沒錯，就是妮姆磨爛藥草時發出強烈臭味的那種汁液。當事人因為鼻子都麻痺了，聞不出來，但他們手上應該飄散著那種強烈臭味。劇烈的心跳聲吵得要命。

「開始移動了……牠好像要離開我們這邊，不知道是不是沒注意到臭味。」

雲來把耳朵貼在樹上觀察情形，頭上冒出了問號。

「……也許是無法確定臭味的來源吧。」

「什麼意思，大哥？我覺得魔獸的鼻子應該很靈才對……」

「所以嘍。」恩弗雷亞小聲說出自己的看法。

簡單來說，就是因為牠嗅覺太靈敏，反而難以找出飄散在這一帶的刺激性臭味來源。安莉他們手上與袋子發出的臭味，跟採集地點飄散的臭味混在一起了。更幸運的是，連他們本來應有的體味也被臭味覆蓋了。

而且犬魔也有可能把壓爛藥草一事當成是哥布林小孩想出的窮途末路之策。

雖然很感謝這股強烈的臭味，不過如果他們剛才慌忙逃走，可以想見遠處傳來的臭味，肯定會刺激起犬魔的興趣。

「那麼，只要讓那個小鬼做犧牲品，問題就解決了呢。既然我們不知道那傢伙有多強，隨便出手風險太高了。」

聽到這番冷血的話，安莉忍不住望向五劫的側臉。

然而，他說得非常有道理。他們是以安莉的生命安全為第一優先。既然如此，能避免與那隻魔獸戰鬥當然最好。為此就算要犧牲同族也無所謂。

他的發言內容，從他的信念來考量，是完全正確的。

可是，安莉卻不願意這樣。縱然種族不同，但見死不救豈不是違反人性嗎！

也許這只是一個沒被哥布林襲擊過，缺乏危機意識的愚笨村姑的錯誤想法。

安莉環顧所有人。哥布林們應該都明白安莉的想法，但都閉口不語。安莉繼而注視著恩弗雷亞。

「恩弗……」

「唉……還是救他吧，說不定他能告訴我們一些情報。如果不問出那個哥布林為什麼會逃到這裡，將來說不定會危害到村莊。」

哥布林們蹙起眉頭。

「有可能打不贏喔。」

「的確。可是犬魔也是有強有弱的，聽說犬魔首領（Barghest Leader）非常強悍。不過從身體的鎖鏈與犄角的大小來看，那一隻應該不是那麼強悍的類型。如果只是普通犬魔，一定打得贏。」

「請等一下。安莉大姊也在耶！應該盡量避免涉險吧。」

安莉吞下一口口水。這樣講只是自我滿足。講出這種話，不只是自己，也會害別人陷入險境，愚蠢到極點。但她還是說了出口：

「……我覺得看到可以幫助的人卻見死不救，就跟協助加害者沒兩樣。我不想變得像那些欺凌弱者的人一樣。拜託！」

望著安莉嚴肅的表情，「唉。」海砂利死心地嘆了口氣時，傳來野獸奇怪的吼叫。那吼叫能清楚聽出嘲笑的意味。接著傳來哥布林小孩的慘叫。

已經沒有時間猶豫或討論了。

「沒辦法了。我們上！」

哥布林們先一步衝出去。恩弗雷亞慢了一步，也隨後跟上。

看著為了實現自己的心願而英勇迎戰的戰士們背影，安莉內心產生撕心裂肺般的痛楚。

自己只能躲在後面看著。

所以她想自己至少也該看著大家，不准自己眨一下眼睛，嚴肅地凝視戰場。

衝出去的四個人，立刻看見壓倒了哥布林小孩的犬魔。哥布林小孩雖然又被弄傷，但還沒死，大概是因為犬魔喜愛玩弄獵物的性情使然吧。

犬魔停住動作，看看衝出來的一群人，又看看哥布林小孩。牠應該是以為自己被引誘，落入圈套了。

「喂喂，小狗狗啊。」雲來握著拳頭，豎起拇指指著自己。「想玩的話，我可以奉陪喔！放馬過來吧。」

咕嚕嚕嚕。犬魔發出明顯充滿敵意的低吼。

站在前頭的海砂利以再自然不過的動作，迅速拔出掛在腰際的大砍刀。其他哥布林們也跟著拔出刀子。

「別客氣，我來教你把戲。不過只有『趴下』就是。」

「嘎啊！」

對於哥布林的挑釁，犬魔壓在地上的哥布林小孩發出了哀叫。

犬魔雖然沒有說話，但行動表示了一切：誰敢動，我就殺了這個小孩。然而——

「好！幹掉他！」

三個哥布林無視於犬魔的要脅，發出怒吼向前衝。

出乎意料的行動，讓犬魔的眼神因困惑而搖擺不定。

犬魔當然無從得知，哥布林們本來就不是為了救哥布林小孩而現身的。他們不過是聽從安莉的心願，對於哥布林小孩只有「救到就算撿到」程度的關心。

既然已經正面對峙，如果不殺死犬魔，就有可能會危害最重要的安莉本人，所以他們一定要宰了犬魔。因此如果犬魔願意折磨哥布林小孩，他們反而高興，因為這表示對手做了多餘的動作。

拔出的三把大砍刀發出的寒光，讓犬魔理解到哥布林小孩不能當成人質，再度停下了動作。牠在猶豫該不該給壓倒在地的哥布林小孩致命一擊。

要奪去小孩的性命很簡單，咬一口就死了。但是這樣做，敵人的武器必定會砍裂自己。

生命危險讓犬魔做出了選擇。

犬魔無視哥布林小孩，撲向哥布林們展開迎擊。

犬魔的體重比哥布林重。牠想壓倒對手咬斷喉嚨，結束他們的性命。

然而，牠的企圖馬上落空了。

遭到襲擊的哥布林身輕如燕地成功閃躲，同時左右兩邊的哥布林用大砍刀砍向犬魔。

一擊被鎖鏈彈開了，但另一擊撕裂了犬魔的身體，血花四濺。

同時，一個打開的小瓶子往犬魔鼻尖飛來。

「嗷嗚！」

直衝眼睛鼻子的劇烈惡臭讓犬魔大聲慘叫。

牠原地踉蹌的瞬間，身上產生了三道痛楚。

鮮血直流的感覺讓牠明白到這樣下去不妙，在滲著眼淚，視野晃動的情況下，牠向前衝刺。目標是對自己扔瓶子的——人類。

然而，犬魔只跑了幾步就被迫停下。腳底彷彿黏在地上，動彈不得。

一看，地上有一片奇怪顏色的液體，像黏體(Slime)一樣擴散開來。那液體不會被土地吸收，十分詭異。

「那個用在這種地方時，黏性不足以壓抑魔獸的肌力！請一口氣追擊！」

配合著人類的呼喊，哥布林們發出吼叫撲了上來。不只如此，人類又使用強力的魔法。

「嘎嗷嗚——！」

犬魔擠出渾身力氣，把腳從地面剝開。腳底黏著黏膠與附著在黏膠上的泥土，減慢了牠的速度，但還是可以繼續戰鬥。

看到哥布林們再度移動包圍自己，犬魔用比野獸優秀的頭腦，承認「這些哥布林的確是強敵」。

牠強烈認識到，他們與一般哥布林有著決定性的差異——是足以殺死自己的敵人。

這隻犬魔的基本攻擊方式有三種。突擊，以自己的犄角刺穿對手；啃咬；壓倒後以前腳撕扯。就是這三種。不同於較強悍的犬魔，牠還沒學會特殊能力。然而，其實牠還有一招可稱為殺手鐧的攻擊手段。

這招是棄守為攻的攻擊，因此一旦沒有擊中，下場不堪設想，但目前狀況不允許牠有所保留。再來就是看準時機有效使用了。

犬魔一邊發出毫無章法的咆哮，一邊牽制試著包圍自己的哥布林們。

「『鎧甲強化（Reinforce Armour）』。」

後方人類使出的魔法讓哥布林的鎧甲發出光輝。犬魔預料到那是某種強化魔法，焦急起來，站在前面的哥布林們則顯得從容不迫。

依靠經過強化的鎧甲，哥布林一齊往敵人踏出一步，這舉動堪稱魯莽。不過這不能說是下策，反而該說是為了避免因戰局延長而多受無謂傷害的，勇敢的一步。

沒錯——如果犬魔沒有等待著這一刻的話。

假使犬魔能像人類一樣大幅改變表情的話，現在應該露出了得意的笑容。

鎖鏈演奏出像蛇一樣的「唰啦啦啦」聲。纏繞在犬魔身上的鎖鏈，突然像具有意志般自己動了起來。

粗條鎖鏈即將勢如破竹地甩動。
犬魔的特殊能力「鎖鏈大旋風」即使無法造成致命傷，至少應該也能給予哥布林嚴重傷害才是。
犬魔也是被逼到走投無路了。這是一天只能使用一次的大招。而且重新纏繞到身上需要花大約十秒鐘，在這之間無法當成鎧甲使用，是風險很高的一招。
面臨意料之外的攻擊，哥布林們的閃避慢了一拍。這是致命性的嚴重失誤。然而——
「趴下！」
——具有魄力的命令比鎖鏈更快劃破了空氣。
將一切賭在這一擊上的犬魔聽到另一個人類大聲喊叫，瞪大了雙眼。
本來應該完全來不及閃避的哥布林們，彷彿突然得到了活力般，身手俊敏地趴了下去。
犬魔在視線還有點模糊的情況下凝神細看。看向站在魔法吟唱者背後的指揮官。
大砍刀陷進了兩隻前腳與一隻後腳裡。那股痛楚讓犬魔大聲慘叫。牠勉強拉回鎖鏈，齜牙咧嘴地威嚇，但哥布林們看起來一點也不害怕。
「大哥，不用再用魔法支援了。為了以防萬一，請您警戒周圍情形。」
犬魔明白勝負已經揭曉，拚了命想轉身逃走。
自己平常矯健的身體異樣地沉重。當然了，因為四隻腳當中有三隻已經報廢了。即使如此，牠仍然拚命試圖逃跑，但哥布林們不會放過牠。

黏糊血漿染紅了一大片草地，鐵鏽味完全覆蓋了青草味。犬魔肚破腸流而死，還帶有體溫的內臟暴露在外，彷彿會冒出熱氣。手持滿是鮮血的大砍刀，哥布林們從犬魔身上別開視線，轉而看向哥布林小孩。

哥布林小孩因為傷勢嚴重，喪失了逃跑的氣力，但仍然堅強地撐起身子，靠著樹幹。

「你……你們是誰？是哪個部落的？」

聽到一半警戒一半畏怯的哥布林小孩這樣問，哥布林們互相交換眼神。

他們這樣互使眼色，是為了在同伴之間決定一條底線，討論擺出何種態度獲得的利益最大，以及可以洩漏多少情報。但安莉覺得比起這個，還有更緊急的事情必須先做。

「先別說這個，還是趕快替你療傷吧。該怎麼辦，恩弗？」

哥布林小孩的傷口似乎很深，還在不停流血。這樣下去一定會死。安莉沒有法子可以救這個小孩，但她的青梅竹馬或許會有辦法，而她的心願馬上就實現了。

「一般藥草頂多只能止血，不能補充流失的血液，所以還是無法脫離險境，不過……」

恩弗雷亞開始翻起包包。「我有用新的製造方法做成的治療藥水。本來應該要交給恭大人的……讓我看一下你的傷口，好嗎？」

恩弗雷亞很快走上前，從包包中拿出藥水。

「那……那個顏色看起來很危險的液體是什麼啊。不是毒藥嗎？」

哥布林小孩看到恩弗雷亞拿出的紫色藥水，雖然畏怯，但仍表露敵意。就安莉來看——也許恩弗雷亞也這麼認為——他會有這種反應是理所當然。因為那顏色一副就是有毒的樣子，也難怪他會產生戒心。只是對哥布林們來說，小孩的發言似乎讓他們非常不愉快，他們把臉向小孩逼近。

「——喂，小子。決定要救你的是安莉大姊還有恩弗大哥。對救命恩人講話小心點……這對你只有好處，沒有壞處喔。」

哥布林小孩的目光，移向從刀鞘抽出的大砍刀。就算是小孩，也知道眼前的哥布林們現在很不爽。他明顯地開始縮成一團。

安莉覺得沒必要嚇唬一個小孩子，但她知道哥布林有哥布林的規矩。拿人類的常識從旁插嘴，從各種意義來說都不太好。

「非……非常對不起。」

「啊，不會，沒關係。嗯，別放在心上。」

恩弗雷亞一邊回答，一邊把藥水灑在小孩的身上。傷口轉眼間便癒合了。

「唔喔！這什麼啊！顏色那麼噁心，卻好有效喔！」這時他似乎注意到周圍哥布林們的視線，身子抖了一下。「啊，不是。真的，很……很謝謝您。」

「嗯，心懷感激是很重要的喔，小子。」

「好。這樣就可以跟恭大人報告實驗成功了，對吧。」

恩弗雷亞故意向大家徵求同意，安莉與哥布林們都心領神會，點點頭。

恩弗雷亞製作的藥水，是安茲．烏爾．恭這位空前絕後的魔法吟唱者兼村莊救世主給了他材料，才研究出來的。雖然沒有支付研究費，但材料等等全由安茲提供。使用這些材料做出的成品，所有權屬於誰不言自明。

恩弗雷亞擅自用掉了藥水是個大問題，但他可以找藉口說是用在臨床實驗上。

（我想只要之後老實說出理由，恭大人應該會原諒他吧……但也許藥師有藥師的規定也說不定。）

「你……你拿我做實驗嗎！」

哥布林小孩搞不清楚狀況的驚愕聲音，讓安莉與恩弗雷亞露出苦笑。不知道內情的人聽到這番話，的確會產生這種誤解。

兩人聽了只是露出苦笑，但也有些人無法容忍。哥布林們似乎相當火大，咂了咂嘴，同時還聽見有人低聲咒罵「死小鬼」。

安莉用手勢安撫大家。人家不知道內情，當然會產生這種反應，況且對方只是個小孩，很難想到那麼多。

「既然大姊這麼說了……總之我們換個地方吧。若是聞到血腥味，搞不好會有別的東西跑來這裡。」

「雖然這次打贏了，不過……安莉大姊，下次請不要再這樣了喔。因為保護大姊才是我們的使命啊。」

「就是啊。不過安莉剛才突然大叫時，我有點嚇到呢。」

「……不過就是大姊叫那一聲救了我們，所以我不能說什麼——小鬼，別想跑。我們多得是問題要問你。乖乖跟我們走，否則別怪我砍斷你的腳。」

「雲來——」

「——大姊，這是為了村莊好……小鬼，跟我們來。」

哥布林小孩慢吞吞地邁出腳步。傷口都治好了，照理來說應該不會影響行動，但反抗心拖慢了他的動作。

五劫握著沾滿血汙的大砍刀，朝地上啐了一口。

安莉望向恩弗雷亞求助。但他默默地搖頭。安莉接著望向哥布林們，哥布林回望著她的眼中帶有冷硬的色彩，以沉默態度支持同伴的行動。

「……大姊，別擔心，我們不會殺了他的。只是要問問他發生了什麼事。真要說起來，您覺得把他一個人留在這裡，他能活得了嗎？」

這個問題與其說是在問安莉，倒比較像是針對哥布林小孩發問。他似乎也明白了，眼中反抗的情緒消失無蹤。

「我知道了……我不會逃跑的……」

「很好。那我們趕快移動吧。小鬼，你能保證犬魔之類的魔物只有那一隻嗎？」

「……不能。除此之外應該還有幾隻食人魔。不過不知道他們有沒有在追我。還有，我不是小鬼。我是紀克部落族長阿爾的四子阿格。」

「阿格是吧。」

「我覺得叫小鬼就可以了……」

「有話之後再講吧。再說也沒必要吵架嘛。他希望我們叫他阿格，我們就這樣叫，這樣比較容易建立起信賴關係，不是嗎？」

「恩弗大哥真是成熟呢。那麼把行囊撿一撿，我們就移動吧。」

一行人依照海砂利所說，提防著周圍默默前進。氣氛因此顯而易見地十分沉重。

安莉很想講講話改變氣氛，但森林不是屬於人類的世界，而且在可能有追兵的狀況下，她無法做出那種輕率的行動。

走出黑暗盤據的陰鬱森林，讓全身沐浴在陽光下，支配身體的緊張感就像融化一樣散去，柔軟與餘裕回到身上。在這一瞬間就能夠切身體會到，這裡才是人類的世界。

走在身旁的恩弗雷亞似乎也是同樣的心情，他「呼哇——」地呼吸，又像嘆氣又像打呵欠。

哥布林們身上那種扎人的緊張感也消失了。但只有阿格表情依然僵硬。陽光與寬廣的空間似乎讓他顯得有點困惑。大概是因為他是在森林裡較隱蔽的地方長大的吧。

「呃，村莊就在那裡。」

阿格定睛看向指著的方向，表情扭曲。

「那道圍牆是什麼？總覺得……跟毀滅殿堂有點像。」

「毀滅殿堂？」

「對。是新出現在大森林裡的可怕地方，一旦靠近就無法活著回來。聽說那裡有不死者之類的魔物。」

「說無法活著回來，你倒是知道挺多的嘛。」

「……因為毀滅殿堂規模還小的時候，我們部落的勇者曾經目睹骷髏怪物在蓋房子。」
「你們知道這件事嗎？」
「不，大哥，不好意思，我們沒聽說過。因為進入大森林太深的地帶，有可能會遇到連我們老大都打不贏的傢伙，所以我們不太往裡頭走的。」
「……欸，你們三個究竟是哪個部落的啊？你們明明比我所知道的任何哥布林都要強，為什麼……」
阿格偷瞄了安莉一眼。然後以小到不行的聲音低喃：「我想應該是人類種族吧……」
「為什麼你們要聽人類的命令？」
「這很奇怪嗎？為強者效力不是理所當然的嗎。」
「她……她很強嗎？不，我也聽說過人類種族中有強者也有弱者，可是……妳是女人對吧，然後這邊這個頭髮遮住臉的是男人？」
安莉睜大了雙眼。自己看起來若不像女人，那像什麼？不，他看不出恩弗雷亞是男的，是否表示哥布林不太擅長分辨性別？
站在身旁的恩弗雷亞悄聲給了她一個可以接受的解釋：
「安莉，我想那孩子大概沒看過人類，頂多只知道從哥布林同伴那裡聽說的知識吧。再說……從哥布林的角度來看，要分辨我們人類的性別應該很難吧。」

「衣服……不一樣啊……」

「他就是沒有那些知識嘛。我想哥布林應該男女都穿一樣的衣服吧……雖然也有一些哥布林會發展文化，建立國度，但我想他們應該不是那樣吧。」

原來如此。安莉恍然大悟，這才想起自己還沒回答阿格的問題。

「對，我是女的。」

「那妳是魔法吟唱者嗎？」

「不是，為什麼這樣問？」

阿格露出大惑不解的表情。

「魔法吟唱者是我，我是魔力系魔法吟唱者。」

「……你們是夫妻嗎？所以才會這樣嗎？」

「咦？」兩人同時發出走音的怪叫。

「不，只是我好像聽說過，有些種族的妻子可以行使丈夫的權力……不是嗎？」

「不……不是。我們不是！」

安莉強烈否定後，眼角餘光瞄到走在周圍的哥布林們露出欲言又止的表情，但大家都沒說什麼，只是聳聳肩。

「那……為什麼？為什麼女人會最了不起？」

「你就是因為連這種事都不懂，才會被我們叫做小鬼。大姊的厲害之處是肉眼看不出來的。」

安莉很想否定，但阿格兩隻眼睛睜得跟盤子一樣大，認真地盯著她看，安莉被他的氣勢壓倒，想不到該如何解釋。安莉正覺得困擾時，海砂利反問他：

「那麼，接下來換我們提問了吧，你為什麼會被那種魔物追殺？發生什麼事了？」

「這──」

「──欸，這件事還是到村莊裡安全的地方講吧。」

對於安莉理所當然的提議，回答的人是──

「說得對哩。我覺得那樣比較好哩。」

──原本不在這裡的一個女人。

所有人無不驚愕地叫出聲來，視線全都看向發出聲音的人。

那裡站著一個豔麗奪目的絕世美女。這名女性綁著辮子，有著褐色的肌膚。身上穿著她所謂的女僕裝。背上揹著類似武器的奇怪物體。

這個極為可疑的人物，同時也是大家的熟人。

露普絲雷其娜・貝塔。

她是村莊的救世主安茲・烏爾・恭的女僕，也是她把鍊金術道具搬到巴雷亞雷家，又帶岩石哥雷姆過來下令幫忙的。因為她給人的感覺與講話方式都很活潑開朗，因此已經跟村民打成了一片。

只是，她有時候會像剛才那樣突然出現，給人一種摸不清底細的感覺。村民認為她既然是那個大魔法吟唱者的女僕，當然也會使用某些魔法，安莉也是這麼認為的。但她這樣突然出現，還是會嚇得安莉的心臟差點從嘴裡蹦出來。

「露普小姐，您……您究竟是從哪裡……」

「小安，妳好討厭喔——我從剛才就一直站在你們後面啊。哎唷唷，該不會是沒注意到我吧，我還是以為是我存在感太薄弱，所以被忽略了呢——」

「咦？咦？」

講話內容雖然半開玩笑，語氣卻十分認真。困惑的安莉環視大家，想尋求幫助。

「那個——露普大姊，別開玩笑了好嗎！」

「嗚哇——竟然當我在開玩笑耶。拜託想起來吧……哎唷——開玩笑啦——開玩笑。」

一陣寂靜流過，某人疲憊不堪地嘆了口氣。

「哎，別管那些了啦。話說這個哥布林小孩是誰啊？——該……該不會是！」

安莉感覺到露普絲雷其娜的視線在自己與哥布林之間來回，產生一種不祥的預感。

「噗呼——恩弗小弟！你被戴綠帽了嗎？噗噗噗。」

大家直翻白眼時，露普絲雷其娜還在笑個不停。

「這真是太不幸了。純情少年的心願被踐踏了呢！超好笑的！噗哈——！…………開玩笑的啦，這小朋友到底是哪來的。」

阿格嚇得身子一震。就好像看到了某種異於常人的存在。

不過，安莉能體會他的心情。露普絲雷其娜這個人雖然表情開朗又豐富，但變化得太過激烈，就像個躁鬱症患者。笑容一下子轉為嚴肅表情的落差，令人有種莫名的恐懼。

「我不會把你抓來吃掉啦，放心。偷偷告訴姊姊好不好。」

「露普大姊。我們剛才說這件事等會兒再講，您不是也贊成嗎？」

「哎唷喂——我好像有這樣隨便回答哩。」

「…………」

「……啊！我有藥水想拜託貝塔小姐拿給恭大人。這是新開發的藥水，效果也經實驗證明過了。」

「喔，恩弗小弟終於開發完成啦！」

「是的。很遺憾還沒做出完全紅色的，但我想已經邁入前一個階段了。」

「——那真是太好了。安茲大人也會很高興的。」

她整個人的氛圍連同講話方式變得判若兩人，不再是剛才那個輕佻活潑的女性。但這種表情也只維持了一瞬間。下個瞬間，她已經變回了平常的模樣。

「好期待哩——哎呀——今天真是來對了——還有不用叫我貝塔，叫露普絲雷其娜就可以啦。超級特別待遇喔。」

心情極佳的露普絲雷其娜加入一行人之中，一起穿過村莊大門。

看到陌生的哥布林小孩，村民們也沒說什麼。或許可以說他們缺乏緊張感，也可以說他們非常信任安莉等人。也許是把小孩當成向來保護村莊的哥布林的親戚了吧。

一行人穿越村莊，直接經過安莉家。目的地是哥布林們的住處。

「不好意思。我想再去找一個人來聽這孩子講的話。我想找布莉塔小姐來。」

「說得也是，也許大哥說得對。畢竟那個人是見習游擊兵，也會進入森林。應該要跟她共享這些情報……您覺得呢，大姊？」

「咦，我嗎？」安莉沒想到這時候會被問，趕緊考慮了一下，覺得沒有理由反對，於是點點頭。「嗯，與其說沒關係，不如說我也希望她能來聽。拜託你了，恩弗。」

留下一句「了解」，恩弗雷亞就跑到別處去了。

「在這裡等他也沒關係，不過……還是先過去準備點飲料吧。」

「好主意。我正口渴哩——」

「……露普大姊是女僕，對吧。是不是知道一些好喝飲料的做法？」

「我是安茲大人與無上至尊的女僕。要我為了其他人——我不想做事啦——我只想每天閒閒沒事做。才不想工作哩。」

「這樣啊……那真是可惜。」

雲來與露普絲雷其娜的對話非常普通，沒有什麼異狀，但安莉卻覺得背脊發涼。

正當她想加入話題時，一行人抵達了哥布林的住處。

這是一棟巨大的房屋，有一片可以放狼到處跑的寬廣庭院，可供將近二十人居住的空間，還有訓練場與準備武器的空間等等。

打開家門，在哥布林們的帶領下，安莉，阿格與露普絲雷其娜魚貫走進屋裡。

「嗚欸——家裡原來長這樣啊——」

「奇怪，露普小姐沒進來過嗎？」

「沒有啊——又沒人找我，我怎麼好意思擅自進來嘛。啊，這是禮貌問題，不是真的進不來喔！有那種奇怪傳說的只有太平公主啦。」

「太平公主？」

「對啊，小安。那是一個遺憾美少女的外號啦。好吧，其實那位大人也不是真的進不去啦。神話、傳說、民間故事——好啦，這件事就講到這裡。那邊那位哥布林先生好像有話想說喔。」

「啊，是。呃，飲料……啊——要喝藥草水還是果汁水？一個是黑黑草茶，一個是加了休艾里的水。」

雲來一問，看到阿格與露普絲雷其娜的頭上都浮現問號，安莉解釋道：

「休艾里是柑橘類水果，切片放進水裡，喝起來很清爽。黑黑草茶是帶有苦味的茶。」

「那我要休艾里。」

「我也喝那個好哩。」

「了解。那大姊呢？」

「那我也要休艾里。還有……我可以去洗個手嗎？雖然鼻子已經習慣了，可是……」

「啊，沒問題。喂，小鬼——阿格，你也一起來。你得把自己弄乾淨一點。還有兄弟，抱歉，可以麻煩你去把髒掉的武器整理一下嗎。」

「不要緊嗎？」

「不要緊吧。對方無能為力，對我們而言則很簡單。」

「既然如此……好吧。」

海砂利拿著三人份的武器走出屋子。

「阿格，快點過來啊。」

「為什麼要洗啊？很乾淨啊。」

以安莉的眼光來看，阿格的手髒到不行。絕對稱不上乾淨。

「誰管你怎麼想啊。這個家的主人叫你過來洗手，洗就對了。還是說怎麼著，你有了不起到可以反對這個家裡的人說的話嗎？」

阿格擺出一張臭臉小快步走過來，站到安莉身邊。

安莉從甕裡舀起水倒進桶子裡。倒了四人份的水後，她把手泡進意外冰涼的水裡，使勁搓洗。也不忘去除指甲縫裡的綠色汙漬。等確定都洗乾淨了，再把手從水裡拿出來，舉到鼻子前面聞一聞——不臭了。

她滿意地看看身邊，只見雲來與五劫也用相同方式洗手，水都被犬魔的血染紅了。

接著安莉看看阿格後，露出有點驚訝的表情。

就連小孩子都不會像他那樣敷衍了事。他只是把手伸進水裡，發出啪噠啪噠的水聲動一動就結束了。完全沒有搓揉手背或掌心。

洗掉了自己手上的綠汁臭味後，才發現阿格身上還散發著壓爛的青草臭味。哥布林生活在嗅覺敏銳的魔獸棲息的森林裡，也許身上帶著這種臭味具有保命的效果，因此沒有沖澡的習慣也說不定。

話雖如此——

「要像這樣洗。」

安莉教阿格怎麼洗手，他一臉不情願的樣子。但或許是想起了自己的立場，以及剛才哥布林說的話，雖然不情不願，但還是照她教的洗了手。

「嗯，做得很好。」

「喂，洗好就用這個擦擦身體。得把血跡什麼的擦掉才行。」

阿格雖然一臉不滿，但還是用人家給他的溼毛巾擦了身體。

「髒水拿去外面潑掉就行了嗎？」

「喔，對，不過大姊先回去坐著吧。剩下的我們來就好。」

安莉不再推辭，走到桌旁。有很多哥布林住在這裡，因此椅子很多。安莉隨便選了個座位，坐下的瞬間才發現自己已經累壞了。手臂與腿都十分僵硬，頭也很重。

採藥草很累，但最主要是與犬魔的那一場戰鬥，讓她一下子累垮了。

（我只是在旁邊看而已就這樣……恩弗與哥布林們都在戰鬥，之後卻還能正常走動……我絕對當不了戰士……而且恩弗也好厲害……）

她早就知道青梅竹馬會使用魔法，但從沒想過會那麼厲害。

（他好厲害喔……）

看到青梅竹馬像是個陌生人，她心中湧升一種難以言喻的情感。像是驚奇，但跟那又完全不一樣，是一種不可思議的感覺。

輕輕的「咚」一聲讓安莉回過神來，一只陶杯放在她眼前。裡面滿滿的透明液體散發柑橘類的香氣。她端起來喝了一口。

清爽的酸甜滋味滲透到全身，令她有種恢復了豐沛生命力的感覺。阿格不知道什麼時候坐到她旁邊，一口氣把整杯飲料喝乾了，又討了一杯。

露普絲雷其娜一口也不喝。

（對了，露普絲雷其娜小姐好像從來不吃不喝呢。）

「──嗯？幹嘛一直盯著我瞧？難不成是愛上我了？哎呀──傷腦筋哩──沒想到小安竟然是女同志，真是嚇了我一跳。這件事得告訴大家才行。」

「什麼！不是的！我才不是那樣！」

「哇哈哈哈哈。開玩笑的啦。小安喜歡男人對吧。」

安莉不知道該如何回答，嘴抿成一直線。

「是說他們好慢喔……嗯──好像來了喔。」

安莉忍不住看看門外，但外頭似乎沒人。

「真的嗎？完全沒聽到聲音耶。」阿格把手放在耳朵後面，張開手掌心。「欸，人類是聽力優秀的種族嗎？」

「咦，呃，我也聽不見喔。可是露普絲雷其娜小姐不會……偶爾是會撒這種謊沒錯……

當作是開玩笑。」

什麼嘛，原來是亂講的。阿格正用懷疑的眼光看向露普絲雷其娜時，忽然睜大了眼睛。

「不，我聽見了。真的來了。妳好厲害喔。」

「嗯？啊——沒有啦——比起那邊那位安莉大姊，我根本不算什麼哩。」

阿格當真了，對安莉露出驚愕的表情。

不，並沒有。你沒看到露普絲雷其娜小姐一臉可疑的笑容嗎？安莉還在思索該如何解開阿格的誤會時，有人敲門了。

走進來的是恩弗雷亞與身穿皮甲的女性。

這個名叫布莉塔的前冒險者，是在恩弗雷亞之後搬進村莊的。聽說她本來在耶．蘭提爾當冒險者，因為出了一些事而選擇引退。但總得找份工作餬口，所以看到這個村莊在招募居民，就搬過來了。

她正在村裡接受游擊兵的訓練，聽說很有天分。雖然實力不如壽限無，但在這村莊裡仍然擁有頂級水準的實力，現在擔任義警隊——雖然還不到那個規模——的領隊。

她會被找來一起聽，就是因為她是義警隊領隊，而且會做為見習游擊兵進入森林。

「啊——真的是新的哥布林耶……沒有啦，嗯，只是忍不住用冒險者的觀點……不應該把他當敵人對吧。」

布莉塔苦笑著。她的心情的確不難體會。據她所說，哥布林是人類之敵，一看到就要殺，這才是正確的做法。但這個村莊不一樣。真要說的話，村民甚至覺得人類才是敵人。

「那麼，既然大家都到齊了，就來聽阿格怎麼說吧。好了，阿格。告訴我們你怎麼會渾身是傷地逃到這裡來。」

「簡單來說，我是遭到襲擊，所以才逃過來的。」

「太過簡單了啦……你是被哪種魔物襲擊？」

「東方巨人的手下。」

「東方巨人？那是誰啊。」

「……你們都怎麼稱呼他？」

「不，不是稱呼的問題，是根本沒聽過這個人……布莉塔小姐，妳有聽說過什麼嗎？」

他們當中知識最淵博的是恩弗雷亞，但關於森林的知識還是布莉塔略勝一籌。然而就連她也只是搖頭。

「抱歉。我也沒聽說過東方巨人的存在。還有，我想拉奇蒙師父應該也不知道。我們不會進入森林內地行動，所以沒有森林住民知道得多。」

「那好，阿格，你從最基本的地方開始解釋。」

「什麼才是基本啊……」

安莉很明白阿格的困惑。這種時候應該具體地一一詢問，被問的人也比較好回答。

「那麼，你從住在森林裡的強大魔物開始講起，好嗎？」

「對我來說犬魔或食人魔都很強……不過如果是說能與東方巨人匹敵的強者的話，森林裡原本有號稱三大強者的傢伙。首先是本來棲息於這附近的南方大魔獸。聽說誰敢踏進牠的地盤，都別想活著離開。只是最近沒看到牠的蹤影，據說即使踏進牠的地盤，也沒看到牠出現，不知道牠是怎麼了。再來是東方巨人。他在穿過枯木森林的地方建立起一大勢力。然後最後是西方魔蛇。據說是一條會使魔法的恐怖蛇怪。」

「奇怪，北方呢？」

「北方好像有座湖，但聽說那裡種族混雜，好像沒有由誰統治……至少我沒聽說。但據說有個沼地的雙胞胎魔女。然後，正好從南方大魔獸失去蹤跡的時候起，森林就變了個樣。我搞不太清楚，總之好像有個超恐怖的傢伙出現，讓森林的勢力分布圖改變了，或者說是被趕出森林了……」

「那就是毀滅殿堂？」

「沒錯。而據說毀滅殿堂的主人，是能役使不死者，潛藏於黑暗中的小影子。這是倖存者說的。」

所有人——除了露普絲雷其娜之外——都不安地面面相覷。

首先是南方大魔獸。從牠原本是在這附近建立地盤來想，應該就是與恩弗雷亞一起來過此地的冒險者們——其中那位身穿漆黑鎧甲之人抓到的魔獸吧。的確光看那魔獸的外貌就知道力量非凡，正符合大魔獸這個稱呼，不可能有更適合的綽號了。

「大魔獸……就是森林賢王倉助吧。」

「你是說那個……！啊，沒錯，那的確能稱為大魔獸……」

聽到恩弗雷亞這樣說，來到村莊之後應該沒機會看到倉助的布莉塔大聲說道。

據說她在耶·蘭提爾遠遠看到過。

能與那種魔獸匹敵的存在竟然還有兩個。沒人聽了不感到震驚與恐懼。

「那你怎麼會搞得要逃命？」

「以往這三隻魔物是互相牽制的關係。的確，南方大魔獸從來不會踏出自己的地盤。但沒人能保證真的是這樣。當東方與西方產生衝突，其中一方獲得勝利時，南方也有可能突然來個漁翁得利，所以三個勢力從來沒產生過衝突。」

「可以理解。不過，如果東方與西方聯手對付南方……不，南方不會離開地盤。所以其他兩個勢力也不想特地聯手打倒牠，是吧。反正沒必要隨便去惹牠……」

「關於這方面，我不知道他們是怎麼想的。但以往他們各自擁有地盤，也建立了王國。」

然而，毀滅的——主人大幅打亂了勢力分布圖，兩個大王決定與毀滅之王開戰。因此兩個大王就開始召集可以當砲灰的士兵。」

阿格不屑地說。

「他們威脅我們加入他們的軍隊。說是加入，其實他們根本不把哥布林的性命放在眼裡，只是當成消耗品罷了。更糟的還會被當成緊急存糧。所以我們選擇逃跑，可是——」

「沒逃成功，對吧。」

「對。我們被犬魔與食人魔襲擊了。不得已，大家只好分散開來逃跑。我跟另外幾個人一起逃到這裡。因為我們想只要進入南方大魔獸的地盤，他們或許會不敢闖進來……」

阿格提到還有另外幾人，但除了阿格之外，似乎沒有人逃到這裡來。

安莉露出沉痛的表情時，五劫開口說：

「……我們有另一支小隊到森林裡調查，如果有人存活下來，而且沒有抵抗，應該會被帶來這裡。」

「我想也是，狼會聞到他們的味道。那麼……問題在於除了那隻犬魔之外，還有什麼魔物，以及還有沒有其他魔物跑到這附近來。搞不好追兵會一路追到這個村莊。喂，阿格。其他還有哪些魔物？」

「大概有犬魔、食人魔、波尬跟鬼熊吧。再來就是狼之類的……」

「都是些一般常見的魔物呢。比起這些，我比較想知道東方巨人與西方魔蛇的詳細外貌或能力等等，你知道些什麼嗎？」

阿格用力搖頭。

「我知道的不多。只知道東方巨人拿著一把巨大的劍，西方魔蛇則是頭部長得像你們一樣，會使用魔法。」

所有人都看向恩弗雷亞，他搖搖頭，表示這樣情報實在太少。

「問題在於該怎麼做，對吧。假如出現能跟南方大魔獸匹敵的怪物，老實說，我們根本束手無策。義警隊能做的頂多是帶著女人小孩逃命吧。」

「說得是。究竟是加強警備就沒問題了，還是應該想想別的法子呢？要是騷動能侷限於森林裡就好了。」

所有人陷入沉思。

對於居住在森林外的他們來說，問題能在森林裡解決最好。但這樣就會完全無法進入森林了，不過最糟的情況下，也挑剔不了那麼多了。

「……不過對方既然能輕易打敗住在森林裡的部落，表示他們應該召集了相當強大的戰力嘍。」

「不對！……我們的部落本來更強。但是很久以前，大家講到要尋找新的住處，於是我們部落就派出成年哥布林部隊到食人魔那裡。要不是因為那樣，我們也能稍微抵抗一下！」

「結果那些成年哥布林都沒回來，是吧。」

聽到布莉塔這樣說，恩弗雷亞偏著頭，好像在思忖著什麼。

「那個，雖然跟這件事無關，但我忽然想到一件事想問一下，哥布林一般都是像你這樣講話的嗎？」

「什麼意思？」

「啊，這樣講有點難懂吧。以前我見過一群哥布林，那時候他們說得難聽點，講話方式聽起來有點笨。可是來到這個村莊之後，壽限無他們講起話都來很正常，你講起話來也很普通——很流暢。所以我在想是不是我偶然碰到的那些哥布林，正好是蠻族型的哥布林。」

「不，是我的頭腦特別好。一般哥布林講話都是以單字為主……我在部落講話時，有時別人聽不懂，讓我好傷腦筋。我甚至還認真煩惱過自己是不是被人從其他部落帶來的。欸，我想確認一下，我會不會其實是這附近的部落出身的啊，你們有聽說過我的事嗎？」

「不，沒聽說過……不過你……該不會……大姊，大哥，方便借一步說話嗎？」

恩弗雷亞與安莉跟著海砂利到房間角落。

「那個叫阿格的小鬼，會不會其實不是哥布林，而是巨型哥布林啊。」

巨型哥布林屬於亞種哥布林，各種能力都比哥布林優異。哥布林即使成年，身體也只有人類的小孩大小，但巨型哥布林可以長到跟成年人類一樣大。

不只是肉體方面，智能方面也跟人類相等。因為他們可以跟哥布林交配，因此常常跟哥布林部落一起生活。但他們的繁殖能力沒有哥布林強，因此在部落當中的身分地位常常僅止於親衛隊或隊長等立場。

「可是如果爸爸或媽媽是巨型哥布林，他自己應該也會知道吧。」

「雙親是哥布林，只有他是巨型哥布林嗎？」

「咦？該不會是故事裡可以看到的那種愛恨交織的情節吧？」

「……安莉，我第一次看到妳這種表情呢……很遺憾，我想不是。如同人類會偷偷交換嬰兒，哥布林他們應該也有同樣的狀況吧。」

「有這種可能喔。哎，不過也無所謂就是了。」

三人再度回到桌旁，這時一直保持沉默的露普絲雷其娜說話了。

「所以你們有結論了嗎？有需要的話，也可以求安茲大人幫忙喔。請求大人幫你們解決問題。」

那真是求之不得。

如果是拯救了這個村莊的英雄，就算對上大魔獸級的魔物，應該也贏得了吧。可是——

「這樣太依賴別人了。」

安莉低聲一說，哥布林也表示同意。只有沒見過安茲的布莉塔與阿格頭上浮現問號。恩弗雷亞的表情，不知為何有點複雜。

「這是我們的村莊，我們應該盡自己的力量去保護。也許我一個無力戰鬥，也不會率先流血奮戰的女人，不該一副了不起的樣子講這種話，但我還是……」

「不，我贊成大姊的意見。這個村莊是屬於大姊的——」海砂利「嗯？」了一聲，偏偏頭改口說：「大姊與我們的……也不對。」

「你是想說屬於在這村莊裡生活的每一個人，對吧。」

「對對，恩弗大哥。您就是有智慧！哎，總之就是這樣，我想除非迫不得已，否則還是別借助魔法吟唱者先生的力量吧。」

「可是這樣的話，搞不好大家都會死翹翹喔——被刀砍中可是很痛的哩——」

「哼！露普絲雷其娜小姐，我們不會讓那種事發生的。我們會充當肉盾，至少為大家爭取逃走的時間。」

露普絲雷其娜好像覺得很掃興。

「是喔。那你們加油吧。」

「還有整個村莊既然要共同採取行動，最好先跟耶．蘭提爾的冒險者工會聯絡一下——或者該說是報告一聲吧。工會接受委託後會先派人過來調查，若是等到情況緊急才提出委託的話，會產生很多麻煩的。」

恩弗雷亞提議後，布莉塔接著說：

「說得對。因為工會不願意讓冒險者遇到意料之外的魔物而喪命。雖然工作者那些神經病都嗤之以鼻，說是工會太寵冒險者了，但那不過是貪得無厭的傢伙愛找碴罷了。以組織的立場來看，保護自己的成員是理所當然的吧。」

「不過布莉塔小姐，我無意說冒險者的壞話，只是情況緊急時提出委託，委託費會三級跳或是遭到拒絕，又是為什麼呢？」

「冒險者也不想死啊。而工會也不想讓自己的冒險者送命。所以如果是緊急委託，就算最後發現其實不需要太強的冒險者，他們還是會提高報酬金額，讓更高階的冒險者來接委託，不過就是這樣罷了。」

前冒險者布莉塔的一番話，即使是安莉這種跟冒險者毫無瓜葛的村姑，聽了也很容易接受。的確，站在走投無路必須尋求協助的人的立場來想，情感上一定難以接受。但反過來從冒險者的角度看，的確可以理解。

「不過就算讓工會調查過，還是常會有人死於非命就是了……」

布莉塔咬緊下唇。

「一想起被那個吸血鬼襲擊時的情形，我到現在都還會發抖……一開始還得藉助藥物才能入睡……」

「吸血鬼？怎麼回事？」
對於阿格毫不客氣的疑問，布莉塔露出苦笑。
「這是祕密。應該說拜託不要讓我想起來。我會尿褲子的。」
「我都說了耶……」
「你是因為要答謝我們救你一命好不好……」
「目前的行動方針就是向工會報告，看情況，希望能提出委託，對吧？我想委託費應該貴得嚇人，不過還是需要請工會估一下價。還有，這件事也得告訴壽限無與村長。這樣可以吧，安莉？」
「義警隊那邊就由我去說。老實說，我想他們應該會照這裡的決定做。」
聽了恩弗雷亞與布莉塔所言，安莉點點頭。
「那麼，我想在村莊裡晃一下再回去。確定不請求安茲大人幫助嗎？」
「是。我們想盡量靠自己。如果可以，請您轉達恭大人。」
「了解哩。」
安莉與恩弗雷亞站起來，一齊展開行動，但目送著兩人離去的阿格仍然一副無法理解的樣子。

「那個女人為什麼了不起？」

「嗄？」

阿格聽到成年哥布林發出凶惡的聲音，嚇得發抖。

這個成年哥布林似乎比自己部落裡的任何人都要強。這種人對自己露出敵意，讓他全身起雞皮疙瘩。

但他還是無法壓抑小孩子特有的好奇心。

「在這卡恩部落裡，都是女人比較了不起嗎？」

就阿格看來，安莉這個女人並不怎麼強。手臂與雙腿好像都有點肌肉，但還嫌太少。雖然不用像食人魔那樣滿身肌肉，但身為首領應該再強壯一點。

如果是魔法吟唱者的話還能理解。在哥布林部落當中，女人若能當上族長，也都是因為會使用那種莫名其妙的力量。可是那個女人好像也不是魔法吟唱者。

說實在的，阿格不明白安莉為什麼能當他們的老大。

「不是那樣啦。」

「……之後才來的那個女獵人比她強吧。」

「算是吧。布莉塔小姐還算有點本事。但還是我們比較強就是了。」

阿格心中更加佩服起站在自己面前的成年哥布林。他個頭明明比那女人矮，卻講得斬釘截鐵，想必是很有自信——而且是有憑有據的。

「還有突然出現在我們背後的那個女人，也沒有那麼厲害嗎？雖然她突然出現，把我嚇了一跳就是。」

成年哥布林突然不再說話，盯著阿格看。

阿格從他身上感覺到一股莫名的壓力，戰戰兢兢地問道：

「怎……怎麼了。那個女人有什麼問題嗎？」

「突然出現的那個女人……那位小姐叫做露普絲雷其娜，她……很危險。我想你暫時會待在村莊裡，但絕對不可以靠近她，或是跟她說話。我這樣說是為你好。」

「呃，好，我知道了。」

「還有一件事，我也得先告訴你。不用我多講，你如果敢對這個村莊裡的人怎麼樣……我就明說了，我不會只是懲罰你。要你的命還算便宜你了。」

「我……我知道。就是要我接受落敗部落應該受到的待遇嘛！我跟你保證，絕不會傷害卡恩部落的人。」

「那就好……不過，千萬不可以接近那個叫露普絲雷其娜的人喔。」

阿格知道連這麼厲害的成年哥布林，都對那女人懷抱著畏懼的戒心，於是將他的忠告銘記於心。然後他想起一開始的疑問還沒得到解答，再度問道：

「那個安莉**小姐**為什麼很了不起？」

就算是阿格也有學習能力。不，他可是部落中最聰明的人，跟其他人講話還常常話不投機，這點小事當然馬上就學會了。

「唉……安莉大姊……其實強得很呢。」

「咦？」

「你太弱了所以感覺不出來啦。安莉大姊要是認真起來，一隻手就能捏死犬魔，還會把擠出來的鮮血倒在杯子裡喝喔。」

「真的嗎！」

「真的，真的。對啦，真的。」

阿格想起安莉的模樣。冷靜想想，她的確發出過震動丹田，充滿魄力的命令。難道那是她真實面貌的一鱗半爪嗎？

「大姊只是假裝很弱。你再亂問，小心她發火，一隻手把你捏死喔。那個打掃起來很辛苦的。血會噴得到處都是。」

「是……是這樣喔……她……她為什麼要假裝很弱？強悍不是才能省麻煩嗎？」

「因為很多笨蛋愛找強者挑戰啊。你不知道，麻煩事多著咧。」

他以為只要強悍就無所不能，原來不是這樣。

阿格陷入思考的迷宮。甚至沒注意到眼前的成年哥布林露出「開個小玩笑啦」的表情。

●

半夜，安莉無意間醒了過來。她只轉動眼睛，觀察周圍有無任何異狀。眼前擴展開來的是一片伸手不見五指的黑暗世界。只有百葉窗隙縫灑進來的月光是唯一光源。在這薄弱光源的照亮下，看不到任何異狀。

她側耳傾聽。

馬匹嘶鳴，身穿鎧甲的騎士到處奔跑的聲音，人群的慘叫。這類聲音她完全沒有聽見。是個一如平常的夜晚。

她輕吐一口氣，閉起眼睛。可能是因為剛才睡得很沉，一時無法再次入睡。

今天真的發生了很多事。她後來去把整件事情告訴村長，壽限無回來後，安莉也跟他解釋了一遍。

（不會有事吧……）

壽限無他們為了確認新情報，而在晚上出發，再次搜索森林。在黑夜裡進入森林是非常危險的行為。哥布林跟人類不同，就算是晚上，只要有少許光源就能行動自如。但魔獸等魔物很多都是夜行性，太陽下山後才會活動。

危險性比白天高多了。

若不是要盡快確認有沒有其他魔物在追阿格，就算是壽限無他們也不會急著出發。

哥布林他們的確很強，但那是跟安莉等人相比。森林中還有比他們更強的魔物，那隻大魔獸就是個好例子。

喪失的恐懼感讓安莉不禁轉動了一下身體，可能是因為這樣，妹妹發出「嗯……嗯」的低喃，往她身上靠。

她微微睜開眼睛，偷看妹妹的樣子。

看來並沒有把她吵醒。聽得見細小的呼吸聲。

（呵呵……）

就在她忍不住小聲笑出來時，安莉聽見輕輕敲門的咚咚聲。那絕不是風的惡作劇或聽錯了。

安莉皺起眉頭。這麼晚了，會是什麼事呢？但正因為是這種時間，一定是很重要的事。

安莉靈巧地撥開蓋在自己與妮姆——兩人身上的薄毯，慢慢從床上起身。她小心移動，以免吵醒妹妹。

床板發出的嘰嘰聲，好像隨時會吵醒妮姆，使她的心跳略為加速。

妮姆自從那場慘劇以來，總要跟安莉一起睡。因為那件事對她心靈造成的創傷太大了。

安莉也無意責備她。因為安莉也得跟妹妹一起睡才能放心。

只是做姊姊的知道，即使兩個人依偎著入眠，妹妹有時還是會被惡夢驚醒。所以當妮姆睡得香甜時，安莉很想讓她好好睡覺。

她為了不發出聲音而放慢腳步走向玄關的期間，敲門聲始終沒有停止。

她戰戰兢兢地從門上小窗看向外面，只見壽限無的身影浮現在月光下。安莉放心地吐出一口氣。

安莉為了不吵醒妹妹，小聲對外面說：

「壽限無，你沒事啊。」

「嗯，安莉大姊，總算是平安回來了。抱歉把您吵醒，我想這事還是早點告訴您比較好。」

安莉把門打開一條縫，從門縫溜了出去。因為她怕月光照進室內，把妹妹吵醒。大概是明白了她這樣做的意思，壽限無悄聲說：

「希望您能立刻跟我去一個地方。」

「現在嗎？」安莉微微一笑。「當然可以嘍。」

「真不好意思。」

「請別道歉。」安莉說完，就跟著壽限無走出去。雖然她也想過或許該叫醒妹妹，但還是決定讓她繼續睡。

「途中我邊跟您簡單說明。」

壽限無平常講話會再輕鬆一點，不過在談公事——壽限無如此判斷時，語氣會變嚴謹。安莉雖然覺得跟一個村姑講話可以再輕鬆點，但壽限無從來不肯改，安莉也就放棄了。

「首先，我們找到了幾個阿格部落的人。」

「這樣啊！太好了！」

「……只是他們精神極度衰弱，我想需要休息幾天。這件事已經請恩弗大哥幫忙了。」

大概是注意到安莉不解的表情，他補充說明：「我們發現阿格部落的倖存者時，他們正被東方巨人的幾個食人魔部下囚禁，當成了食物。肉體上的傷已經讓扣那用治療魔法治好了，但精神上還是留下了創傷。因為恩弗大哥手邊有含鎮靜效果的藥，於是我們就決定用那些藥進行治療。然後接下來就是重點了，只有一件麻煩事。」

壽限無一邊觀察安莉的神情，一邊接著說：

「救出他們時，我們逮住了五隻食人魔。之所以這樣做，是因為想問出新的情報……食人魔出於種族習性，會跟哥布林共同生活——由食人魔負責戰鬥，哥布林們則負責提供食物，建立共存共榮的關係。因此，這些食人魔也說願意為我們的部落戰鬥。我問過阿格，他說這種事並不稀奇……您覺得該怎麼辦呢？」

「呃，那些食人魔可以信賴嗎？」

「阿格是說可以信賴。食人魔好像具有奇妙的習性，除了自己的部落之外，只會為哥布林部落而戰，所以他們背叛東方巨人，是因為他不是哥布林部落的人。」

「嗯──會吃人的食人魔有點可怕耶……」

「他們已經把這個村莊裡的人當成部落的一分子，因此只要給他們充足的食物，好像就不會出問題。食物方面也不難解決，幸好他們是雜食性。」

老實說，對一個村姑而言，這是艱難的決定。

「要殺了他們嗎？」

他的語氣十分平淡。

「說真的，為了斷絕後顧之憂，我覺得殺了他們也無妨。我們也不想惹麻煩上身。這些傢伙能毫不在意地背叛別人，一旦我們居於劣勢，搞不好又會倒戈。雖然阿格說不會，但隨便聽信一個小孩子的話也有點……」

「壽限無，你覺得呢？」

「戰力自然是越多越好。今後不知道會有什麼魔物被趕出森林，跑來這裡。擋箭牌是多多益善。」

「可以再問一個問題嗎？他們不會吃人嗎？」

「……安莉大姊。雖然大家都說食人魔是吃人妖怪，其實他們只不過是肉食魔物罷了。因為抓人類比抓野生動物簡單，所以才會襲擊人類。」

對於食人魔來說，抓人類大概比追兔子簡單多了。為了獲得糧食而拿容易獵捕的生物當獵物，說起來也算是大自然的道理。

「哎，所以只要給他們吃的，他們就不會襲擊村裡的人類。因為他們襲擊人類只是為了果腹。我們比食人魔擅長打獵，所以可以保證幾乎不會讓他們餓肚子。當然，短期間內還是要派人監視，觀察情形。我們絕對不會讓他們襲擊這個村莊裡的人，讓大家受傷的。」

「……這樣的話，還是信賴他們，讓他們成為部下比較好呢。這也是為了今後著想。」

「很高興您能理解。不過，雖然您可能會覺得跟剛才的話矛盾，但接下來這件事如果處理失敗，我們會解決掉他們。其實，我們想讓食人魔明白大姊才是老大。」

「咦？」

安莉不禁發出了像假聲的怪叫。她覺得話題一下子扯得太遠了。為什麼自己一個村姑，必須成為食人魔等魔物集團的主人呢？讓壽限無當老大不就好了嗎？

「這是為了將來著想。我們認為食人魔把大姊當成普通的人類，會有不良影響。我們會聽大姊的命令，但食人魔必須經由我們哥布林才會聽命，這在某些場合下會相當危險。我這個前線指揮官隨時有可能發生意外，因此我覺得後方的安全地帶也需要一個能命令食人魔的人。」

安莉用村姑的思維拚命考量。

「簡單而言，就是需要兩個能下命令的人嗎？」

壽限無點點頭。

「那恩弗也可以……」

「根據時機與場合，恩弗大哥有時候也得上前線的。」

「原來如此……」

安莉恍然大悟，於是她答應了。待在安全地帶的自己也應該幫上大家的忙。這也是她一直以來的希望。只是──

「我有能力支配那些食人魔嗎？」

「現在正要試試。大姊，可以請您演一場戲嗎？」

房屋的正門與後門都能通往屋外，哥布林們帶著她來到後門。門扉大大敞開，五隻食人魔在那裡叩拜著。隨風飄來的強烈惡臭就是從他們身上傳來的。

周圍可以看到哥布林軍團的身影，一個人都沒少，看起來也沒受傷。

門扉旁邊的瞭望台上，平常都會有村民或哥布林站崗，但今天似乎沒人。大概是哥布林們請大家暫時迴避了吧。

除此之外，恩弗雷亞也在，阿格也站在較遠處。

「嗨，安莉。該說真是個美好的夜晚嗎？」

「是呀，恩弗。月色很美。」

「對啊。看起來好大。」

「抱歉打擾兩位講話。不好意思，我們馬上開始吧。」壽限無小聲告知安莉後，扯開嗓門喊道：「喂，你們幾個！我們的大姊來了！你們的生殺大權可是握在大姊的手裡，知道嗎！」

對這句話做出反應，五隻體型魁梧的食人魔一齊抬起頭來，視線朝向安莉。雖然無形的壓力直逼而來，但安莉硬是忍住後退的衝動。只要自己後退一步，計劃即告失敗。哥布林們也會立刻殺光他們，以斬斷禍根。

實際上，她也看到周圍的哥布林軍團都握緊了武器。恩弗雷亞則不動聲色地拿出藥瓶。

緊張的時間緩緩流逝。

她正面承受食人魔的視線，回瞪他們。視線不能游移，也不能別開目光。

安莉將食人魔與當時騎士的影像在心中重疊。
她用力握緊拳頭，回想起毆打騎士戴著頭盔的臉時的心情。
（別小看我。大家都在保護村莊。我也要保護村莊!!）
經過一段緊張的時間——也許只有一瞬間，但對安莉來說十分漫長的時間——食人魔們的目光動搖了。
他們偷看同伴的表情，又偷看壽限無的臉色。
「就說了吧，我們的老大，大姊是最強的。」
「還不低頭！」
配合壽限無所說的話，安莉中氣十足地喊道。
充滿氣魄的大吼讓安莉自己都嚇了一跳，眼角餘光瞄到阿格身子一顫，但現在這些都無關緊要。對安莉而言，所有食人魔都低下了頭才是重點。
食人魔似乎暫且承認了安莉比自己了不起。
「喂，有什麼話想對我們哥布林以及卡恩村族長的大姊說，就趕快說。」
食人魔們低垂著頭，異口同聲地啞著嗓子說：
「可怕的小人的主人。我們道歉。」
「我們襲擊了妳部落的人。原諒我們。」

食人魔所說的「妳的部落」指的是阿格的部落。雖然實際上阿格的部落與安莉無關，但為了讓事情單純點，他們把阿格等人也算進了卡恩部落當中。如果不這樣做，頭腦簡單的食人魔思路就會打結。

「我們會為妳效力。」

「可以！你們就為了我的部落賣命吧！」

她用上殘餘的氣力下令。才不過講了兩三句話，就把她累死了。簡直跟在森林裡散步時一樣累。

就在她覺得已經維持不住老大的態度時，壽限無適時伸出了援手。

「太好了！安莉大姊說要饒過你們的性命！」

食人魔們的身體明顯地放鬆下來。他們本來可能會丟掉小命，會有這種反應很自然。

一隻食人魔直勾勾地看著安莉，開口道：

「族長，我們，該做些什麼？」

根本想都不用想。不知道的事情交給別人處理就好。

「壽限無。麻煩你照顧他們。他們任由你差遣。」

「了解，大姊。」指揮官低頭行禮後，轉向食人魔那邊。「好，首先我們到村莊外頭替你們搭帳篷。你們就住那裡。喂，你們幾個，幫忙他們搭帳篷。」

壽限無對哥布林們下令後，食人魔與哥布林們聚在一起，往外走去。

「在村莊外頭搭帳篷，有可能發生一些麻煩事，因此之後，我希望能在村莊裡替他們做個居住區。不過也要等教會他們不襲擊村民後才行。」

「我也得四處拜託村民，請大家接納他們。」

「嗯——我想只要安莉開口，應該不會有問題。還有關於明天的事——」

按照預定，安莉與恩弗雷亞會讓幾個哥布林陪同護衛，出發前往耶．蘭提爾。

「抱歉。我得替阿格部落的倖存者治療，所以不能去了。」

畢竟他們可是得跟吃過自己同伴的食人魔在同一個村莊生活。除了治療傷口，心理治療也不可或缺，但按照莉吉的個性，擺明了只會讓對方更沮喪，造成反效果。結果除了恩弗雷亞，沒人適合做這件工作。

「咦？這樣我會有點不安耶……」

安莉沒去過耶．蘭提爾這種大城市，想到自己要去做的事，覺得負擔有點沉重。

「那麼，請村長跟妳一起去如何？」

「我想有點困難……」

村長也得維持村莊的體制，做整修，還要隨時注意幫助新搬進來的居民等等，恐怕無法出遠門。

「……那村長的太太呢？」

「……嗯──老實說，現在村莊人手不足呢。雖然以前就缺乏人力，但現在更嚴重。」

卡恩村一直是靠少許人力勉強撐過來的。因此在人數減少的情況下，村莊的機能嚴重下降。所以他們才會力排眾議，招募移居者。

「到了耶．蘭提爾之後，還得去神殿確認有沒有人願意搬來村莊耶……這已經不是村姑的職責了啦……」

「請加油，族長。」

被壽限無這樣說，安莉鼓起了臉頰。她很想說「你沒資格這樣說」。因為哥布林們為安莉效力，也是安莉四處奔波的原因之一。

「其實我也很想跟妳一起去……」恩弗雷亞非常遺憾地嘟噥，然後他似乎想擺脫陰暗的氣氛，故作開朗地接著說：「對啊。不要緊，我會負責照顧妮姆的。別擔心，儘管努力辦事吧。」

「……這世上應該只有我一個人這樣吧。突然被人捧上天，必須裝出一副了不起的高姿態，還得去從來沒去過的地方，又得處理好幾項從沒做過的工作。」

「別那麼悲觀嘛，安莉。找遍全世界的話，應該至少還可以再找到一個人吧。」

看到安莉疲累地垂下肩膀，恩弗雷亞與壽限無輕聲笑了起來。最後，一個人站在遠處眺望他們的阿格，用沒人聽得見的微小音量低喃：

「原來她真的是靠力量支配那個哥布林啊……卡恩村的族長，安莉大姊……」

3

要塞都市耶．蘭提爾正如其名，被三重城牆團團圍繞。設置在城牆上的大門，以外圍部分的最為堅固雄偉，充滿當頭壓下的粗實厚重感。

號稱即使帝國進犯也能頂回去的大門散發的壓迫感，看得旅人張口結舌。這模樣只要是走在街上的人至少都會看過一次。而他們過去應該也有過一樣的反應。

這座大門旁邊設置了檢查站，裡面有幾個士兵避開陽光，正在放鬆休息。

這裡是可能成為前線要地的都市，士兵這種態度似乎有點鬆散，不過檢查站士兵的職責是盤查旅人。他們的工作是防止走私非法物品或是揪出外國間諜，因此沒人進入都市就等於沒事可做。

因為這樣，目前閒閒沒事做的這些一般士兵——雖然不至於玩牌打發時間，但也毫不遮掩口中漏出的呵欠。

當然，他們現在雖閒，但忙起來也是很忙的。尤其是清晨剛開門的時候，可是忙到筆墨難以形容。

當太陽逐漸升上天空最高的位置時，道路上開始出現旅人的零星人影。在魔物出沒的這個世界裡，人們總是集體踏上旅程的。

「一來就是一大串。好啦，要開始忙嘍。」士兵一邊這樣想，一邊漫不經心地從只有木框的窗戶眺望外頭，忽然看到除了那一群人之外，有一輛運貨馬車行駛在道路上。

車夫座上坐著一名女性。沒有車篷的車廂上看不到任何人影。她是一個人獨自旅行。女性看起來並沒有裝備武器或防具。由此推測出的答案是——

也許是某地的村姑。

——士兵這樣想，又不太能接受自己的假設。

附近村莊的人來都市並不罕見。但很少有女人一個人前來。就算在耶．蘭提爾近郊，也無法保證絕對沒有盜賊或魔物。的確多虧了傳說級冒險者「漆黑」的幫助，危險的魔物與盜賊幾乎都消失了蹤影。但仍然不能說掃蕩一空，也有野狼之類的普通野獸四處出沒。

這不只是耶．蘭提爾附近地帶的常識，在其他都市也是理所當然的事實。這樣還會有人讓一個年輕女孩獨自旅行嗎？

也有可能是遭到盜賊襲擊後撿回一命逃過來的，但她看起來毫無緊張感。好像知道自己的旅途很安全，給人一種老神在在的感覺。

那個女孩究竟是什麼人？

士兵抱著這種疑問，移動視線盯著馬匹看，然後再度陷入混亂。

那馬匹相當強壯，不是區區村姑能擁有的。其體格與毛色讓人聯想到戰馬。

戰馬非常昂貴。而且就算能湊到這筆費用，一般人也不容易買到。除了飛龍或獅鷲等魔物系騎獸之外，戰馬算是最頂級的坐騎了。

一般人如果能買到這種戰馬，肯定是有著某些門路，但一個村姑不可能有那種管道。

也有可能是從原主人手中搶來的，但是搶走這麼高價的東西，必定會受到報復。就連盜賊都不太敢對騎乘戰馬的人出手。

換句話說，就結論而言，她不太可能只是個村姑。這樣想來，這個村姑打扮的女子會是什麼人？

這時能做為線索的，就是她是獨自旅行這一點。換句話說她對自己的本領有自信，而且不會受村姑打扮——裝備品所左右。也就是說，她屬於魔法吟唱者那種裝備與戰鬥力關係不大的人。

這是個可以接受的答案。因為魔法吟唱者很多都是冒險者之流，他們有門路也有財力，比一般人更容易弄到戰馬。

「那是魔法吟唱者之類的嗎？」

來到身邊的同袍，說出了同樣的推理。

「或許喔。」

士兵微微皺起眉頭回答。

魔法吟唱者是很難盤查的對象。

首先，他們的武器是深藏不露的魔法，無法用肉眼看見。換句話說士兵無法確認對方擁有多少武器。

第二，他們有可能以魔法攜帶某些危險物品進入都市，但士兵很難發現。

第三，他們常常攜帶一些專門物品，需要辦理非常麻煩的手續。主要有這幾個原因。

說實在的，檢查站最討厭遇到的就是魔法吟唱者。所以他們向魔法師工會借用人手——可以想見支付了相應的費用——請求對方協助，但是……

「要叫那傢伙來嗎？實在很不想耶。」

「沒辦法啊。放行後要是出了問題就麻煩了。」

「要是魔法吟唱者能穿得一目了然就好了。」

「拿根詭異的木杖，全身包著詭異的長袍？」

「說得對。這樣一看就知道是魔法吟唱者了。要不然就是強制所有人加入魔法師工會，必須像冒險者一樣配戴著工會人員的標誌之類的。」

兩人相視而笑。原本坐著的士兵站了起來，準備迎接即將接近的，像是魔法吟唱者的少女。

在士兵們的注視下，馬車來到門前，停了下來。

少女從車夫座上下來。她額頭上滲出少許汗珠，一眼就能看出是一路頂著大太陽來的。大概是為了防曬，她穿著長袖長褲。衣服做工都算不上精緻。怎麼看都只是個普通村姑。

然而她也許表裡不一，說不定藏了些什麼。自從從事這份職業以來，士兵們才知道什麼叫做人不可貌相。

士兵小心謹慎地接近少女。

「首先想問妳幾件事情，可以請妳來檢查站一下嗎？」

士兵以柔和的表情，語帶親切地說。意思是說：我對妳沒有戒心，請儘管鬆懈大意吧。

「好的。沒問題。」

士兵帶著少女前往檢查站。

為了防備「迷惑（Charm）」等精神控制系魔法，另外有一名士兵在幾公尺外跟著兩人。其他士兵也不露聲色地偷看，注意少女有無任何可疑舉動。

大概是察覺到了這股緊張感，少女偏了好幾次頭。

「……怎麼了嗎？」

「咦？啊，不，沒什麼。」

連一點氣氛變化都能察覺到，果然不是泛泛之輩嗎。士兵邊想邊帶著少女進入檢查站。

「那麼可以請妳坐在那邊嗎？」

「好的。」

少女趕緊坐到放在房裡的一把椅子上。

「首先請說出妳的姓名，以及來自哪裡。」

「好的。我叫安莉．艾默特，是從都武大森林附近的卡恩村來的。」

士兵們互使眼色，一個人走到房外。他是去確認地籍冊上有無記載這個地名。

王國為了管理戶口，有在登記地籍冊。話雖如此，其實登記內容很粗略，出生或死亡的資訊更新得很慢，也常常有所缺漏。甚至有人計算過錯誤資料可能多達上萬件，因此不能太過相信地籍冊的資訊，但可以當作某種程度的參考。

地籍冊資訊明明不夠正確，份量卻相當大。因此查起資料得花不少時間。士兵很清楚這一點，想先解決其他事項，於是開口說道：

「那麼可以請妳出示代替通行費的許可證嗎？」

一般來說，進入城市需要支付通行費——又被稱為步行稅——但如果連領民都得支付通行費，會造成物流窒礙難行，因此國家對各村莊發行了通行許可證，帶著這個進入城市即可免除通行費。當然，這個制度也會因統治每個領土的貴族而有所不同。

「呃，在這裡……」

安莉開始翻找包包，但士兵阻止了她。

「不，由我來檢查吧。可以把包包直接交給我嗎？」

安莉乖乖交出包包，士兵接了過來，慎重地檢查裡面的物品，找到了羊皮紙。

他在桌上攤開羊皮紙，從上到下看過一遍。王國市民的識字率很低，但檢查站的士兵當然會讀寫。不，應該說是因為會讀寫，所以才會被分配到這裡。

「原來如此。看來沒有問題。這是發給卡恩村的通行許可證。確認無誤。」士兵捲好羊皮紙，重新放回包包裡。「那麼接下來，請說出妳來耶·蘭提爾的理由。」

「好的。首先第一件事，是要賣掉我採的藥草。」

士兵看向窗外——運貨馬車，只見其他人正在檢查藥甕。

「可以告訴我藥草的名稱，以及總共有幾甕嗎？」

「好的。四甕紐庫里，四甕阿金納，還有六甕安凱西。」

「六甕安凱西？」

「是的，沒錯。」

安莉得意地露出微笑。士兵也能明白她的心情。

在檢查站值勤，自然會擁有某種程度的藥草知識。

安凱西是只在目前這段非常短暫的時期才能採到的藥草，經常用在製造治療系藥水上。因為需求量大，所以價格不低。有六甕之多的話，雖然也要看每一甕的容量，但應該可以賣到一筆大錢。

「那麼，妳打算把它拿到哪裡賣？」

「以前都是賣給巴雷亞雷家的。」

「巴雷亞雷？妳是說那個莉吉．巴雷亞雷藥師嗎？」

雖然現在好像離開了，但直到不久之前，她都還是耶．蘭提爾的藥師業界泰斗，名聞遐邇。這個女孩跟巴雷亞雷家保持生意關係，看來是個值得信任的人物。

既然如此，士兵認為沒必要再繼續追查下去了。

實際上，他們的職責是阻止危險物品運進都市，追究都市內物品流向不在他們的管轄範圍內。

士兵「嗯」了一聲，點點頭，將視線從安莉臉上移開。

安莉說的話沒有什麼可疑之處。表情也不像在撒謊。

等檢查完行李，他的工作就算結束了。

就在這時，士兵剛好回來，只點了一個頭。

意思是說地籍冊上有登記安莉這名女性。

不過，這只能證明有一名叫做安莉的女性出生在卡恩村。既不能保證眼前這名女性就是安莉，也無法證實安莉這名女性度過什麼樣的人生。也許她離鄉背井，獲得了強大的魔法力量後回到故鄉；也有可能安莉已經客死他鄉，而某個罪犯冒用了她的名字。

因此，最後還必須作一項檢查。

「了解。那麼麻煩你去請那位大人過來。」

士兵點點頭，再度走出房間。

「接下來要進行身體檢查，可以嗎？」

「咦？」

安莉一臉狐疑。士兵慌忙補充說道：

「啊，並不是因為有什麼問題。抱歉，這也是規矩之一。不會做什麼特別的事，請放心。」

「……既然如此，我明白了。」

看到安莉接受了，士兵內心鬆了口氣。他可不想惹惱可能是魔法吟唱者的人物。

當離開房間的士兵回來時，他身後跟著另一名男子。

那是個標準的魔法吟唱者。

突出的鷹勾鼻，消瘦凹陷的臉頰面有土色，又因為身穿看了都嫌熱的黑色長袍，滿頭大汗。有如雞骨的手上緊緊握著歪扭的法杖。

士兵個人覺得，那麼熱的話大可以脫掉衣服，但魔法吟唱者似乎對這身打扮有著個人喜好，說什麼也不肯換一套裝扮。可能是因為這樣，魔法吟唱者走進房間後，室內溫度甚至好像上升了幾度。

「就是這個女孩嗎？」

魔法吟唱者平靜的聲音，總是讓士兵產生奇妙的感覺。

外貌看起來像是二十多近三十歲，但聲音非常沙啞，甚至無法從聲音判斷年齡。不知道只是外貌看起來比較年輕，還是聲音本來就很沙啞。

「呃……」

安莉好像嚇了一跳，看看出現的魔法吟唱者，又看看士兵。士兵覺得她會驚訝也是情有可原，暗自理解。因為士兵第一次聽到魔法吟唱者的聲音時，也嚇了一跳。

「這位是從魔法師工會請來的魔法吟唱者。我們會請他做個簡單檢查，請稍等一下。」

士兵做個手勢要安莉繼續坐著，然後對魔法吟唱者稍微低頭。「那麼可以拜託您嗎？」

「當然。」

魔法吟唱者向前走出一步，轉為正面面向安莉，然後吟唱了魔法。

「『魔法探測(Detect Magic)』。」

接著魔法吟唱者瞇起眼睛。看起來就像盯上獵物的野獸。面對就連看慣的士兵都會緊張的視線，安莉卻無動於衷。

士兵見狀，心想自己的推測果然沒錯。

承受到這麼強烈的視線還能無動於衷，不可能只是個村姑。至少也要與魔物等凶殘敵人對峙過，才能對這種視線泰然處之。士兵看到這一幕，確定自己的想像是正確的。

「妳騙不過我的眼睛的。妳夾帶了魔法道具。就在妳的腰際。」

安莉第一次露出吃驚的樣子，看了看自己的腰部。

士兵稍微擺出了迎戰態勢。劍之類的武器他還能理解，但魔法道具就不在士兵的知識範圍內了。

「您是說這個嗎？」

安莉立刻從衣服底下，拿出了一支能藏在雙手掌心裡的粗陋小號角。如果是士兵，搞不好看到了也不會特別留意。

「……這是魔法道具嗎？」

「正是。不可被外觀所蒙蔽。這個道具具有強大的魔力。」
士兵瞪大了雙眼。連這個魔法吟唱者都說這個道具強大，它到底隱藏了多少力量？
士兵開始覺得這個少女好像是故意穿得破舊，感到一種被人用利刃指著自己的寒意。
「啊，那是——」
「無須多言。我的魔法能看透一切。」
安莉正想說些什麼，但魔法吟唱者要她住口，並再度發動魔法。
「『道具鑑定(Appraisal Magic Items)』——唔唔唔唔！」
在這幾秒鐘之間，魔法吟唱者的表情瞬息萬變。先是驚愕，然後是畏懼，恐懼，最後是——混亂。
「這……這是什麼？用強大不足以形容的非凡力量……不可能！這究竟是什麼？」
他口沫橫飛，滿臉通紅。
「妳究竟是什麼人！別想用這身打扮騙我！」
看到魔法吟唱者神色大變，士兵都嚇了一跳，就連安莉也驚愕得睜大雙眼。
「沒……沒有啊，我只是個普通的一般人。只是個村姑。我是說真的！」
「村姑？妳為什麼要撒謊！那妳說，妳是怎麼弄到這個道具的！如果妳不是個普通的村姑，那才說得通！」

「咦？呃，這是拯救了村莊的安茲・烏爾・恭大人送給我的——」

「——還在狡辯！妳說這是教國的神官給妳的嗎！」

「咦？那位大人是教國人嗎？」

「士兵！快過來！這個女孩太可疑了！」

士兵搞不清楚是怎麼回事，但魔法吟唱者從來沒這麼反常過。既然如此，他們應該把這當作是緊急狀況，不管自己怎麼想，採取行動就對了。

「集合！集合！」

對士兵的呼喊做出反應，檢查完行李的同袍都緊張萬分地跑來。

「妳說這強大的道具是別人送妳的？鬼話連篇！說，妳是怎麼弄到手的！妳不可能只是個村姑！」

「不，這真的是恭大人送我的！請相信我！」

士兵看看魔法吟唱者，又看看村姑。的確，魔法吟唱者是他的同事，而且是接受委託來這裡工作的，他很想相信魔法吟唱者。但這個名叫安莉的少女，怎麼看都只是被意外狀況嚇壞的村姑。

「到底……到底發生了什麼事？請告訴我您為何覺得她可疑！」

「哼！首先那支號角能夠召喚複數哥布林——雖然無法確定能召喚多少隻，總之似乎是具有這種力量的道具。」

士兵蹙起眉頭。要是在城裡使用了這種道具，將會引發很大的麻煩。不過，恐怕不只是這個問題。冒險者以及類似的職業擁有各種各樣的魔法道具。其中即使包含這種道具應該也不奇怪。

「豈止如此，她還堅稱自己只是個村姑，令人懷疑……如果是你，你會把一個至少值幾千枚金幣的魔法道具，交給一個普通村姑嗎？」

「幾千！」

「幾千！」

大到超乎想像的金額，讓士兵與安莉接連大叫出聲。

一般人一輩子也沒機會接觸幾千枚金幣這種鉅款。而魔法吟唱者卻說這支粗陋的號角擁有如此高的價值。

「沒錯。沒有人會毫無來由地把這種貴重物品交給別人。而且還是交給一個村姑！當然，如果這個女孩是個一流的冒險者或魔法吟唱者，那我能夠理解。但這個女孩卻宣稱自己只是個村姑！怎麼想都有問題！」

士兵也覺得他講得有道理。擁有卓越力量的物品，會受到擁有卓越力量的人吸引。過去不計其數——不分善惡——獲得超群力量的人們都擁有強大道具，無一例外。這是命運，也是必然。

「不，真的，我只是個村姑……」

「說起來，我根本沒聽過什麼安茲．烏爾．恭。至少此人絕不是這座都市的魔法吟唱者。而且也不是冒險者吧。」

「恭大人的話，戰士長大人認識他！」

「王國戰士長，葛傑夫．史托羅諾夫閣下嗎？……妳講話毫無頭緒。一個村姑怎麼會知道這種事？」

「因為大人來過我的村莊！是真的！只要問過大人就知道了！」

他們不可能跟人在王都的王國戰士長取得聯絡。再說如果她只是個村姑，戰士長不太可能記得她，也很難證明她的身分。

「該怎麼做？」

「應該先抓起來，詳細調查……號角這種道具設法藏起來就好了，她卻光明正大地帶進來，所以應該不是間諜或恐怖分子，但也說不準。」

安莉似乎變得手足無措，偷看周圍的狀況。

她那副態度似乎只是個普通村姑。如果這是演技的話，那可真是老奸巨猾。

突然間，周圍觀察狀況的士兵們一齊發出驚呼，就在同一時間，傳來了熟悉的聲音。

「我們想趕快進城……你們在做什麼？」

聽見男人的聲音，回頭一看，只見一副漆黑鎧甲站在那裡。

「唔喔！」

士兵與魔法吟唱者都不禁驚愕地叫出聲。在這耶．蘭提爾當中，恐怕沒有人不認識這位身穿漆黑鎧甲的男人。胸前晃動的精鋼牌證明他們並未認錯人。他是活生生的傳說，無所不能的男人，最強的戰士。

是「漆黑」的飛飛。

「這……這不是飛飛大人嗎！失禮了！」

「你們究竟在……嗯？那個女孩是……」

「是！因為有個可疑的女孩，所以調查花了一點時間。真的很抱歉給飛飛大人造成困擾——」

「——安莉，對了。妳是安莉．艾默特對吧。」

現場空氣凍結了。傳說級的冒險者，怎麼會知道一個村姑的名字？

「呃，那個，您是哪位……呃，不，我就是。啊，您是那時候跟恩弗一起來的大人吧。我不記得有跟您說過話……是恩弗告訴您我的名字嗎？」

飛飛將手放在口邊，做出思索某些事情的動作。然後他招手呼喚魔法吟唱者，兩人一同離開小屋。士兵也很想一起出去，但不能放她一個人在這裡。
不久，只有恢復冷靜的魔法吟唱者一個人回來。
「讓她走吧。那位大人，精鋼級冒險者──『漆黑』飛飛說願意為她作保證。我認為繼續扣留她也沒有好處，如何？」
「這是理所當然的判斷……不過，真的沒問題嗎？」
「這樣等於是懷疑那位大人所言，你不怕嗎？」
「當然怕啊！我明白了。我立刻許可。那麼卡恩村的艾默特，准許妳進入耶．蘭提爾。妳可以走了。」
「啊，好的。謝謝。」
安莉一鞠躬後走出小屋。目送著她的背影，士兵向魔法吟唱者問道：
「飛飛大人呢？」
「先離開了。」
「所以，那位大英雄與那個村姑，究竟是什麼關係？」
「不知道。剛才已經說過，飛飛閣下只是跟我說，他願意保證那個女孩的身分等等，要我們放了她。」
「那麼另一個問題。那個姓艾默特的女孩，您認為她真的只是普通村姑嗎？」

「完全不這麼認為。她不可能只是普通村姑吧。不然那位大英雄不可能出手相助。她持有那樣強大的魔法道具也不是偶然……也許跟教國有某些關係？」

「安茲．什麼．什麼對吧。如果她認識教國的相關人士，是不是該跟上級報告一聲比較好？」

「老實說，我也不知道。判斷有飛飛閣下作保證的人物有危險性，向上級報告……以你們的職責來說，我想是正確的行為，但不會惹惱飛飛閣下嗎？」

士兵的表情扭曲了。

每當士兵聚在一起，總是會聊起飛飛這位大英雄在耶．蘭提爾締造的豐功偉業。

他突破成千上萬不死者集團的英勇事蹟，沒有人聽了不熱血沸騰。不只如此，遠望也能看出那威武勇壯的站姿，以及具有英雄氣度的舉止。他馴服據說擁有強大力量的大魔獸，騎乘其上的雄壯身影讓士兵們為之瘋狂。

如同女人愛上強悍的男人，也有很多男人迷上飛飛這位大英雄，甚至說同樣以武器作戰的士兵們大多數都成了飛飛的崇拜者也不為過。

這個士兵也是其中之一。

他是飛飛的崇拜者，只要被飛飛拍一下肩膀，他可以感動得到處找人炫耀。所以他不願意惹自己尊敬的對象不高興。

「您說得是。既然飛飛大人都保證了，我想不會有問題的。」
「我也覺得這樣做比較好。讓飛飛閣下認識的人蒙受損失，不是一件好事。好漢不吃眼前虧，大樹底下好乘涼。我可不想惹麻煩上身……那麼有事再叫我吧。」
「好的。我也回去處理公務。」

●

安莉駕著把車將耶・蘭提爾的城門拋在身後，她弄不懂究竟發生了什麼事。似乎是那位身穿漆黑鎧甲的冒險者——如果安莉沒記錯，應該是跟恩弗雷亞一起來採藥的那位人物幫了自己一把。

本來自己應該馬上去找他道謝，但很可惜的是，她進入城門四處張望時，那人已經不見蹤影了。

（下次見面時再道謝吧……他應該會原諒我吧？）

她也想過可以花少許時間在附近找找看，但她有理由不得不放棄。因為有件憂心事占據了安莉的內心。她必須用一隻手隔著衣服握住某件物品，確定它還在身上才能放心。

——哥布林什麼之號角。

（這個值……金幣……數千枚？騙人的吧。告訴我這是騙人的啊……）

她冒出一身冷汗。安茲將這個送給她的時候態度平靜如常，所以她沒想到會是這麼貴重的物品。不，恩弗雷亞的確說過這是很昂貴的道具。但這金額遠遠超過了她的想像。

（咦？我用掉了這麼昂貴的道具？不要緊嗎？）

萬一安茲要安莉還回去，她該如何是好？

（要摘幾千甕藥草才夠呢……我可能得採一輩子的藥草了……）

不只如此，自己還帶著另一個價值數千枚金幣的道具。

（恭大人竟然偉大到可以把這種東西輕易送人！還是說他不知道這有多貴……不，那位大人不可能不知道……可是，萬一他不知道……）

胃開始劇烈絞痛。

安莉四處張望，環顧周遭。周圍只有零星人影，但看起來人口還是比卡恩村多上好幾倍。她不禁產生可怕想像，擔心也許有人企圖偷走這支號角。

（真不該帶出來的。這種地方治安一定很不好吧？怎麼辦，要是號角被偷了……嗯？如果小偷吹了號角，出現了哥布林到處作亂，犯人該不會就變成是我……）

就在冷汗的量一口氣倍增時，有個人輕柔地降落在安莉坐著的車夫座旁。那動作完全感覺不到重力，肯定是魔法的力量。

（是誰——）

她吃驚地一看，想不到有更大的驚愕在等著她。

那是一位髮色烏黑的絕世美女。她曾經跟剛才那位身穿漆黑鎧甲的冒險者一起來到村裡。她有如黑曜石的冷峻眼眸望著安莉。

「下等生物。飛飛先生有事想問妳——」

「好美喔……」

「這些客套話就免——」

「跟露普絲雷其娜小姐一樣美……」

安莉注意到對方看自己的眼光似乎因為困惑而搖曳，立刻後悔自己說了蠢話。她怎麼會認識露普絲雷其娜呢。但除了露普絲雷其娜之外，她從沒看過跟眼前這位冒險者一樣美麗的女子。

（怎麼辦？這個人愣住了……這是當然的了。我得想辦法解釋……）

「呃，那個，露普絲雷其娜小姐是一位非常漂亮的女生，會來我們村莊——」

「——謝謝。」

「咦？」

對方的眼神仍然嚴肅，語氣也一點都不柔和，甚至還皺著眉。但她的確說了謝謝。

「……唉。飛飛大——先生說有事想問妳，所以派我過來。回答我，妳是來這裡做什麼的？」

安莉沒有義務回答她。但這位女性是剛才幫助了自己之人的搭檔。如果那位恩人想知道，自己就應該回答。

「呃，在回答之前，我可以先講一件事嗎？剛才飛飛先生幫了我。我想請您代為轉達我的謝意。」

「我會的。所以呢？」

「呃，是。我來這裡是為了……呃，因為有很多事要辦。那個，其中一件事是賣掉藥草。」

女子揚了揚下巴，示意她繼續說下去。

「然後我要去神殿，確認有沒有人想搬到我們村裡住。再來因為我有事想告訴冒險者工會，所以打算過去一趟。最後就是需要買一些村莊裡弄不到的東西，呃，特別是武器之類的。大概就這些了……」

「原來如此。妳說的我都明白了。我會轉告飛飛先生。」

女子以擺脫重力束縛般的輕巧動作跳下了馬車。然後看都不看安莉一眼就離開了。

侵肌透骨般的寒冷暴風。這是安莉對她的印象。

「好驚人的女性喔……好像比布莉塔小姐強悍了幾十倍……」

在村裡絕對不會看到那種類型的女性。是因為天性如此才會成為冒險者，還是當了冒險者才變成那種個性？安莉變得不太想去冒險者工會了。

「啊，糟糕！」

等對方離開了安莉才注意到，她肯定也是一位實力強大的冒險者。因為她可是馴服了森林賢王之人的搭檔。既然如此，也許她會知道森林裡的一些狀況。

「剛才應該問問她知不知道東方巨人與西方魔蛇，還有毀滅殿堂的。啊——我真是個笨蛋。為什麼就是沒想到呢？」

安莉責怪著自己的粗心大意，駕著馬車顛簸著在路上前進，穿過下一道門。

耶．蘭提爾可大致分為三個區域。正中央的中央區域是屬於都市裡各色居民的區域。也就是一般的市區。

冒險者工會也位於這個區域。

本來藥草應該拿到藥草工會等地賣掉比較安全。但是批發藥草必須處理一堆繁雜步驟，所以她想前往冒險者工會請人代為交涉。起初她也想過能不能拜託莉吉運用人脈，但就算再怎麼親密，她覺得借用朋友祖母的名字也太厚臉皮了。

恩弗雷亞尊重安莉的想法，於是建議她可以委託冒險者工會。

如果他能一起來，買賣藥草就會輕鬆很多，用不著拜託冒險者工會，然而安莉只是個村姑，不太有自信能應付藥師工會的老江湖。所以她寧可支付些許佣金給冒險者工會請他們做仲介。

她按照布莉塔與恩弗雷亞告訴她的路線，在街上前進。

來到都市的路上有哥布林們陪同，不過現在他們待在都市外面等安莉辦完事情。自從出了村莊以來，這是她第一次落單。她明確體會到這點，把韁繩握得更緊了。

緊張感讓她的肩膀緊繃痠痛。就在她忍不住想轉動脖子時，看到人家告訴她的建築物就在前方。

「找到了！」

她不禁發出小小的歡呼。到了這裡就不會迷路了。

安莉將馬車交給冒險者工會的守門人，走進大門。

在工會裡有許多身穿板甲的戰士，揹著弓箭的獵人，神官以及魔法師——看起來像是魔法吟唱者的人走進走出。他們一邊談笑一邊交換附近魔物的情報，或是一臉嚴肅地盯著張貼在告示板上的羊皮紙，也有人動作熟練地確認買來的道具的品質。

讓人靜不下來的熱情與喧鬧，充滿謹慎眼光的世界。這是屬於冒險者們的世界。

目睹在村裡絕對看不到的光景，安莉張口結舌，然後又趕緊閉起嘴巴。

自己的確是個鄉下土包子，被都市的氛圍嚇到沒什麼好害臊的。但正值青春年華的女孩張大嘴巴發呆實在太丟臉了。

安莉注意著走路不要同手同腳，不要鬧出笑話，筆直地往前走。一個怎麼看都像是走錯地方的村姑，光明正大地走在英勇的冒險者們當中真的好嗎？她感到有點不安。

到了櫃臺，櫃臺小姐笑容可掬地迎接她。

「歡迎光臨。」

「是，我光臨了。」

安莉與櫃臺小姐面面相覷。然後兩人都不禁苦笑。安莉放鬆了肩膀的力道。也許這是她來到耶．蘭提爾以來第一次放輕鬆。

「那麼，有什麼事要讓冒險者工會為您服務呢？」

「是的。呃，首先我想請你們替我做藥草買賣的仲介。」

「好的。藥草現在在哪裡呢？」

安莉告訴對方藥草堆放在外頭的馬車上，櫃臺小姐對一旁的女性講了幾句話。

「鑑定人這就過去，可以請您在工會裡稍等一下嗎？」

「好的。另外還有一件事……不是現在馬上要委託，只是將來有可能會委託。」

她對面帶笑容的櫃臺小姐做了簡單說明。對方面露笑容的表情漸漸變得嚴肅。

「這樣啊……我只是櫃臺人員，不負責決定委託的難度等事，不過如果南方大魔獸是森林賢王的話，這件案子應該只有精鋼級冒險者飛飛大人才能接下。這樣一來，費用將會相當昂貴。」

安莉覺得櫃臺小姐散發的氛圍似乎稍微改變了。有點像是沒了勁，或是開始覺得「講也沒用還得解釋半天，真麻煩」的感覺。

安莉在與哥布林一起生活的過程中，變得很會察言觀色。這可以說是因為她努力解讀哥布林——以人類的眼光來看極其醜陋，表情難以解讀的生物——的情緒變化，所以才有所成長。

（她應該是覺得小村莊沒那個錢吧……嗯——她一開始好像就在觀察我的衣服，大概是從這方面推測的……畢竟那位小姐的確穿著很好的衣服嘛。）

安莉在腦中比較櫃臺小姐與自己的穿著，承認自己輸得一敗塗地。

（可是穿那種衣服，在村裡工作太浪費了，也不方便做事。）

身為「女人」的安莉判斷這次勝負是平手。

「呃，我聽說都市會出錢……提供補助金……」

「會。不過，補助金只能補貼其中一部分，剩下的還是得請委託人負擔。精鋼級冒險者的費用非常昂貴，因此就算扣除補助金，也得支付一大筆金額。當然，您也可以用低價提出委託，但工會不太會接受這種做法。低於規定金額的話優先順序就會下降，有可能找不到人接案，請將這點也列入考慮之中。」

櫃臺小姐講得口若懸河，應該是把暗記的規則直接背出來，才能講得這麼流暢吧。看來櫃臺小姐已經把安莉當成只問不買的客人了。

（這也是當然的。不付錢的客人就不是客人嘛。）

櫃臺小姐所說的話，跟恩弗雷亞告訴自己的內容完全一樣。所以她不怎麼難過。很少有人會對弱者伸出援手，這就是現實。

（正因為如此，安茲．烏爾．恭才是我們村莊的救世主。而且還把這麼值錢的祕寶大方送給一個村姑。）

如果自己說要拿這個號角充當委託費，櫃臺小姐會做出什麼反應，又會多服氣呢？安莉雖然這樣想，但不會這麼做。這個道具是那位大魔法吟唱者好意送給安莉，要她用來保護自己的。不能說是為了村莊就賣掉。她絕不能做出忘恩負義的事來。

所以安莉只是點點頭。

「我明白了。等一下麻煩告訴我多少錢。我想回村莊跟大家商量。」

「這樣啊，那就請您回去問問。等仲介負責人鑑定結束後，請您再過來一趟，我會算好委託金額。」

安莉對櫃臺小姐說聲「麻煩妳了」之後，就離開櫃臺，到大廳旁的沙發上坐下，打算看著天花板發呆，等仲介人估算好金額。

（好累……）

自從進了城門以來，遭遇了一連串從未經歷過的事。不，仔細想想，自從發生失去雙親那場事件以來，她沒有一天不是過得頭昏眼花。

（我本來以為村莊一成不變的生活永遠不會改變……）

想起失去的一切，安莉悄悄嘆了口氣。

她又想起後來得到的事物——哥布林與青梅竹馬，用力搖搖頭。

（怎麼還不來呢……）

要是能動一動，就不會有閒工夫想一些令人心煩的事了。可以放空腦袋拚命做事。

「艾默特小姐，金額核定完成了。」

一個像是負責買賣的人呼喚著安莉，她站起來走向對方那邊。

「謝……謝謝！」

「呃，金額是——」

就在這時，她的耳朵聽見了快步……不對，是近乎全速奔跑的腳步聲。轉頭一看，櫃臺小姐就站在眼前。

「呼，呼，呼……卡恩村的安莉．艾默特小姐……不對，大人。關於剛才談的那件事，可以請妳更詳細地告訴我嗎？」

她的確是剛才那個櫃臺小姐。可是發出的氣勢完全不一樣。眼睛都冒血絲了。

「呃，嗯，不好意思，我現在正要講估算的結果──」

「現在是我在講話。請你暫時安靜一下。」

櫃臺小姐的口氣讓仲介負責人臉部抽搐起來。

「若妳不介意，要不要到會客室邊喝飲料邊談？」

櫃臺小姐面露笑容，但眼睛深處完全沒在笑。一副拚命至極的樣子。

看到安莉猶豫的樣子，不知道櫃臺小姐是怎麼想的，她兩眼溼潤，雙手祈禱似的合握。

「拜託！請妳告訴我！不告訴我的話，我就死定了！」

看她這樣拚命哀求，安莉實在搞不清楚狀況，但是覺得拒絕她太可憐了。安莉偷瞄一眼仲介負責人，對方似乎明白了她的心意，輕輕點頭。

「我……我明白了。那個，那麼，可以請妳帶路嗎？」

霎時間，櫃臺小姐全身緊繃的力道明顯放鬆了。

「謝謝妳！真的太感謝妳了！來，我帶妳過去，請跟我來。」

承受著周圍好奇的視線，安莉跟著她走。右手被走在前面帶路的櫃臺小姐緊緊抓住。這沒有別的意思，就是「妳別想逃」。

（也許我太衝動了。）

她感到些許不安，走進會客室。

安莉沉默不語地環顧室內。空無一人的房間裝潢得非常精緻高尚，而且擺滿了高級家具，甚至讓她不太敢在沙發上坐下。

「來來來，坐坐坐。」

坐下的瞬間，安莉腦中的某個角落響起聲音，自己搞不好會被抓起來。

不過安莉坐到沙發上之後，並沒有發生任何事。只有坐起來十分舒適的沙發接住了她的身體。

「要我拿什麼飲料來？高級酒也可以喔！用餐呢？還太早？也是！那麼水果……不，點心怎麼樣？」

「啊，不用這樣招待我沒關係的。」

安莉有點被櫃臺小姐態度的劇變嚇到。一開始談事情時，她並不覺得櫃臺小姐的態度冷淡。安莉認為那是理所當然的應對方式，也不覺得對方有不耐煩。至少比現在這樣好多了。

到底發生了什麼事，讓她好像變了一個人？該不會又是號角害的吧？

「不不，萬萬別這麼說。什麼都可以喔。我們還有適合搭配高級酒的下酒菜喔。」

「不，真的……呃，時間有限，還是開始談事情吧？」

「說得對！妳說得一點都沒錯！那就來談事情吧！」

櫃臺小姐拿出一張又白又薄的紙。安莉看過的紙張都很厚，或是混雜了其他顏色。她現在拿出來的紙張應該是高級品。用這麼好的紙沒問題嗎？

安莉開始講起整件事情。剛才她只大略說明了一下，這次則是耐著性子盡可能地講得詳細點。

不久，當安莉開始感到口渴時，事情終於講完了。

「辛苦了！我去拿點飲料來，妳喝了就可以回去了，杯子擺著我收就好。今天真的很謝謝妳。」

櫃臺小姐霍地站起來，像是被什麼驅使著，迅速離開了房間。

「到底……發生了什麼事呢？」

當然，沒有人回答安莉的喃喃自語。

●

結果，安莉沒在耶・蘭提爾過夜，就直接返回卡恩村。

雖然安莉因此得在草原度過一夜，但她並不害怕。不，甚至可以說睡得很好。因為跟前往都市時不同，裝載物品用的車廂上坐著一群人，讓她很放心。

「哎呀——終於可以看到村莊了呢。」

在前進方向上，遠遠可以看見卡恩村的圍牆。堅固圓木並列的景象十分壯觀。雖然比起安莉在耶．蘭提爾看到的城牆遜色多了，但這是莫可奈何的。

「是啊。有許多事得趕快向村長報告才行。」

安莉回答坐在車廂上的哥布林。有幾名哥布林軍團成員護送安莉前往耶．蘭提爾——五名哥布林以及哥布林祭司（扣那）。另外哥布林騎兵（長助）也一起同行，不過他在離馬車有點距離的地方保持警戒。

「一半的目的順利達成了，不過村長託大姊辦的事好像不順利？」

「是啊。我問過祭司了，但似乎沒人願意搬到村莊來住。」

「那可真是怪了。不是也有人搬來村莊嗎？為什麼沒有更多人搬來？會不會是那個祭司說謊？」

「不是這樣的。」安莉苦笑著說：「因為邊境的村莊都很危險，所以人們都敬而遠之。我本來是期待一些分不到田地，離開家鄉搬到都市的農家三男會願意搬過來……看來除非有人命令，否則還是很少有人願意來到邊境地區呢。還有之前搬到村莊裡的人，以前也都是邊境開拓村的居民，所以情況有點不同。」

「是這麼回事啊。」

「就是這麼回事啊。不過我自己其實鬆了一口氣。」

與哥布林建立友好關係，在村莊裡共同生活。這對一般人來說恐怕很難接受。從都市搬過來的人一定不會有好臉色，她也想避免起爭執。

老實說，如果問安莉願意接受都市移民還是哥布林們，她會毫不遲疑地選擇哥布林們。

就在這時，馬車重重晃了一下，後面車廂傳來金屬相撞的匡啷匡啷聲。

「啊，對不起。還好嗎？」

安莉轉頭看向後面。

車廂上坐著哥布林們，不過其中一側放著袋子，每當馬車搖晃就演奏出金屬的碰撞聲。

「啊，沒事，大姊。您別擔心。不過話說回來，有這麼多箭鏃的話，打獵時就可以射個過癮了呢。」

哥布林看著袋子的表情相當開朗，安莉看得甚至忘了回話，只是面露喜孜孜的微笑。

馬車駛過麥田，進入只開了一邊的門。

安莉一邊與各位村民打招呼，同時先前往集會所。她要把東西放在那裡。

她把馬車橫著停放在集會所前時，大概是聽到了聲音，哥布林從裡面走了出來。

「喔！大姊您回來了。真高興您一路平安。」

安莉微微一笑。哥布林出來迎接自己，讓她產生了回到村莊的實際感受。哥布林對她來說已經如同家人了。

「我回來了！」

「那這些就是買回來的東西嗎？要搬進裡面嗎？」

「對，兄弟。不好意思，幫個忙吧。」

「沒問題！」

哥布林們一齊開始動手，俐落地把東西搬下馬車。不用等安莉說這個放這裡，那個放那裡，哥布林們已經收拾得整整齊齊，可見他們自己也融入了這個村莊的生活。

「啊，大姊。剩下的我們來就好，您就去找妹妹或恩弗大哥吧？不過恩弗大哥可能在阿格那裡替哥布林治療，正忙得分身乏術也說不定。」

「謝謝。不過在那之前，我得先去向村長報告。」

「這樣啊？喂，抱歉，為了以防萬一，我跟大姊過去。畢竟還有食人魔的問題嘛。」

走出集會所的五劫只對同伴們留下這句話，就坐到車夫座上安莉的旁邊。在來回耶・蘭提爾的整段路程中，當保鑣的哥布林們雖然都用嫉妒的眼光瞪著他，但沒人出言反對。大概是因為他們都知道五劫這樣做是對的吧。

「好了，大姊，我們出發吧！」

安莉苦笑，她向哥布林們道謝：「拜託大家了！還有，謝謝你們！」然後就駕駛著馬車前進。

「那麼，村莊裡有發生什麼事嗎？」

「沒什麼特別的。總之我們已經在村莊裡蓋起了讓食人魔居住的房屋。我們讓岩石哥雷姆搬運木頭，蓋好了簡樸但還算不錯的小屋。不過，那些傢伙的惡臭有沒有辦法解決啊。給他們的毛毯一下就臭掉了。」

「這樣啊……不過真的蓋得好快喔！」

「多虧有岩石哥雷姆。得感謝那位大魔法吟唱者才行。」

「還要感謝露普絲雷其娜小姐喔。」

「……那個叫露普絲雷其娜的人，該怎麼說呢，總讓我覺得不太想跟她道謝，我很討厭她。」

安莉懷疑起自己的耳朵。也許這是她第一次聽到五劫說人壞話。

「該怎麼說呢……對，她很可怕，好像一頭魔獸在靜靜觀察，隨時準備伸出獠牙那樣……不過安莉大姊似乎不這麼覺得……」

「她是解救村莊的安茲．烏爾．恭大人的女僕，我覺得應該不是那麼壞的人。」

「……傷腦筋哩。」

安莉與五劫都嚇得肩膀一震。因為那是他們正在聊的當事人的聲音。急忙回頭一看，就跟前兩天一樣，一個女僕一派自然地坐在車廂裡。

「小安妳這人真是傷腦筋哩。」

「呃，您指什麼？」

「先……先別說這個，差不多可以告訴我們了吧。妳都是怎麼突然出現的？」

「嗯？很簡單啊。從天上降下來的。」

「我就是不懂這點。就算是從空中降落的，我也不可能沒發現。」

「因為有很多方法啊，像是隱形之類的……我只是盡量低調行動而已哩。我真是太溫柔了——」

哥布林把臉轉回前方，露出厭惡的表情。

「不……不過，真難得看到露普絲雷其娜小姐連續兩天來呢。有什麼事嗎？」

露普絲雷其娜半眯著眼瞪著安莉。安莉不禁心想：這樣一個大美人，連露出這種表情都好可愛喔。

「好吧，沒差。總而言之，我只是想知道現在情況怎樣了。對了，小不點哥布林現在怎麼樣了哩？」

「……他很好。這個時間他應該在村長家裡。」
「為什麼在村長家啊？」
「喔，因為我們不是救了幾個他部落的哥布林嗎。他應該是去談在村裡替哥布林蓋房子的事。」
「對喔——我記得他是族長的兒子嘛。也就是說，他想負起責任保護倖存哥布林的安全嘍。哎呀——小小年紀就這麼懂事啊——」
露普絲雷其娜雖然笑得輕浮，但像她這樣美麗動人的女子笑得再輕浮，也依然充滿魅力。安莉雖然同樣身為女性，卻仍帶著憧憬的笑容望著她。
「啊，我覺得妳還是專心看前面比較好喔。」
「說……說得也是！」
安莉面紅耳赤地轉回前方。
她在村長家門前停下馬車，跟五劫一起下了車。
「那麼，我把馬帶回馬廄喔。打擾你們談事情也不好意思嘛，所以晚點希望妳能告訴我你們談了些什麼。」
「我知道了。那麼，不好意思，就麻煩您了。」
安莉對露普絲雷其娜低頭道謝，「好好好。」露普絲雷其娜回以笑容，就驅車離開了。

他們敲敲門，裡面傳來聲音，報上名字後，打開了門。
村長與阿格面對面，坐在離門口不遠的桌子旁。
「喔，回來啦。先在那邊坐下吧。城裡情況怎麼樣？」
安莉照村長說的坐在阿格旁邊。一瞬間，阿格的身體似乎緊繃起來，不過安莉覺得應該是自己想太多了。
「啊，那我先走了。那麼族長，今後請繼續多關照。」
起初她不知道阿格在跟誰說話。在場的只有安莉，五劫與村長。既然如此，他應該是在向村長致意。
可是，阿格卻目不轉睛地看著安莉。安莉努力觀察他的眼神，但始終無法從阿格真摯的眼神中找到一點開玩笑的色彩。
「咦？……咦！」
為什麼是自己？
安莉正在困惑時，阿格鞠了個躬，就離開了村長家。
「咦？等一下——」
「那麼安莉。可以把事情講給我聽嗎？」
「咦？不，那個……這個……啊，好的。我明白了。」

雖然很在意，但自己的疑問之後再解決就行。報告比較重要。

安莉如此判斷，於是將在都市發生的事簡潔地告訴村長。最重要的事，應該是沒有人願意搬到村莊來住。不過，村長似乎也早就料到了，他的神情並不顯得遺憾，還是一樣平靜。

「原來如此啊。哎，我想也是。邊境的開拓村魔物出現率高，很少有人會願意移居至此的。」

村長說的話跟安莉的想法一樣。大概住在村裡的人都有這個共識吧。

「辛苦妳了。」

村長低頭道謝，安莉回答「不會」。雖然發生了一些狀況把她弄得七葷八素，但也不失為一個好經驗。

「那麼——」村長的視線一瞬間停留在哥布林身上。「我有事想拜託妳，安莉．艾默特。」

「好……好的。是什麼事呢？村長這樣鄭重其事……」

「……我希望妳能接手我的工作。」

安莉的表情瞬息萬變，簡直可以稱為表情藝術了。

「啥啊啊啊！您這話什麼意思啊！咦？難不成阿格剛才那樣說是……咦咦？」

「我能理解妳的混亂……」

「才不只是混亂呢！村長，您老人痴呆了嗎？怎麼說出這種話來呢！」

「真過分啊，竟然說我老人痴呆。看妳似乎有些混亂——我能明白妳的心情，但是希望妳冷靜聽我道來。」

「要我冷靜？怎麼可能冷靜得下來啊！為什麼要我一個小姑娘承擔這種重責大任！還有族長又是什麼！」

「鎮靜點！」

他應該是想發出很有魄力的聲音，但安莉聽了只覺得嗓門很大。即使如此，村長的大吼仍然讓她稍微恢復了冷靜。不，也許是腦中某個角落告訴自己必須聽村長怎麼說，否則無法理解目前狀況。

「我十分明白妳的混亂。但我希望妳能冷靜想想。現在誰才是這個村莊的中心人物？」

「當然是村長啊！」

「不對。我認為，現在這個村莊是以妳為中心。哥布林們以及新來的食人魔，不都認妳為領導者嗎？」

「說得沒錯。我們都是以大姊為中心考慮事情的。」

「我也問過妳拯救的那個叫阿格的哥布林，他也認為妳是老大。」

安莉噘著嘴。哥布林們或許是這樣認為的。但其他長年住在村裡的村民呢？他們不可能會接受。
「我大致明白妳的想法。妳一定認為村民會反對吧？這方面我已經跟大家確認過了。昨晚，我們召開了村民集會，徵詢了意見。結果，大家都接受由妳擔任新村長。」
「怎麼會！為什麼！」
「……村民在那場襲擊當中受到的打擊，就是這麼大啊，安莉。大家都想要一個強悍的領導者。」
「我哪裡強悍了！我只是個村姑耶！」
雖然手臂好像長了點肌肉，但也不過是個連武器都不太會用的村姑。如果想要強悍的領導者，布莉塔或是其他義警隊員比自己適任多了。
「所謂的強悍，指的並非個人的勇猛。妳能對哥布林們下命令，這不也是一種力量嗎？巴雷亞雷家的兩位也認為妳適合做村長。」
「恩弗！」
安莉叫得像一隻被掐死的雞。
「況且我也一把年紀了。差不多該讓年輕人代替老頭子了吧。」
「什麼『老頭子』啊！村長根本還沒到那個年紀吧。難怪您從剛才講話就莫名老氣，原來是這種打算啊！」

四十多歲說成一把年紀有點太早了。明明可以說還正值壯年。

「講話老氣這件事就先擱一邊，村莊周圍的環境已經起了變化。森林賢王離開了此地，今後魔物跑出森林的機率很高。遇到這種情形時，我只會用過去安全時期的經驗做判斷，這樣是不行的。」

「村長。我知道我這樣問很沒禮貌，但您該不會是在逃避吧？」

「……我就老實說了。我無法否定妳的話。」

看著安莉的，是坦率吐露內心話之人的眼神。

「我到現在還能回想起那天的事。在那恐怖的日子裡，跟我情同一家人的村民慘遭殺害——我跟艾默特家的兩人也很熟。如果我們不是安閒度日，而是像現在的村莊一樣建造了堅固的圍牆，如果更提高戒備，情況就不會那麼淒慘了……應該能爭取到恭大人前來搭救的時間吧。」

安莉覺得就算這樣做了，還是很難避免那場慘劇。其他村莊被那些人燒燬後，很多倖存者都搬到這個村莊。儘管他們的村莊建造了還算堅固的圍牆——雖然沒有現在的卡恩村這麼牢固——但仍然遭受襲擊，死傷慘重。不過，如果能再多爭取一點時間，或許的確能挽救更多生命，這點她也同意村長的想法。

「以往的陳舊思想已經不管用了。我們必須建立新的組織，自己保護村莊的安全。能做到這一點的……只有能夠柔軟思考的年輕人。而且是年輕人當中有力量的人物。」

該說的都說完了。村長表情平靜地注視著安莉。

安莉把村長的話都聽進去，認真思考。自己一開始拒絕，應該是因為責任太過重大。如果又遇到跟那時候一樣的襲擊，她覺得自己無法承擔村民的性命。但就如同自己剛才對村長說過的，這難道不是在逃避嗎？

「我不知道自己能不能承擔如此重責大任。」

「這是當然的。村裡的事務有我幫忙，警備則有各位哥布林協助。話雖如此，做最終決定總是一件可怕的事。」

「不如採取全體村民的合議制如何？」

「這點我也想過。但越是在發生重大情形時，意見就越容易分歧而做不出結論。還是要有一個人帶領大家，才能整合大家的意見。」

「把平時與緊急狀況分開來想，如何？」

「不行。這樣領導者不會成長。必須從平時就領導大家，緊急情況下大家才會聽從，也才能順利指揮大家。」

村長意志堅定，講得也頭頭是道。安莉露出苦澀的表情，提出最後一個問題。

「……我什麼時候必須回答？」

「我不會要妳現在立刻回答。好好考慮吧。」

「我明白了。」

安莉沒再說什麼，站了起來。

●

走出村長家，安莉轉向隨後跟上的五劫。

「欸，我想稍微想點事情，可以讓我一個人靜一靜嗎？」

「了解，大姊。請慢慢考慮。還有，我們都是站在大姊這一邊的。有什麼事隨時可以跟我們說。」

「嗯，有事再拜託你們嘍。」

目送五劫離開，安莉走向自己的家。

（我能做好村長的工作嗎？）

她覺得自己辦不到。

說不定有時候還得做出連想都不願意想的命令——為了大局而犧牲少數人。

（我做不到啦……）

她覺得村裡的人都把她想得太厲害了。首先，大家都說安莉能命令哥布林，但他們並不是安莉去進行交涉，使他們成為同伴的。不過就是使用了大魔法吟唱者——安茲．烏爾．恭送給自己的號角叫出來的。

這個道具也是因為安莉好運，第一個受到搭救——

（奇怪？我是第一個獲救的嗎？記得是戴著面具的恭大人……嗯？他應該有戴面具吧？）

忽然間，她覺得事情先後順序好像有點模糊不清，不過應該是因為當時情況危及，記憶混亂了吧。

安莉搖搖頭甩掉自己的疑問。

（總而言之——）

如果是別人收下了號角，下屆村長的位子就不會找上自己，而是那個人吧。換句話說這跟安莉本身的資質無關，而是命運的安排，結果正好落到自己頭上罷了。

（找個人談談這個問題……）

安莉腦中最先浮現的人選是恩弗雷亞。他在那個大都市住過很長一段時間，見識過各種人，似乎可以判斷安莉適不適合當村長。而且他知識淵博，應該可以給她一個確切的答案。

只是，村長說過恩弗雷亞——巴雷亞雷家的人都贊成這件事。這樣就算找恩弗雷亞談，他也很可能會叫安莉做村長。

（不行……不能找村裡的人。這樣一來就剩阿格或食人魔了，可是阿格都叫我族長了，應該不行，食人魔看起來又不太聰明。）

這時，眉頭緊皺的安莉聽見一個開朗的聲音。

「嗨。你們好像談完了……哎唷？怎麼啦，瞧妳一臉嚴肅的。遇到麻煩了？」

聽到這個聲音，安莉彷彿醍醐灌頂。對啊。村莊以外的人，而且能冷靜判斷事情的中立第三者就在眼前。

安莉全速奔向露普絲雷其娜。

「露普絲雷其娜小姐！」

露普絲雷其娜嚇了一跳，安莉一把抓住她的肩膀。

「幹嘛！幹嘛！妳是怎麼啦！我心跳得好快哩。不過拜託不要跟我表白。我不是同性戀，是異性戀啦！不要啊——住手——我要被侵犯了——」

「啊！等一下啦！」

安莉放開她的肩膀，想摀住她的嘴。露普絲雷其娜巧妙地躲開，破顏而笑。

「哎呀——對不起哩——哎，我是看安莉妹妹這麼激動，為了讓妳冷靜下來，才開個小玩笑嘛。無傷大雅嘛——」

「這玩笑開大了……」

安莉垂頭喪氣。不過，她馬上打起精神。露普絲雷其娜是個神出鬼沒的人。必須趁她在的時候趕快問，否則她又會消失不見了。

「我有點事想問您。我不知道該怎麼做，請給我個好建議！」

「我不知道發生了什麼事，總之邊走邊講吧。我可不想引來村民的懷疑眼光哩。」

安莉滿臉通紅。露普絲雷其娜說得沒錯。可是──

「那您就不要說什麼要被侵犯了嘛……」

「嘻嘻！」

露普絲雷其娜可愛地吐舌。

「討厭啦！露普絲雷其娜小姐真是的！」

「好啦好啦。我們走吧，走吧。」

露普絲雷其娜不等安莉回答就往前走，安莉也跟了上去。

「那麼就跟露普絲雷其娜姊姊商量商量唄──無論是床上功夫還是玩弄異性的花招，都可以教妳喔。」

「真的嗎！露普絲雷其娜小姐好成熟喔……」

對於完全沒有這方面經驗的安莉來說，露普絲雷其娜真是太成熟了。明明應該沒有任何改變，她卻覺得露普絲雷其娜的側臉一下子變得成熟起來。

「哼哼！別看我這樣，我可是聽得很多喔！」

「……咦？」

聽得很多是什麼意思？安莉正在思考時，露普絲雷其娜比著手勢，要她有問題儘管問。於是安莉暫且捨棄了無關緊要的疑問，把在村長家發生的事告訴她。

「所以我該怎麼做才好呢？」

「嗯，誰知道？」

就這麼簡單。

「咦——露普絲雷其娜小姐，妳不是說可以找妳商量嗎！」

「但我沒說我會好好回答啊……好吧，聽好嘍。我跟妳說，妳如果是被人逼著當村長的，之後一定會後悔，勸妳千萬別這麼做。妳要仔細考慮到自己能接受為止。」

平常天真爛漫的態度消失了——眼前只有一個妖豔的美女。平時圓圓的大眼睛瞇得又細又尖。冰冷的笑意讓人背脊發涼。

「這只是我個人的想法，不是叫妳一定要這樣做。妳要在心裡細細分析，仔細思量。首先，有一件事我可以斷定，那就是無論誰來當村長，今後都會犯下很多錯誤。就我所知，天底下能完美處理任何事情的，差不多只有四十一個人。所以擔心失敗是很愚蠢的。不過冷靜想想，村裡也的確沒人比妳更適合當村長。」

「這是為什麼？」

「妳去問哥布林他們，當恐怖魔物襲擊這個村莊，而且你們確定打不贏時，他們會怎麼做。在妳擔任村長以及不是村長的兩種情況下。」

露普絲雷其娜的表情，很快又變回了原本開朗的她。

「我講了好悶的話喔。唉，這不合我的興趣啦──唉──要是小安不當村長，一場大悲劇降臨村莊，那才好玩呢──」

「──咦？」

「哼哼──」露普絲雷其娜拍了一下安莉的肩膀。「我覺得小安當村長比較好哩……再來就……問問那邊那個男生如何？」

露普絲雷其娜放開安莉的肩膀，一個轉身。那動作好像毫不受磨擦力影響般輕巧。

「那就再見嘍。」

露普絲雷其娜揮揮手後離去。在她前進的方向上，恩弗雷亞與妮姆手牽著手站在那裡。

露普絲雷其娜拍拍恩弗雷亞的肩膀。就像從這一拍獲得了力量，兩人走了過來。

「姊姊，妳回來了！」

大概是真的很擔心安莉，妮姆用最快速度跑了過來。安莉一瞬間接不住她，差點摔倒，她用上整條腿的肌力，才終於站穩。
「妳回來了，安莉。回來得比我想的還快呢。妳沒在那邊過夜嗎？」
「我回來了，謝謝你們。嗯，對啊。我只在外頭露營，就回來了。」
「這樣啊……幸好沒被魔物襲擊。不過這樣做不太值得稱讚喔……雖然哥布林他們很強悍，但也有魔物比他們更強。只是在這附近的草原很少聽說就是了。」
「姊姊，不要做危險的事！」
妮姆緊緊握住安莉的衣服，像是再也不放開似的。對妹妹而言，她只剩下姊這麼一個家人了。自己的性命並不是自己一個人的。自己似乎一時忘了這點。
「對啊，說得對。對不起喔。」
安莉溫柔地摸摸妮姆的頭。
「嗯！我原諒妳！」
妮姆抬起頭笑了。
「謝謝妳。那麼妮姆有乖乖聽話嗎？有沒有給恩弗添麻煩？」
「哎唷，姊姊！我才沒有那麼幼稚啦！對不對，恩弗！」
「啊哈哈。我因為要替阿格部落的人治療，沒有辦法一直盯著她，但我覺得她一直都很乖喔。」

「真是的，怎麼連恩弗都這樣說啦！欸，別說這個了，我跟妳說喔，姊姊。恩弗好臭喔！」

「妮姆！是藥草的臭味啦！妮姆不也說把藥草壓爛時，手上會沾到臭味嗎！」

「會薰眼睛的也是藥草嗎？」

「……不，有的不是。可能是藥師使用的鍊金術道具之類的。不要講得好像我很臭啦……」

「可是恩弗也很臭啊？」

恩弗雷亞的表情凍結了。

「嗯。恩弗的衣服都沾到味道了。我覺得你平常可以換掉工作服喔。」

安莉趕緊替妹妹解釋，恩弗雷亞的臉色這才稍微緩和了點。

「我沒幾件工作服以外的衣服……因為我在耶．蘭提爾幾乎都是穿這個過日子的。」

「那我下次替你做一件如何？」

「咦？妳會做衣服？」

「恩弗，你把我當成什麼啦？簡單的衣服當然會自己做嘍！」

「這樣啊。我的衣服都是買現成的，所以覺得自己會做衣服好厲害。」

「謝謝你的誇獎。不過只要是村裡的人誰都……妮姆也該開始練習了喔。」

「好——！」

「那麼，妮姆，妳先回家好嗎？我有點事想跟恩弗說。」

妮姆用手遮住嘴巴，兩眼閃閃發亮。

「嗯！知道了！我先回去嘍！恩弗，加油！」

她揮揮手，開開心心地跑回家。

目送著她的背影，安莉低聲說：

「她怎麼這麼聽話？是不是有什麼事瞞著我？」

「不，我想應該不是……別說這個了！妳想跟我說什麼？我大概可以猜到八成，因為我昨天參加了村裡的會議。」

既然如此，那就好談了。安莉省略掉無謂的開場白，直接把在村長家發生的事告訴恩弗雷亞。

不只如此。安莉連自己的不安以及剛才露普絲雷其娜所說的話，統統都告訴了他。從頭到尾聽完之後，恩弗雷亞正面注視著安莉，告訴她：

「我覺得照安莉的想法去做就行了。無論妳的答案是什麼，我都會支持妳……好吧，其實我不想講這種老套話。我希望妳能當村長。」

「為什麼？我——」

「妳不只是個村姑。妳是哥布林們的領導者，安莉．艾默特。妳總是說哥布林不是妳的力量，對吧？但就結果而論，哥布林就是妳的力量。露普絲雷其娜小姐要妳去問哥布林他們的事，我可以直接告訴妳答案。如果妳不是村長，一旦情況危急，他們會在還有力量戰鬥時只帶著妳逃走。」

「他們才不會那樣！」

「……他們在安全的狀況下會這樣講。但時候一到就會這麼做。這是他們親口告訴我的。」

「不會吧……」

安莉不敢置信地盯著恩弗雷亞。她以為他在說謊。然而，安莉無法從他身上感受到任何虛偽的氛圍。

「對他們而言最重要的不是村莊，是妳。不過，如果妳當了村長，這個村莊等於是屬於妳的，他們就會奮戰到最後一刻。雖然只有這點差異，但也夠大了。順便一提，他們希望我保護妳妹妹，跟在你們後面一起走。安莉……妳可以去問他們。但如果可以，我希望妳不要說是我告訴妳的。」

「我不會問的。」

安莉果決地說，恩弗雷亞撩起頭髮，露出睜得圓圓的眼睛。

「這樣好嗎？也有可能是我在撒謊——」

「——不可能。你不會那樣亂講話。我相信你。不過他們真的很重視召喚者呢。」

「也因為召喚他們的是安莉吧？妳不是買了武器給哥布林他們嗎？對哥布林們來說，把這樣的主人看得比什麼都重要，應該是理所當然的吧……我這樣講從各方面來說都不太好，但哥布林他們並沒有從村民那裡得到什麼，村民也只把他們看作是妳召喚的魔物。一邊是不把自己視作個人，一邊是把自己視作個人，會選擇後者是很正常的吧？」

當然，村民也沒有那麼輕視哥布林。只是回想起來，的確沒看過村民用行動表示過感謝之意。

「……可是，村裡的人有時候也會請他們吃午餐啊。」

「那是對妳的謝禮。意思是說他們願意替妳負擔伙食費，或是幫妳省去準備的工夫。妳有看過村裡哪個人叫過哥布林的名字嗎？」

沒有。安莉原本以為那是因為大家認不出誰是誰，但說不定他們根本就無意分辨每個哥布林之間的差異。

想到這裡，安莉胸中產生一種寂寥感。

「這樣啊。」

然而夾雜在安莉語氣中的並不只有寂寞。她眼中亮起了下定決心的意志火光。

「是啊……我個人認為安莉會是一個好村長的。哥布林這件事也是，只要妳成為了村長，今後也會漸漸改變的。」

「……大家都會幫助我吧。」

「當然。應該說沒有人會不幫妳的。」

「我知道了。那麼，我去村長那裡一趟。既然已經下定決心了，就要趁早做決定！」

聽到安莉如此主張，恩弗雷亞笑了。

那笑容既溫柔又嚴肅，彷彿理解了她希望有人推自己一把的心情。

「好！去吧，安莉！」

「嗯。」安莉回答後，轉過身去，踏上成為卡恩村新任村長的道路。

●

露普絲雷其娜在空中盯著村子瞧，看到大家成群結隊聚集到廣場上。安莉走到眾人面前在講些什麼。不過距離太遠，實在聽不到她的聲音。

安莉的發言似乎結束了，村民們開始拍手。

「哈哈——果然是這麼回事呢。變成這樣了啊。這真是太有趣了。嘻嘻嘻嘻。」

「——妳在高興什麼？」

背後傳來聲音，露普絲雷其娜轉過頭去。

「哎唷——這不是由莉姊嗎。妳是用魔法道具飛在空中嗎？」

「是啊。這是向安茲大人借用的魔法道具之力。所以妳在……是卡恩村對吧？就是這座村莊的事讓妳挨罵的。」

「對啊。哎呀——現在事情變得超級有趣的。」

「什麼事情有趣？」

「現在，村莊誕生了新的領導者……這對村裡的人來說，等於是全新的歷史，新的可能性的開始。可是，村莊如果在這個最棒的時機遭到襲擊，一切都消失在大火之中，那些村民不知道會作何表情呢。」

開朗的美貌產生裂痕，從裂痕中流露出任誰都能斷定為邪惡的駭人東西。

「我以為妳跟那個村莊的人處得很好，結果這才是妳的真心話？」

「是啊，由莉姊。是真心話。我只要想像跟我交情很好的人類像蟲子一樣被暴力蹂躪，就會超興奮的。」

「真是個重度虐待狂，跟索琉香有得比呢。我的妹妹怎麼盡是這種人？頂多只有希絲能安慰我了，真是……雖然安特瑪也不是那麼壞的孩子。」

聽到姊姊皺著眉頭抱怨，露普絲雷其娜嗤笑著。

「啊——要是他們能被滅村就好了。」

4

「啊嗚——累死我了。」

安莉把手上的小黑板扔到桌上，精疲力盡地趴了上去。她聽見細微的笑聲，轉頭過去一看，老師（恩弗雷亞）果然跟她想的一樣，面帶笑容看著她。

「辛苦了，安莉。」

「好累喔——我最不擅長動腦了……」

「可是，還是得學會簡單的文字讀寫與算數才行喔。」

安莉發出呻吟。

因為當村長必須要有最低限度的教育水準，於是安莉接受了恩弗雷亞的個人指導，但她的頭快裂了。

「為什麼有這麼多字啦。一定是有人為了折磨我想出來的……」

「別這麼說嘛。妳不是已經學會寫自己的名字了嗎?還有妮姆的名字。」
「嗚——這我是有點高興啦，可是……會這些就夠了吧——」
「很遺憾!這還只是基礎中的基礎呢。是說開始上課才過了五天耶，重要的部分都還沒教到呢。」
安莉露出一個人聽到不可置信的話時會擺的表情。
「啊——不要露出那種表情嘛。只要把基礎好好學起來，之後就是應用了。所以現階段可以說是最重要的，嗯。」
「……嗚——」
「看妳好像很累了呢。那麼，今天就到此為止吧。」
安莉好像就等這句話似的，馬上站了起來。
「就這麼做!明天還要早起嘛!恩弗最明理了。」
面露苦笑的恩弗雷亞，把寫在黑板上如蚯蚓般歪扭的文字擦掉。
「那麼，好好休息喔。明天也是同一時間開始上課。」
「我很高興你拿做實驗的時間為我上課。可是我一點都無法感謝你……」
「嗯，嗯。都是這樣的啦。我聽說比起被學生感謝的老師，被怨恨的老師比較會教。」
「騙人的!這絕對是騙人的!」

「啊哈哈哈。好啦，那我該告辭了。晚安，安莉。」

「嗯，恩弗晚安。回去了就別再做實驗，趕快睡覺比較好喔。」

恩弗雷亞用笑容表示「了解」，就走出了玄關。安莉目送了一會兒漸漸遠去的魔法光，回到家中，忽然覺得沉入黑暗的家變得很冷清。

「啊——累死我了……」

她拖著沉重的身子脫掉衣服，直接鑽進被窩。剛才上課那麼吵，身旁卻傳來妹妹可愛的打呼聲。安莉靜靜閉上眼睛。

因為剛才過度用腦，她確定自己一定可以馬上入睡。實際上正如她所料。閉上眼睛大概過了幾秒，她已經失去了意識。

進入夢鄉不知道過了多久，遠處傳來的聲響讓安莉的意識從沉睡變成淺眠。

連敲三下。接著隔一小段時間，再連敲三下。

想起這個節拍代表的意義，安莉的雙眼在黑夜中陡然睜大。清醒得異常迅速的大腦，辨認出自己現在人在家裡，她霍地坐了起來。就在同一時間，妹妹也猛然坐了起來。

「妳可以嗎？」

「嗯。」

聲音雖然有點害怕，但還不至於不能行動。

「立刻做準備吧！」

「嗯！」

連點燈都嫌浪費時間，安莉與妮姆開始準備逃跑。

在隨風傳來的響亮鐘聲中，兩人用極短時間做好了準備。這都是拜重複進行避難訓練所賜，過去村莊遇襲時烙印在心中的恐懼也是原因之一。而且她聽阿格講了那些，心中也始終有種不祥的預感盤據。

「妮姆！妳立刻逃去集會所！我要盡我的職責！」

不等妹妹回答，安莉拉著她的手衝出家門。

依舊敲個不停的鐘聲代表發生緊急狀況。而且是確定遭受襲擊時的暗號。

心中某個角落還無法捨棄期盼，祈求這只是多次進行的訓練的一環，然而此時刺痛肌膚的氛圍否定了內心期盼。在村莊遭受騎士們襲擊時，她也感受過這種氛圍。

來到集會場附近，安莉推了妮姆一把。

「好了，妳去吧！」

妮姆小聲回了一句後，頭也不回地衝向集會所。

安莉也產生一股衝動，很想跟著她過去。至少等妹妹平安跑進集會所再走。

然而，安莉已經在幾天前的集會上成為了新任村長，行動時必須考量到整個村莊。

如果自己還沒就任，或是已經就任很久……這種心情湧上心頭。

「簡直像有個壞心眼的神明在盯著我們一樣。」

心聲不禁化為言語脫口而出。這時機真是糟透了。

「大姊！」

一個哥布林跑到安莉身邊。

「怎麼了！發生了什麼事！」

「我們看到一群魔物出現在森林邊緣。也許會來襲擊村莊。」

「知道了！我這就過去！」

讓哥布林在前面帶頭，安莉跑向正門。她看到門前穩穩架著只有夜間才會設置的柵欄，哥布林們都已經到齊，待在柵欄周圍。他們以安莉購買的武器與防具武裝自己的英姿，正符合身經百戰的戰士風範。

一走近他們，一股惡臭隨著空氣飄來，讓安莉發現食人魔們也在。食人魔們緊緊握著全新的凶惡棍棒。

在安莉他們抵達的同時，氣喘吁吁的恩弗雷亞，還有布莉塔與義警隊的成員們也都從村裡各處集合而來。不只如此，阿格與他的部落成員當中，勉強恢復精神的兩個哥布林也跟來了。

「就這些人嗎？莉吉女士呢？晚點才會過來嗎？」
恩弗雷亞的祖母莉吉也是本領高強的魔法吟唱者，應該也可以到正門來協助守備。
「不，奶奶不會來這邊。我請她去集會所那邊了。因為那邊也很重要。」
聽了恩弗雷亞的回答，村民都覺得有道理，點點頭。他們的家人都逃進集會所了，因此那邊也需要加強防備。
「我們成員當中比較不擅長射箭的，也都派去那邊了。如果你們有多餘人力，可以派去那邊讓他們安心嗎？」
「這沒辦法。」
壽限無毫不猶豫地拒絕了布莉塔的要求。
村民們與壽限無他們生活了很長一段時間，知道他這樣講並非出於惡意。就在安莉因為緊張感高漲而吞下一口口水時，指揮官接著說：
「魔物數量很多。而且不只是食人魔，種類很多。分散戰力太危險了。」
「不知道正確數量嗎？」
「布莉塔小姐啊，對方可是待在森林裡，看不出正確數量的。請妳先記住這個前提，然後聽我說……七隻食人魔，幾條巨蛇，幾匹魔狼（Varg）以及像是犬魔的身影，後方好像還有個巨大身影。」

「魔狼與蛇跟食人魔一起行動？後面有森林祭司之類的嗎？」

魔狼是類似狼的魔獸，比狼整整大了一圈。牠們比狼更狡黠，是森林裡的難纏魔物。

「可能性很大。如果有魔法吟唱者在就麻煩了。因為這就表示對方也有遠距離攻擊的手段。我方是不是也該投入全體戰力？要的話我就去叫奶奶來。」

「這個嘛……很難決定呢，恩弗大哥。集會所是這個村裡最堅固的建築物。一旦情況緊急，大家可以躲在裡面固守，就等於是這個村莊的城池。有人能保護那裡最好。」

「……也就是說有可能進行撤退戰嘍，我該在哪裡戰鬥？」

「布莉塔小姐負責整合義警隊。希望妳可以將我的指示清楚轉達他們，並隨機應變採取行動。」

「作戰方式就採用入侵者對策二號，對吧？射箭之後從屏障後方以槍攻擊，不用特別瞄準敵人，不斷突刺就是了。」

「對，就照這種方式。不過，魔狼與犬魔很狡詐。任由牠們自由行動會擴大傷亡。盡量挑牠們下手。還有如果看到森林祭司，可以麻煩你們撤退嗎？」

「我不反對，不過義警隊撤退之後，人手夠嗎？」

「……如果運氣好的話，大概撐得過去吧。」

「原來如此……我還是去叫大家做好心理準備吧。至少可以請你們優先打倒森林祭司等能進行遠距離攻擊的對手，以免我們這些後方人員遭受攻擊嗎？不過話說回來，我當了很久的冒險者，卻可能是第一次看到這麼勇敢的村民……其實我從來到這個村莊，看到大家在做弓箭訓練時，就有這種想法了。」

「因為我們受過一次襲擊……很恨自己沒有力量反抗。」

本來默默聽著的安莉插嘴說道。她道出了所有義警隊員的心聲。

實際上，大家雖然臉色鐵青，但沒有一個人想逃走。自己必須挺身對抗外敵，必須保護自己的村莊。因為自己與大家的摯愛就在後方。

「對了，有這麼多魔物攻打過來，有沒有可能有個強大存在召集了這麼多的戰力，說不定是東方巨人或西方魔蛇？」

「不能說沒有這個可能性。」

壽限無小聲肯定了布莉塔的疑念。

如果是這樣，也可以想成是阿格吸引了魔物過來。所以他才會壓低音量，以免義警隊的敵意朝向阿格他們。

他們已經把東方巨人與西方魔蛇等魔物的存在告訴了村民。而且也提到他們的力量足以與森林賢王匹敵。

雖然他們看到的是被漆黑戰士抓到的森林賢王，但擁有強大力量的魔獸身影仍然讓村民留下強烈印象。想到要與能跟那種魔物匹敵，毫無勝算的敵人對峙，必然會產生恐懼。

「聽說西方魔蛇會使用莫名其妙的魔法？真是棘手。」

布莉塔嘟囔著，恩弗雷亞也表示贊同。

「就種族而言，魔物能使用的魔法最多也不到十種，但如果是會逐步學習的類型，就能使用豐富多變的魔法，非常棘手。而且說不定有哪種魔法可以跨越圍牆……」

「恩弗或哥布林們會使用魔法很棒，但是讓敵人使用就覺得好犯規。」

安莉一抱怨，村民們發出了苦笑。

「……不要跟恭大人說喔。」

接下來這句話，讓許多村民露出了笑容。

應該稍微緩解了一點緊張吧，安莉心想。雖然太鬆懈也不好，但太過緊張也會妨礙發揮平常的實力。現在的氣氛感覺剛剛好。

壽限無對安莉投以感謝的目光，應該就是因為明白這一點吧。

「請義警隊的各位放心。各位只要從遠處射箭就行了。前衛有我們擋著。」

哥布林們就是這樣鍛鍊義警隊的，所以這可以說是最恰當的布署方式。

對這個小村子來說，要湊齊所有人用的劍或防具相當困難，沒有足夠的裝備可以讓義警隊擔任前衛。最重要的是，義警隊終究不過是村民。他們平常就在揮動鎬頭或鋤頭，因此還算有點臂力，但並不代表他們很會用劍。只有被稱為天才的那種人，才能在農暇之餘找時間做訓練，就成長到可以打倒魔物。

基於以上幾點，哥布林們判斷要把村民訓練到擔任前衛的水準是不可能的，於是教大家射箭，讓他們可以擔任後衛戰鬥。

他們雖然弓術有所進步，還算射得中箭靶，但拉不動貫穿力優異的強弓，恐怕很難對皮膚厚實的魔物造成傷害。不過如果運氣好，同時射箭也有可能射中防禦較弱的部位。

「那麼就按照訓練內容，大家排成一排，好瞄準越過正門的地方！阿格，你們等到門被撞破後再上陣。到時候你們跟義警隊員們站在一起，用槍攻擊。你們要把布莉塔小姐說的話當成安莉大姊的命令，聽命行事。」

「好，包在我身上！」

「就是這股幹勁。聽好了，你絕對不准逃離這裡。我要你拚死作戰。」

「當然了！我一定會報答你們的救命之恩！要我跟食人魔一起站上最前線也可以喔！」

「白痴！交給你們的話，三兩下就被突破啦。這種大話等你變得更強了再來講！」

被指揮官一罵，阿格等人都一臉懊惱，義警隊安慰他們。

安莉鬆了口氣。首先，村民並沒有把阿格當成引來魔物的元凶。再來，是阿格他們已漸漸為村民所接納。

他們是最後來到村莊的外人。雖然沒有遭受虐待或是排擠，但還沒完全去除兩者間的隔閡。不過照那樣看來，不久的將來——撐過這場戰事後，兩者間的隔閡應該就會完全消失。因為諷刺的是，戰場也是加強雙方羈絆的最佳場所。

而就是因為親身感受到隔閡，阿格的戰鬥意願非常旺盛。他想對村莊做出貢獻，以提升自己與族人的立場。人類社會也是一樣，率先拋頭顱灑熱血的人會得到大家的尊敬。想到今後整個部落的地位全看阿格他們三人的表現，他會那樣積極也是理所當然。

「恩弗。我有件事想拜託你。」

安莉站到恩弗雷亞身旁，將嘴巴湊到他耳邊。

「嗚。呃，麻煩妳離遠一點——啊，嗯。了解，我知道了。那麼——這樣的話我有件事想拜託阿格你們，可以嗎？我把我帶來的鍊金術道具借給你們，希望你們拿去用。」

恩弗雷亞打開包包，裡面放了很多瓶子與紙包。

「把這個丟向敵人。如果離太遠會丟不中，所以必須進行中距離戰鬥……你們有心理準備嗎？」

「包在我身上！我們一定會完成這項任務！」

好像在等阿格接過包包一樣，瞭望台上傳來哥布林的聲音。

「那些混帳開始移動了。錯不了。確實是往村莊來的！」

豎起耳朵，就會聽見大量魔物的凶猛吼叫乘風而來。

「那麼，請各位義警隊員快去準備！安莉大姊也要小心！還有恩弗大哥也是！」

「嗯！我知道了！請你們也要小心，不要讓任何人喪命！」

「交給我吧！那麼，安莉，我們走！」

安莉與負責護衛自己的恩弗雷亞一起飛奔而出。兩人的目的是跑遍每一戶人家，看看有沒有人還沒注意到緊急狀況。

目送安莉跑遠，哥布林們進入了戰鬥態勢。

「首先請——麻煩各位義警隊員就定位。要讓對手進入目標範圍。」

對付圍牆外的魔物，當然無法進行直線射擊。為了射中看不見的目標必須進行曲射，但外行人是辦不到的。要練習到那種水準太花時間了。所以負責指導義警隊的哥布林，決定只加強練習一項能力。

那就是培養讓箭矢正好能夠落到門另一側的感覺。換句話說，就是讓他們練習要用多大力氣與何種角度拉弓，才能讓箭矢正確落下。這種練習方式只能用在很有限的地點。但是，只要預測對手會嘗試破壞大門，就可以單方面進行攻擊，可說是相當有效的訓練。

魔物們的嘶吼漸漸逼近，正門遭受一陣陣的沉重衝擊。連帶著讓圍牆也一起震動。

「很好！目標抵達目的地點！牽制射擊——開始！」

「開始啦！」

回答了壽限無的怒吼，瞭望台上的哥布林弓兵——修林根與古林戴開始射箭。只要射擊軌道上沒有障礙物，擁有弓兵之名的哥布林不可能射歪。大門另一側傳來痛苦不堪的慘叫。

空氣鳴動般的戰場氛圍震懾了義警隊，使他們因緊張與恐懼而發抖。就在這時，壽限無怒吼道：

「義警隊還不許射箭！直到我下令之前，把弓放下！」

即使敵人已經抵達一再練習的地點，壽限無仍然阻止眾人射箭。下個瞬間，一看到瞭望台，所有人都明白了他為何下達這個命令。

圍牆後面的敵人開始朝著瞭望台扔起石頭。每一塊石頭都比人頭大得多。

雖然幾乎都沒扔中，但倒楣命中的一發已經震動了瞭望台。

「確認投石攻擊！敵人應該還能再扔幾次石頭！」

「一個敵人有三塊石頭，所以總共二十一發左右——唔喔！」

再度命中的石頭砸壞了瞭望台上方的板子。

如果義警隊進行攻擊，現在也遭受投石攻擊了。

的確，義警隊待在敵人看不見的位置，石頭很難擊中他們。但只要運氣不好被打中，一擊就足以致命。光是一路滾落的石塊都可能讓人受重傷。

壽限無沒有指示義警隊攻擊，可以說是為了安全起見，也可說顯示了他在接下來的長時間戰鬥中，絕不讓任何一個人喪命的決心。

「別以為你們亂扔石頭，我們就會嚇得不敢射箭！」

古林戴怒吼著，在滿天飛的石頭當中，勇敢地重新開始射擊。他明知被石頭扔中可是會身受重傷，卻仍然勇敢無畏地繼續攻擊，看得義警隊所有人都無法轉移目光。然而，壽限無不一樣。他環顧整個戰場，迅速發現了新的敵人。

「久命！你去對付從左側圍牆爬上來的蛇！你一個人對付得來吧!!」

「沒問題！交給我吧，指揮官！」

在後方待命的久命駕馭著狼飛奔而出。在他的前方，可以看到蛇正越過了圍牆爬進來。

「十五，十六！你們兩個再給我撐一下！」

不用壽限無說，兩人站在快要倒塌的瞭望台上，射箭的氣勢毫不畏縮。不用繼續遭受攻擊，瞭望台也撐不了多久了，但他們的奮鬥誘使敵人白白扔出了好幾塊石頭。往左邊一看，久命正在對付蛇，他似乎占了優勢。

不久，被投石攻擊砸得半毀的瞭望台大幅傾斜，修林根與古林戴撐不住，跳了下來。他們沒能打消落地的衝擊力道，在地上滾動了一會兒。

「義警隊準備射擊！」

對號令做出反應，義警隊舉起弓箭。

「深呼吸！吸氣——吐氣！吸氣——拉緊弓！」

一如平常的口號，讓義警隊一時之間產生正在訓練的錯覺。他們連木門發出的嘰嘰哀號都忘了，做出了與訓練時完全一樣的動作。

「放箭！」

十四支箭描繪出優美的拋物線，飛向空中。箭矢消失在圍牆後面，魔物的慘叫響起。

阿格佩服地低喃「好厲害」，但現在的壽限無沒多餘精神理他。

「第二發準備！——不要著急！——深呼吸！吸氣——吐氣！吸氣——拉緊弓！」

就在這時，接受了治療魔法的修林根與古林戴站到義警隊的最尾端。

「放箭！」

十四支箭再度飛出。慢了一拍後又補上兩支。怒吼聲再度響起，大門發出的哀叫變得更加大聲。看來對方把憤怒與痛楚都化為蠻力了。

「後退！換裝備！」

義警隊一齊移動到設置於正門內側的拒馬後方。從大門殺進來的敵人，將會被這道堅固的柵欄擋住去路。拒馬柵欄設置成L字通道，有食人魔與壽限無的部下們等著受到誘導的敵人到來。換句話說對入侵者而言，撞破大門才等於闖入死地。

「如果有魔法吟唱者，記得不要站在他的前方！」

「指揮官！」

「怎麼了，阿格！」

「恩弗大哥交給我的道具當中有黏膠，要灑在哪裡才好？」

「會不會被泥土吸收？」

「他說會被吸收，但叫我不要想太多，就當作是有效時間比較短！」

「是嗎。那你就看準時機，扔到現在堵住的大門那裡。」

「了解。」阿格帶著部落的人開始行動時，打倒蛇的騎兵回來了。哥布林祭司立刻跑過去為他療傷。

發出啪嘰一聲，一邊的門扉被打壞了。首先湧進來的是敵方的食人魔們。

「哼哼，沒大腦的一群笨蛋。」

壽限無嘲笑他們「你們犯了決定性的錯誤」。

只有一邊門扉壞掉，也是他們設下的機關。只要其中一邊壞掉，敵人一定不會把另一邊也打壞，而會直接殺進來。尤其是他們還遭受到弓箭攻擊。但是狹窄的入口無法一次讓所有人進來，很多人都會進退不得。相較之下，己方沿著L字形拒馬布署了兵力，能夠一齊展開攻擊。

「歡迎來到必殺陣形。」

裝備比對方稍好一點的己方食人魔占了優勢，毆打著敵方食人魔，再由義警隊以槍進行支援。試著破壞拒馬的食人魔就由弓兵，妖術師或阿格的鍊金術道具不斷攻擊。企圖趁亂跳進裡面的魔獸，則由哥布林們擋住。

狀況壓倒性對己方有利。後方還有騎兵們做為預備戰力。只要敵方沒有魔法吟唱者，這一戰就贏定了。然而——

「——那是什麼啊！」壽限無死命壓抑的聲音中混雜著畏懼。「那是食人妖(Troll)嗎？」

一個外貌不同於食人魔，但大小差不多的巨人用一種莫名僵硬的動作進逼而來。他手上握著散發異樣氛圍的巨劍。

滑溜溜的液體從刀身中央的溝紋流向刀刃，那或許是魔法力量的效果。

「是敵人的老大嗎？……那該不會就是……東方巨人？」

那巨人給人的感覺，讓人覺得的確有這可能性。看似強韌的肉體鍛鍊得有如鋼鐵般堅硬，跟指揮官所知道的食人妖雖然很像，但又像是截然不同的存在。說這個敵人與那時看到的魔獸不分軒輊，的確可以接受。

一個食人妖就已經需要由所有人一起上才能對付得來。那麼很可能比一般食人妖更強的存在，又會有多難對付呢？

「這樣的話……」

壽限無考慮著該怎麼做。

這樣看來，可以說毫無勝算。最好的辦法是保護著安莉逃走。雖然她一定會抗拒，但他們可以硬是——

「……不，這不是最好的辦法。是最壞的辦法，也是最終手段。」

壽限無唾棄般地說。

「……你們幾個，我們接下來要捨命了。捨棄後退之類的天真想法吧。讓在場所有人牢牢記住我們的奮勇英姿！」

哥布林們發出鬥志昂揚的咆哮。一瞬間就連在場的敵我雙方都受到震撼，停住了動作。

「大夥上！讓敵人見識一下身為安莉大姊最強手下的咱們的力量！」

●

兩人繞了一圈村子，沒有任何人被留下來，這讓安莉鬆了口氣。這時，正門方向傳來某種物體被砸壞的聲音。緊接著是吼叫與吼叫互相撞擊，震撼五臟六腑的重低音迴盪四周。

破門而入的魔物集團與哥布林們可能已經開戰了。她嚥下憂心忡忡而差點逆流的胃液。苦味從喉嚨擴散到嘴裡，但安莉不予理會，看向恩弗雷亞。

「恩弗，那麼我們也到正門去吧。」

「好。可是妳是不是應該去集會所，讓大家安心比較好？」

恩弗這樣說，也帶有「不要妨礙大家戰鬥」的含意。

安莉雖然也有接受弓箭訓練，但正門遭到突破後，大家應該已經改用槍戰鬥了。老實說，安莉現在過去也幫不上什麼忙。

「不行。我是因為擁有指揮哥布林的權威，是有力量的村長才會被選上的。也許我的確應該退到後方，但只有這次不行。」

自己至少必須上一次前線，讓大家看到自己戰鬥的模樣。大概是認同安莉眼中蘊藏的力量，恩弗雷亞撩起頭髮，神情僵硬地同意了。

「妳說的確實沒錯。知道了。我會保護妳的。」

看到那溫和的青梅竹馬平時不會露出的，英勇嚴肅的表情，安莉發現自己的心臟奇怪地漏了一拍。

「嗯？怎麼了，安莉？我的確沒有五劫那麼強壯，但絕對不會拋下妳先死的。」

「……不要說什麼死不死的。」

「啊，對不起。呃……呃……」

青梅竹馬猶豫著該說什麼才好的模樣，就像他平常會有的態度，讓安莉露出淺淺微笑。

「我們走吧，恩弗！」

「啊，咦，嗯！說得對。沒時間在這裡閒聊了！」

兩人往正門跑去。由於他們走到了最遠的後門，就算全速奔跑，也得花些時間才能回到正門。即使氣喘吁吁地抵達也無法立刻參加戰鬥，如果敵我雙方正在交戰還會妨礙到己方，所以他們奔跑時有稍微保留一點體力。

不過實際上他們只跑了幾秒。

兩人都聽見了討厭的聲響，停下腳步。

回頭一看，有個東西從後門上方露了出來。

那個東西巨大而且異常，跟人類的那個有極大差異，因此他們一時沒看出那是什麼，其實那是手指。有什麼用手抓住了高達四公尺的後門上半部。

兩人受到了頭部被毆打般的衝擊，拔腿就跑，躲到房屋後面。

「——那是什麼？巨人？」

「不知道！可——」

恩弗雷亞住了嘴，喘不過氣似的張圓了嘴。安莉也趕緊往後門看去，露出了完全一樣的表情。

有個生物慢慢跨越了牆壁。

那身軀龐大到超乎人類的標準。

「那該不會是食人妖吧？」

聽到恩弗雷亞喘不過氣似地說，安莉凝視著現身的魔物。

「那個就是食人妖？」

「我是第一次實際看到，但跟我聽說的外形一模一樣。如果真的是食人妖就慘了……食人妖是金級冒險者才勉強能對付的對手。老實說就算是壽限無他們恐怕也應付不來。」

聽到恩弗雷亞說那個比村裡最強的存在更強，安莉感到全身血液彷彿一口氣逆流。

現身的食人妖抽著鼻子，開始慢慢環顧周遭。

恩弗雷亞拉著安莉的手，躲到房屋後面。躲起來之後，安莉被恩弗雷亞摀住嘴，耳畔傳來他壓低的聲音：

「安莉，食人妖鼻子很靈。我們現在待在下風處，所以應該不要緊，但還不可以放心。我們得盡快離開這裡……與哥布林他們會合。」

安莉也把嘴湊到恩弗雷亞耳邊：

「不行，恩弗。現在如果讓那傢伙去正門，大家會被夾擊而死的。」
「或許是這樣沒錯。可是，我們也沒辦法——」
「——這裡只有我們在。既然如此，只能由我們來阻止他了。」
恩弗雷亞從長長的瀏海之間，以彷彿看見瘋子的雙眼望著她。的確安莉也明白自己講出了很離譜的話來。但除此之外別無他法。
「不用打贏或是打倒他。只要爭取一點時間就好。恩弗，幫幫我。」
「——妳要怎麼爭取時間？有什麼辦法可以讓那個魔物待在這裡？我可以戰鬥，不過……大概只能撐過一擊喔？」
恩弗雷亞平靜的語氣中隱含著決心。安莉為了回應他的決心，說出了一個詭計：
「我想到一招戰術了。首先來做個食人魔吧。」

食人妖看了一會兒木頭搭蓋的人類住家，然後開始移動。
每戶人家都傳出柔嫩的人類味道，但他知道那只是殘香。確認周圍沒有其他味道之後，他開始往傳來戰場喧囂的方向走去。大量人類與他的同胞交戰的聲響，使他口中分泌了一堆口水，想像著在那裡的人類模樣。

柔嫩乾淨的人類是偶爾才能吃到的大餐。
他在食人妖當中特別講究美食，愛吃手腳等肉多的部位，而不喜歡帶有苦味的腹部，所以想填飽肚子需要相當多的獵物。不過這裡似乎有足夠的人數可以滿足他。
他淌著口水，同時步幅也越跨越大。
然而，食人妖停下了腳步，瞪著周圍。正確來說是瞪著房屋後面。
是食人魔。
從那裡傳來食人魔的臭味。
他皺起眉頭。他的同胞當中也有食人魔，但臭味與這股味道有著微妙差異，他不記得有聞過這種味道。這種味道從好幾間房屋後面傳來，包圍著他。
當然他能夠聞得出來，並不是因為他的嗅覺跟狗一樣靈敏，而是因為同伴當中有食人魔，所以記得這種種族的臭味罷了。因此他無法聞出現場有幾個食人魔。
而且他還有一個疑問。那就是同時還有一股不明臭味瀰漫四周。那種青澀臭味就像踩爛青草時發出的味道，但比那強烈許多。
這些食人魔身上塗了青草汁液嗎？
他懷抱著疑問，同時猶豫著該怎麼做。飄來的青草臭味刺激著鼻腔，眼淚都快滲出來了。能忍耐這麼重的臭味，食人魔一定是鼻塞了。

他可以正面擊敗食人魔。他是比食人魔更強的食人妖。但那並不代表不會受傷，也不代表不用花時間。

食人妖種族具有再生能力，因此傷口會隨著時間經過而癒合。但他不能浪費時間。也許他的食人魔同伴們會把人類統統吃光。

對方分散各處，一定是打算在他正面迎擊時一齊動手。

他對於自己靈光一閃看穿對手的企圖感到相當滿意，開始慢慢移動，想繞到房屋後面。

他希望能在短時間內擊敗食人魔。既然如此，對手現在分散開來，應該是最好的攻擊機會。他只要從最角落的食人魔一個個解決就好了。

他躡手躡腳慢慢移動，突然間，一個小小身影從一間房屋裡衝了出來。

不是哥布林之類的生物，是他最愛吃的人類。

他嚇了一跳而縮起身子，那個讓披風在背後飄動的人類把某種東西灑在他身上。

「喔喔喔喔喔啊啊！」

激烈惡臭使他發出慘叫。灑在身上的綠色液體散發出讓人想把鼻子扭下來的強烈臭味。這味道比食人魔們發出的青草臭味強上好幾倍。

雖然他有再生能力，但這並不是受傷。難以忍受的臭味使他眼角泛淚，他想用腳踹飛那個人類，但人類已經衝進屋裡了。

擁有靈敏嗅覺的他，會讓對方接近到這麼近的距離，是因為青草汁液的強烈臭味蓋過了人類的氣味。

食人妖雖然被激怒，但追丟了人類，他轉為尋求一開始的目標——食人魔。他打算先殺了食人魔，再來解決食物（人類）。

食人妖怒形於色地繞到房屋後面，沒發現他要找的食人魔。簡直像憑空消失了似的，沒有半個人在那裡。

「咕嗚嗚嗚，在哪裡？」

他環顧四周，食人魔雖然體型比自己小，但身軀還是很龐大，然而他就是沒看到食人魔。再怎麼說，那麼龐大的身軀一旦移動，食人妖應該會瞄到才對。難道區區食人魔能像自己的主人一樣隱形嗎？食人妖遇到無法理解的狀況而陷入混亂，但仍然抽了抽鼻子。

然而自己身上散發的青草惡臭妨礙了他，完全聞不出食人魔的臭味從哪傳來。

「咕嗚嗚嗚嗚。」

食人妖發出低吼，用手擦掉沾到身上的汁液，但這次換成手上冒出臭味。

這時，食人妖發現地上掉了一塊布。

食人妖心想可以用這塊布擦掉汁液，出於好奇心，他拿起那塊布嗅了嗅。雖然鼻子失靈了，但湊得這麼近，多少能嗅出一點來。

食人妖從那塊布上嗅出了類似食人魔的臭味。遇到這種狀況，就算是食人妖也能明白。是這塊沾滿食人魔體臭的布，讓食人妖以為這裡有食人魔。

這不可能是巧合。

「人類！」

食人妖發出暴怒的咆哮，環顧周遭。沒看到人類。那麼應該還在屋子裡。

他暴跳如雷地一拳捶向房屋。重複幾次之後，房屋的屋頂穿了孔，塌陷下去。

人類慌忙跑出屋子，食人妖追在後頭，要把那人大卸八塊。

目標（食人妖）追著自己跑表示計策成功，雖然真該感謝老天，但她好想哭，都快嚇出心臟病了。巨大的食人魔物在背後追趕自己，遇到這種真槍實彈的捉迷藏——輸了就得進對方的胃——一般村姑都會想哭的。

而且這場捉迷藏不知何時才能結束，也是讓人想哭的原因之一。

如果能夠確定結束時刻，就可以用來鼓勵自己逃跑到最後一刻。然而不知道正門的戰鬥何時才會結束，又不知道大家會不會注意到這邊的鬼抓人，每當種種不安通過腦海，氣力就大幅下滑。

她懊惱準備花了太多時間，沒能讓其中一人到正門去報告。

安莉拚命奔跑，衝進恩弗雷亞等待著的屋子。取而代之地，同樣穿著連帽披風的恩弗雷亞衝出後門。她大氣也不敢喘一個，屏氣凝息地看著敵人是否中了自己的計。食人妖沒發現人類掉包了，仍追著恩弗雷亞跑。

安莉調整著紊亂的呼吸，高興地握緊了雙手。

食人妖與人類無論是體力，步幅或體能都差太多，一個人玩鬼抓人絕對會被抓到。所以他們打算偷偷換手，一邊休息一邊進行長期抗戰。一則是為了爭取時間，二則是不讓食人妖前往大家聚集的集會所。

這時有個問題，那就是如何讓食人妖以為只有一個人類。

食人妖是以什麼分辨人類？的確，只要長時間待在一起，食人妖也能分辨出人類的不同，但如果沒有長時間待在一起呢？可以想到的是外觀，尤其是服裝之類。所以他們倆都披上了同一款披風雨衣。

接著為了不讓食人妖用嗅覺分辨兩人，他們利用藥草汁抑制對方靈敏的鼻子。

安莉使用臭味設下了兩道陷阱——用食人魔的臭味拖住對方的腳步，再用藥草臭味掩蓋自己的體味——

安莉好不容易調整好呼吸，偷偷移動到下一間房屋。

她進入陰暗的屋內，悄悄窺視外頭的情形。轟轟的沉重聲響逼近而來，同時一臉拚命的恩弗雷亞衝進屋裡。配合好時間，安莉衝出了自己剛才進來的後門。

她開始奔跑，才發現食人妖沒追上來。

他抽了抽鼻子，看看安莉，又看看房屋。醜陋的臉孔更加歪扭起來。安莉覺得那張臉上好像流露出狐疑之色。

安莉的頸部流下一道冷汗。她下意識地用手背去擦，溼黏觸感讓她直覺想到。

「……鼻子習慣了？」

食人妖似乎習慣了藥草臭味，對汗味起了疑心，發現有兩個人類的味道。

他掄起拳頭，捶向房屋。恩弗雷亞連滾帶爬地衝出屋外。但他停下腳步，似乎並不打算逃跑。

「安莉！妳快逃！我來爭取時間！」

「——笨蛋！一起逃比較好啦！」

「那樣絕對會被追上的！拿房屋當掩蔽也一樣！」

安莉睜大雙眼，恩弗雷亞對她笑了。

「我戰鬥能力比妳強，我來當誘餌，生存機率比較高！」

恩弗雷亞發動魔法後，他的身體開始纏繞淡淡光芒。

他講得很有道理，安莉無法回嘴。恩弗雷亞看她這樣，似乎露出了笑容。

「而且——妳就讓我保護我喜歡的女生吧。」

恩弗雷亞重新轉向凶神惡煞的怪物，握著拳頭，豎起拇指指著自己。

「想玩，我陪你玩！放馬過來吧！『強酸箭（Acid Arrow）』！」

恩弗雷亞不合個性地破口大罵，接著綠色箭矢飛向食人妖。射中的瞬間，對手身上發出灼燒的聲音與白煙。食人妖發出比他大上一倍的痛苦吼叫。

食人妖瞋目切齒地瞪著恩弗雷亞。他已經沒把安莉放在眼裡了。

「快去啊！去搬救兵來！」

在這邊拖拖拉拉才叫做愚蠢。

「你要撐住喔！」

說完這句話，安莉拔腿就跑。

食人妖似乎無意追上來。

老實說，恩弗雷亞完全沒有存活的可能性。雙方能力落差太大了，只有金級以上的冒險者才能對付的魔物，恩弗雷亞根本不可能打贏。

只要能爭取個一分鐘就很值得稱讚了，戰況就是如此絕望。

「嗯，死定了。」

看著食人妖保持戒心慢慢移動的模樣，恩弗雷亞露出苦笑。

再生能力對強酸或火焰等攻擊造成的損傷無效。所以他在提防恩弗雷亞使用能破解自己最大能力的攻擊，不過這實在是杞人憂天了。食人妖只要照普通方式殺過來就會贏了，在這種狀況下，恩弗雷亞只能發笑。

「不過這樣對我來說正好。『催眠（Hypnotism）』！」

食人妖依舊充滿敵意。恩弗雷亞使用的魔法似乎遭到了抵抗。

食人妖知道自己遭到了魔法攻擊，衝了過來。

龐大身軀步步逼近的景象簡直是場惡夢。

「如果生效的話就能爭取到時間了……看來沒那麼好運。唉，真可惜。」

恩弗雷亞其實已經死心了。因為他知道這是絕對贏不了的仗，已經不叫做勇敢，而是魯莽了。即使如此——

——自己必須為了安莉爭取時間。

這份心意驅使著身體行動。

確認站到眼前的食人妖舉起了左臂，恩弗雷亞往左前方跑去。如同有句話叫做死裡求生，他跑向最危險的道路，衝進位於另一頭的安全地帶。拳頭飛過他的背後，恩弗雷亞感覺到一陣強風吹過頭髮時，一隻大腳像牆壁一樣逼近眼前。

視野轉了一圈。身上傳來樹枝折斷般的啪嘰啪嘰聲。

他惡狠狠撞上地面，像垃圾一樣滾動。

恩弗雷亞滾倒在地，痛楚竄過全身。可沒溫和到能用劇痛來形容。他這輩子活到現在，還沒經歷過這樣劇烈的痛楚。

「可……可是我還活著，真厲害，我實在是太厲害了……」

多虧他事先使用了防禦魔法，再加上食人妖踢的時候姿勢不穩，兩種原因加在一起，才撿回了一命。雖然每次咳嗽都產生一陣劇痛，恩弗雷亞仍站起來，使用了魔法。

「『強酸箭』。」

（嗯。跟我想的一樣。）

本來要繼續追擊的食人妖停下了腳步。他在提防燒灼了腳尖前方——地面的強酸。

爭取時間才是恩弗雷亞的目的。如果食人妖提防攻擊而不敢出手，他真希望這隻魔物能永遠提防下去。

況且再挨一次攻擊，自己就死定了。

「……好痛喔。我不想死……」

他忍不住說出了喪氣話。

人生不過如此。

有時候即使不願承認，也隨時會有迫使人不得不承認的狀況。對恩弗雷亞來說，現在就是那個狀況。

自己會死在這裡。肯定會死在這裡。

他很想逃命。只要拚命逃跑，也許能撿回一條命。但那樣做，會發生多大的悲劇？

恩弗雷亞想著安莉的事。

因為有安莉在，恩弗雷亞才能挺身而戰。

「我已經告訴安莉了……不對。在聽到答覆之前，我還不想死啊……」

慢慢逼近的食人妖不可能理解戀愛中少年的心情。

已經無法再爭取更多時間了。

看著食人妖醜惡的表情，不知道為什麼，恩弗雷亞清楚看出了對手的想法。食人妖已經決定冒著受傷風險收拾掉自己了。既然如此——

「——『強酸箭』！」

為了來到這裡與食人妖對峙的人，恩弗雷亞能做的，頂多就是多給食人妖一點傷害。

恩弗雷亞射出的強酸箭灼燒著對手的身體，食人妖痛得齜牙咧嘴，高高舉起拳頭。渾身劇痛的恩弗雷亞光是站著都很勉強，想不到任何辦法抵擋這一擊。

「請快一點！」

在安莉的帶領下，三個哥布林急著趕去搭救恩弗雷亞。

安莉能與哥布林會合，並不是因為她到了正門。而是安莉他們遲遲未歸，再加上後方傳來不明吼叫聲，哥布林指揮官覺得擔心，硬是從不足的戰力當中派出了三個哥布林，雙方才能會合。

要是能再堅持一下，哥布林們就會來救自己與恩弗雷亞了。一想到這裡，安莉的心幾乎被罪惡感撕碎。

運氣就是差那麼一點。

要不是那樣——

「在那裡！」

安莉指向一個方向，恩弗雷亞就站在那裡。在他面前是掄起拳頭的食人妖。

來不及搭救。距離太遠了。

食人妖高舉過頭的拳頭即將狠狠砸下。這一擊足以破壞一棟房子。也就是說，恩弗雷亞必死無疑。

安莉緊緊閉起雙眼，黑暗中，傳來哥布林們倒抽一口氣的聲音。那代表的是驚愕。哥布林們作出不符合這個場面的反應，讓安莉戰戰兢兢地睜開眼睛——

「哎呀——血條都變紅了哩。你還好嗎？」

——看見一個手持巨大武器的美女。

露普絲雷其娜手中以聖印為造形的巨大武器打橫，成了盾牌擋下食人妖的鐵拳。從尺寸大小以及手臂粗細來想，這都是不可能發生的光景，但這既不是作夢，也不是幻覺。

「那麼，這傢伙就由我來對付哩……啊，恩弗小弟受傷了呢。『大治癒(Heal)』。」

食人妖似乎因為看到無法理解的現象而後退一步。自己卯足全力的一擊竟然被突然現身的神祕人類擋下，難怪他會露出那種表情。不，也許他以為這是魔法創造出的某種效果。

恩弗雷亞表情呆愣地背對食人妖，邁開腳步。雖然那模樣毫無防備，但食人妖沒有加以攻擊。不，是因為他無法忽視取代恩弗雷亞擋在自己面前的對手而做出那種舉動來。

「恩弗。」

安莉緊緊抱住了恩弗雷亞。

「啊，是安莉啊。」

聽到他宛如身處夢境的軟弱回答，安莉明白到他剛才置身於多危急的狀況。雖說已經脫離險境，但精神受到的傷害想必很大。

「幸好你沒事。」

「——妳也是。」

安莉感到一股暖意回到心頭，取代她明白到恩弗雷亞會死的瞬間，產生的冰冷感受。

「你沒事真的太好了！」

安莉緊緊抱住他。

「妳也是。」

恩弗雷亞的手繞到她的背後，也抱住了她。雖然抱得很緊，感覺卻很舒服。

她流下串串淚珠，沿著臉頰滑落。

「……妳怎麼了？」

「……笨蛋。」

「啊——不好意思，打擾一下你們談情說愛喔。」

「露普絲雷其娜小姐！」

安莉放鬆力道的同時，恩弗雷亞的雙臂也放鬆下來。安莉覺得有些寂寞，但還是轉向露普絲雷其娜。

「食人妖呢——」

安莉一移動視線，看到了難以形容的物體。

「喔，就那個啊。就是那個像準備要煎的漢堡排。再來只要烤一下就搞定嘍。」

她用染血的聖杖一比，只見那裡有塊滿是血汙的肉團。那團肉已經失去原形，看不出來原本是食人妖。然而那塊肉團慢慢再生的模樣何止可怖，簡直令人反胃。

「哎呀——幸好你們倆都沒事。那邊好像也順利解決了哩。」

安莉聽見哥布林們往他們這邊過來的聲音。看來正門的戰鬥以勝利告終了。

「嘿。」

彷彿一道烈焰從天而降，紅色火柱包圍住食人妖，傳出生肉烤熟的氣味。

「這樣食人妖這邊就搞定嘍。那麼工作結束，我要回去啦。啊，恩弗小弟。安茲大人為了褒獎你成功開發出紫色藥水，說要招待你到家裡做客。希望你等著瞧。啊，不是，是引頸期待。」

好像想說的話都說完了，露普絲雷其娜輕輕一轉身，就往後門走去。

「非常謝謝您！」

聽到安莉大聲喊道，特立獨行的女僕既沒回頭也不駐足，只是揮了揮手。

「……大姊，恩弗大哥。我們稍微離開一下，去帶大家過來。請兩位在這附近休息一下。」

不等兩人回答，哥布林們就跑走了。安莉雖然心想「留下一個哥布林也不會怎樣吧」，但比起這個，恩弗雷亞的狀況更讓她擔心，於是安莉將自己的肩膀借給他，邁開腳步。

然後兩人在離食人妖死屍稍遠的地方坐了下來。

「唉。」

兩人不由得一起嘆了口氣。然後幾乎同時抬起頭，仰望夜空。

「得救了呢。」

「嗯。」

「運氣真好。」

「嗯。」

「我可不想再來第二次了。」

「嗯。」

寂靜在兩人之間流動。安莉無意間想起一件事，開口說道：

「我不知道我是不是喜歡恩弗，但我不希望你離開。」

「……嗯……嗯。」

「這是不是就是喜歡呢？」

「……我不知道耶。不過如果是的話，我會很開心。」

安莉與恩弗雷亞不再說話，在哥布林們回來之前，兩人並肩一直仰望著夜空──

尾聲

「安莉大姊，您好像已經準備好了。」

走進安莉家的壽限無打量一下安莉的穿著後這麼說。

「嗯，準備好了，可是……會不會很奇怪啊。」

安莉細細端詳穿在自己身上的最好衣服——只有在收穫祭等節慶時才會穿的衣服，向壽限無問道。

「一點都不會啊，是吧，恩弗大哥。」

「嗯，很漂亮喔，安莉。」

「討厭啦！」

羞紅了臉的安莉，視線一隅瞄到妮姆與壽限無笑嘻嘻的表情。那種討厭的笑容與其說是笑嘻嘻，倒不如說是奸笑比較貼切。

自從安莉與恩弗雷亞的感情有了進展，就會時常看到他們這副表情，雖然安莉很想講他們一句，但她聰明地領悟到這樣做只會招來更羞恥的結果，所以始終沒說出口。

不過放著不管也很危險。尤其是妮姆。

妹妹有時會拋出一些非常難回答的問題。

（總覺得這幾天裡，她的精神層面好像急速成長了……我看還是向恩弗求救……）

被安莉以目光尋求幫助，男朋友開口道：

「呃，咳嗯！話說回來，那把魔法劍用起來怎麼樣？上次問你的時候，好像是說跟以前用的劍不一樣，很不上手？」

壽限無擁有的巨劍，是前幾天魔物來襲時獲得的魔法劍。

「我終於習慣這把劍的重量與重心位置了，所以現在用起來就跟以前那把一樣。不愧是魔法武器，鋒利度等等都在以前的劍之上。不過……從溝槽中流出的毒液可以降低砍傷的對手的肌力，這個效果有點不怎麼樣就是了。」

「會嗎？聽起來好像很厲害耶。」

「這不是什麼強力的毒藥。我這個等級就能抵抗了。只對比自己弱小的對手有效，感覺有點……」

忽然間，壽限無的臉色一沉。

「怎麼了？」

「啊——」壽限無望著天花板，然後嫌惡地開口說：「拿著這把劍的那個食人妖，好像有點蹊蹺。」

「光看屍體，跟普通食人妖的確不一樣——我在想是不是亞種食人妖……」

「不，我不是這個意思，恩弗大哥……那個食人妖的身手，無法使用再生能力，以及砍到的觸感……總覺得有點怪怪的……對。他給我一種奇妙的突兀感，好像是一具屍體在動似的。」

「屍體會動？你是說那是殭屍嗎？」

「不知道。也有可能本來就是那種類型的食人——」

「——讓大家久等了哩——」

碰地一聲，門被用力推開。

背對陽光的露普絲雷其娜毫不客氣地踏進安莉家中。在場所有人都愣住了。彷彿替大家道出心聲似的，只聽見露普絲雷其娜的頭部傳來清脆的「啪！」一聲。

「啊，好痛！」

「這個笨蛋。有人像妳這樣沒禮貌嗎？失禮了，各位。」

把按著腦袋瓜的露普絲雷其娜往後一拉，站在後方的女性在門前行了一禮。

「我是安茲大人的女僕，由莉·阿爾法。我是來迎接恩弗雷亞先生，安莉小姐，以及妮姆小姐的。可以打擾一下嗎？」

「啊，好的。請進，呃，露普絲雷其娜小姐也請進。」

道謝之後與露普絲雷其娜一起走進屋裡的女性，又是一位美若天仙的女子。

「那麼，等各位準備好了，我就立刻準備進行傳送。」

「傳……傳送？妳能進行傳送嗎！」

恩弗雷亞大聲問道。安莉不懂恩弗雷亞為什麼這麼吃驚，只知道傳送大概是一件很了不得的事。

（戰士長他們進行過傳送，應該也很厲害吧？）

「啊，不是的。這不是我的能力，而是向安茲大人借用的魔法道具的力量。」

「……號角也是，藥水也是。真厲害，厲害到我都搞不清楚狀況了。」

恩弗雷亞一下子變得垂頭喪氣。安莉覺得可以趁現在詢問一直想問的問題，出聲說道：

「那個，我一起去真的沒關係嗎？還帶著妹妹！」

今天，村莊的救世主安茲．烏爾．恭招待恩弗雷亞到家裡做客，但自從聽到這件事以來，安莉就一直在擔心自己不過是個村姑，一起去究竟妥不妥當。對方是法力無邊的魔法吟唱者，跟自己活在不同的世界。只要想到自己有可能做出失禮的行為，就覺得胃快碎掉了。

「不要緊啦。安茲大人說這次是同時慶祝恩弗小弟開發了藥水，所以帶女朋友小安一起來也沒關係哩。禮儀規範什麼的不是問題啦。」

「……露普絲，注意一下講話方式。」

「由莉姊，不會怎樣啦。小安跟我就像朋友一樣哩——」

「咦？呃，嗯，是。是的，對。」

「唉。」自稱由莉的女僕嘆了口氣，走到牆壁前面。突然間，那裡出現了一個彷彿從空間中取出的大木框。那木框大到可以讓人輕鬆穿越，雕刻著細緻花紋，看起來就像個畫框。

「……難道是『小型空間（Pocket Space）』？可是應該裝不進那麼大的東西，所以是更高階的魔法？」

「來，各位請進。露普絲，這裡的守衛就拜託妳嘍？」

「了解哩。」

照理來說，木框對面應該是司空見慣的牆壁。然而木框中鋪展開來的，卻是完全不同的世界。

由莉帶領著大家，往木框中走去。

接著恩弗雷亞邁出腳步。後面是安莉，然後是她牽著的妮姆。

一行人沒遇到任何阻力就穿過了木框，另一側，寬敞莊嚴的通道左右兩方並列著栩栩如生的雕像。

「哇——」

妮姆感動地嘆息之餘，嘴巴張得大大的，拚命把頭抬高想看天花板。安莉一邊扶著她以免她摔倒，自己也仰望天花板。

「好厲害……」

那是一條在拋光大理石地板上鋪了絢爛絨毯的莊嚴通道。安莉有些目瞪口呆，心想所謂的王宮一定就是這種地方吧。

「就在前面。」

由莉的聲音讓安莉回過神來，想跑步追上走在稍遠前方的兩人。但她又覺得這樣做太不恰當，就只用小跑步追上。

走了一會兒，又看到一個跟剛才牆壁相同的木框。不過這個與剛才那個有兩點差異。首先，這個的大小是剛才的數倍以上，足以讓好幾個人並排進入。其次是看不見裡面的景象，只能看見閃耀七彩光輝的薄膜狀物質。

「請照剛才的方式走進去。」

安莉與恩弗雷亞互相看了一眼。

「那麼，我們一起進去吧。」

安莉與恩弗雷亞牽起手。從左邊依序是妮姆、安莉、恩弗雷亞，三人排成一排踏入了木框中。

僅僅一瞬間，粉紅花瓣飛散，彷彿看到身穿上白下紅服裝的女性——

「歡迎大駕光臨。」

整齊劃一的聲音表達歡迎之意。

環顧四周，眼前是一條裝潢比剛才更奢華的通道，左右並排站著貌美如花的一群女僕。最深處佇立著一位人物，他面戴古怪面具，身穿彷彿能吸盡光明的深沉漆黑長袍。那人就是解救村子的救世主，魔法吟唱者安茲・烏爾・恭。

安莉張著嘴呆站原地。

天花板上懸掛著光輝璀璨的水晶吊燈，白色地板纖塵不染。壯麗的通道上站著成排美女。簡直像踏進了幻想的世界。

她感覺輕飄飄的，宛如置身夢中世界，就在她呆立原地時，妮姆突然鬆開了她的手。安莉朦朧的意識角落注意到這點，下個瞬間，她猛然被拉回了現實當中。

因為妮姆突然開始奔跑。

「好厲害！好厲害！好厲害！」

她一邊大聲嚷嚷一邊狂奔，跑過並排佇立的女僕們面前，衝到安茲身邊。

由於超越感情負荷量的世界在眼前擴展開來，使她無法以理性壓抑自己而失控了。

「好厲害！好厲害！好厲害！」

「妮姆！快回來！」

安莉慢了一步，也向前跑去。妹妹粗魯無禮的態度，讓她出了一身大汗。

然而這裡是有著美麗女僕並列，宛如神域的空間。自己一個村姑發出腳步聲跑過這種地方，這事讓她躊躇不前。安莉的腳直接表現出她二律背反的苦惱，結果只能用奄奄一息的青蛙般的步履前進。

而就在安莉拖著僵硬步伐往前走時，妮姆順利抵達村莊救世主的跟前。

「……真的這麼厲害嗎？」

「好厲害！太厲害了！」

「是嗎，很厲害嗎……不，妳說得對。」安茲輕輕伸出手，靜靜地撫摸妮姆的頭。

「我的住處很氣派吧？」

「嗯，很氣派！這是恭大人蓋的嗎！」

「哈哈哈哈。正是。是我跟我的同伴們一起蓋的。」

「好棒喔——！恭大人的各位同伴也好厲害——！」

「哈——哈哈哈哈！」

歡快的笑聲響徹四周。

這時，恩弗雷亞與安莉才提心吊膽地來到兩人身邊。安莉帶著絕對不再放手的決心，緊緊握住妮姆的手。

「非常感謝您今天邀請我們！」

「不用這樣拘謹地道謝。這次是為了慶祝你製造出新的藥水。希望你們可以放輕鬆度過。」

「恭大人，真是抱歉。我妹妹妮姆有失禮數……」

「真的不用放在心上。她是看到我的住處而感動了吧？這樣說起來，反而是我的不對了。」安茲心情愉快地回答。「那麼……本來我打算直接跟恩弗雷亞談談，不過……妮姆，怎麼樣？想不想跟我一起看看我……不，我們打造的家園？」

「嗯！想看！請讓我參觀恭大人與各位同伴蓋的氣派宅邸！」

安莉還來不及婉拒，妮姆已經搶先回答。

「哈哈哈。是嗎，是嗎！那我就帶妳到處逛逛。」

看到安茲心情大悅，安莉無法再說些什麼。

●

安茲說在他帶妮姆到處參觀的期間，希望兩人在會客室稍等，安莉此時縮成一小團，坐在長椅的前緣上。

她與其說是借來的貓，倒比較像是從巢裡抓來的小動物，坐立不安地到處張望。坐在身旁的——明明空間這麼大，兩個人卻擠在一起——恩弗雷亞也不像是做男朋友的，而像隻小動物一樣坐立不安。

安莉也明白村莊的救世主安茲．烏爾．恭是位了不起的魔法吟唱者。但她還是想得太簡單了。

彷彿誤入王子公主的故事，夢幻的璀璨世界。

暖爐上左右放著栩栩如生的玻璃鳥兒擺飾。只要打壞其中一隻，恐怕花上自己一輩子也不夠賠。

坐著的沙發也很漂亮，讓她擔心自己的衣服會不會把沙發弄髒了。

安莉短短的人生當中初次看到的水晶吊燈，灑落的燈光既非火炬也非蠟燭，而是魔法光。上次去的耶．蘭提爾冒險者工會裡好像也有水晶吊燈，但那個沒有點亮燈光，也沒這麼氣派。

屋裡的家具擺設全都極富品味，美不勝收。尤其是放在安莉面前那張黑檀木上漆桌子，更是厚重得無法形容。即使是對這類物品價值一竅不通的安莉，都知道這一定相當昂貴。

裝飾的繪畫彷彿將活生生的女性直接化為色彩般細緻。

就連鋪在地板上的地毯，都讓人不敢穿著鞋子走在上面。地毯極為柔軟，讓她坐在沙發上心想，是不是該稍微把腳抬高，盡量不讓腳碰到地面比較好。

安莉緊張到快要昏倒了。

「也許剛才應該跟她一起去的。」

雖然她無法向安茲推辭，但是讓妮姆一個人去的不安，讓她覺得整個胃翻攪不已。

「希望她不要給恭大人惹麻煩……」

「一定不會有事的啦。恭大人是很寬宏大量的。我覺得他不會因為一個小女生講了點失禮的話，就耿耿於懷的。」

「嗯——可是，我聽說觸怒了貴族，有時甚至會賠上性命……」

「這我也有聽說，但從來沒親眼看過。耶·蘭提爾近郊是國王的直轄領地，所以貴族不會那樣胡作非為的……恭大人是貴族嗎？」

「不是嗎？他的房間這麼豪華，又有那麼多漂亮的女僕，不是有錢有勢的貴族應該辦不到吧？」

「嗯——很難說喔。而且能聚集那麼多漂亮的女僕，就算是貴族也辦不到吧。」

安莉的眉毛悄悄豎成了危險的角度。

明明是自己先說那些女僕漂亮的，但聽到恩弗雷亞說出口就是讓她不愉快。就在她瞪向恩弗雷亞的側臉時——傳來敲門的聲音。

「咿嗚！」

她肩膀一震，因為跟恩弗雷亞肩膀靠在一塊，使得她的驚嚇傳給恩弗雷亞，令他的身體也重重一震。

敲門聲再度響起。安莉拚命思考對方要自己做什麼時，恩弗雷亞開口道：

「啊，呃，請進。」

「失禮了。」

就在安莉看到恩弗雷亞冷靜地想出正確答案，再度迷上他時，一名女僕推著銀色推車走了進來。這名美麗的女性穿著外行人一看也知道做工精細，潔淨無瑕的女僕裝。臉上浮現著溫柔的笑靨。然而安莉卻擔心得胸口緊縮，生怕那位女僕一看到自己，會氣急敗壞地說「看……看妳做了什麼好事！」。

「──我為兩位送飲料來了。」

「不……不用了！」

安莉二話不說馬上回絕，讓女僕的表情一瞬間愣了愣。她的視線從安莉身上移向恩弗雷亞，又回到安莉身上。

「……啊，這樣啊。」

「是……是的。」

大概是察覺到安莉緊張萬分的態度與恩弗雷亞恐懼不安的心情，她露出真誠的溫柔笑容，先說一聲「失禮了」，然後坐到安莉身旁。接著她溫柔地把手放在緊張得不敢動的安莉肩膀上。

「艾默特大人，請別這麼緊張。艾默特大人與巴雷亞雷大人都是貴客。儘管放輕鬆等兩位回來就可以了。」

「可……可是……我怕會把這裡的東西弄壞……」

「請放心。放在這裡的東西就算弄壞了，也不會觸怒安茲大人的。」

「怎……怎麼可能，您說這裡的所有東西嗎？」

安莉環顧四周，在她看來，一想到每件物品的金額都會讓她頭痛。這位女僕竟然說這些都沒什麼大不了的？

「是的。安茲大人是非常富有的。」

「這……這我知道。」

畢竟他連號角那種驚人的魔法道具，都能隨便送人了。

「所以請放心。若是蓄意破壞當然不在此限，但如果是不小心弄壞，我想安茲大人會笑著原諒您的。再說我想就算弄壞了，也可以用魔法修好。」

「您雖然這樣說……可是……」

「我明白了。那麼先喝點什麼吧。我想這樣能讓您放鬆一點。」

「可是……」

安莉望向銀色推車上的茶杯。茶杯是白瓷製的精品。邊緣鑲著金線。側面是鮮豔的深藍色，描繪著不知是花紋還是繪畫的圖案。茶杯看起來實在太過纖細，安莉真怕一拿起來，就會碰壞了它。

「安莉，就喝點吧。回絕人家也很失禮喔。」

「啊，那麼，那個，麻煩您了。」

「好的……這個嘛。花草茶的香氣與風味可能不是每個人都喜歡，喝一般的紅茶好嗎？」

「由……由您決定。」

面露笑容的女僕動作流暢地準備紅茶。在做出把熱水倒進杯子又倒掉的神祕舉動後，將紅茶端到兩人面前。另外還放了兩個小容器。

「每個人喜好不同，所以牛奶與砂糖另外附上。請自由添加。」

安莉掀開糖罐，裡面是細雪般潔白的方形糖塊。村姑機械性地把好幾顆方糖放進茶杯，攪拌到完全溶化。接著倒入大量牛奶喝了一口。整個表情像要化開了。

「好甜喔——」

「嗯。放了那麼多砂糖當然會甜嘍。村莊裡能吃到的甜食有限嘛。況且村裡也沒養蜂……頂多只有糖漿類吧？如果我能學會製作辛香料的魔法就另當別論了。」

安莉忘了自己身在哪裡，發出強而有力的聲音。不，是不由自主地脫口而出。

「努力學起來。」

她聽著「啊，嗯，是」等回答，再喝了一杯紅茶，甜蜜滋味讓她表情鬆緩許多。

「真的，好甜好好喝喔。」

就在這時，傳來幾下敲門聲。女僕靜靜地起身過去，輕輕打開了門。

「安茲大人與您的妹妹回來了。」

門一打開，笑容滿面的妮姆飛也似地衝了進來。後面跟著安茲。

「姊姊，很厲害喔！亮晶晶的，好漂亮，好棒喔！」

安莉一邊注意不讓撲進懷裡的妹妹的腳弄髒沙發，一邊站起來，向安茲低下頭。

「恭大人！我妹妹有沒有做什麼失禮的事？」

「沒有，倒是我該說聲抱歉，帶著她到處晃了這麼久。」

「千萬別這麼說。謝謝大人。」

安茲揮揮手要她別在意。

「那麼在跟恩弗雷亞談今後的事宜之前，先去用餐吧。」

「咦？這怎麼好意思……」

恩弗雷亞急忙開口婉拒，「沒關係。」安茲回答。

「我這樣做是為了等會兒與你做交易時，能夠對我有利。」

「交易是指……」

「……在用餐之前，就讓我簡單說明一下吧。」安茲坐到兩人對面的沙發上。「首先，我不打算對外公開你製作的藥水。這是因為你必須使用我提供的材料，才能製作出紫色的治療藥水，我這樣說對吧？」

「是的。現階段必須使用恭大人提供的原料，才能勉強做出來。目前還有很多問題沒有答案，例如是什麼樣的力量發揮了功效等等。」

「所以，如果把這種藥水公諸於世，我認為只會惹來麻煩。若只是被問到材料來自何處倒還好……但也不能保證沒有人會想硬搶吧？……我聽露普絲雷其娜說，你們的村莊最近才遭到魔物襲擊，有沒有可能是被趕出地盤的魔物，為了尋求受到鞏固防壁保護的安全地點，才會襲擊你們的村莊？……你們有抓到俘虜，問問對方為什麼做出這種行為嗎？」

沒有。安莉在心中回答。當時背後傳來魔物的咆哮——安莉他們遇到的食人妖發出的吼叫——在那種情況下，縱使哥布林們再強悍，也沒多餘心力捕捉敵人，只能全力結束戰鬥，因此敵方沒有任何倖存者。

（再說持有魔法大劍的敵人好像很強……）

「這樣啊。那真是遺憾……我在想你們的村莊會遭到襲擊，也許是因為這種理由。村落防衛堅固反而引來了問題。而一種物品一旦價值連城，自然就會有人想搶，沒錯吧？同樣的，如果將藥水的情報散播出去……」

「……看來還是保密比較好呢。」

「很高興你了解我的意思，恩弗雷亞。等到你能只用村莊周邊的材料成功製造出我擁有的那種紅色治療藥水，或許就沒理由保密了……換句話說，我打算在用餐之後跟你談的，就是關於這方面的機密性。也就是保密義務。那麼，餐點應該準備好了。我們走吧？」

「呃，不，這就不用了。我們怎麼好意思在這麼氣派的地方……」

安莉不住搖頭。

「……好吧，我是不會勉強你們……不過我特地準備了以龍排為主菜的全餐喔。」

「您說龍嗎？」

龍。那是安莉聽過的各種故事當中出現的存在，有時是反派，有時又是正義的夥伴。不過，無論在哪個故事裡，龍都是擁有強大力量的存在。難道要把這種存在拿來做食材嗎？

不可能。他只是在開玩笑。

這話如果不是安茲說出來的，安莉一定會這樣想。

然而這話既然是由眼前的偉大魔法吟唱者說出口，就極有可能是真的。

「也有甜食喔。你們有吃過一種叫冰淇淋的甜點嗎？在耶・蘭提爾有賣這種甜點……看來似乎沒吃過呢。那種甜點又冰又甜……會在口中融化開來。就像甜甜的冰或雪一樣。」

安莉與妮姆都忍不住吞了一口口水。

「那是高級甜點，一份就要三頓飯的錢呢。」

「看來恩弗雷亞吃過。那麼我會端出比你想像的可口好幾倍的冰淇淋。再來是——全餐包括哪些內容？」

女僕先回了一聲「是」，然後講出長長的台詞。

「今天預定的餐點，第一道前菜是貫穿龍蝦、諾歐通海鮮佐法式天鵝絨醬汁。第二道前菜準備了香煎木蛇肝醬。湯品是亞爾夫海爾產甘藷與栗子的奶油濃湯。主菜選用的是肉類料理，也就是方才安茲大人所說的約頓海姆產古代霜龍的霜降龍排。接著是甜點，糖煮智慧蘋果淋優格。然後由於方才提到冰淇淋，所以會附上黃金紅茶冰淇淋。餐後飲品方面，我想可能不是每個人都喜歡咖啡，所以我們準備了勒雷什桃子水，應該比較合各位的口味。以上就是今天的全餐。若有任何想變更的地方，我們立刻為各位替換。」

（根本是魔法咒語!!）

安莉有聽沒懂，心中如此確定。

「……肝醬恐怕不是所有人都喜歡吧？我不認為小孩子會喜歡吃那個。還有我覺得每道菜似乎都是重口味。有其他清爽點的嗎？」

「是。如果是這樣的話，可以端上帆立貝沙拉佐糖漬星洋李。」

「這個嘛……這樣應該比剛才的好吧？」

「咦？您問我嗎？」突然被問到的安莉慌忙回話。她根本不知道他們在說什麼，更遑論做決定了。「那……那個。呃，不，由兩位決定吧。」

她好不容易才擠出這句話。安茲繼續與女僕討論上菜的事。

妮姆以憧憬的眼光看著這樣的安茲，她還喃喃自語：「好厲害」。安莉也有同感。這跟安莉他們生活的世界簡直有著天壤之別。

只有富翁能把錢花在嗜好品上。尤其是美食這種吃了就會消失的奢侈品，更是只有其中的少數人享受得起。

財力，知識，以及力量。這位魔法吟唱者擁有這一切。

這樣的偉人不是安莉一個農民高攀得起的。適合接受安茲招待的，恐怕只有國王之類位高權重的人物。這位戴著面具的魔法吟唱者大概就是這麼了不起吧。

「那麼我們走吧。不過我不打算與你們同桌。你們就三個人——對，一家人和樂融融，不用在意禮儀規範，輕鬆用餐吧。吃完後再來談交易的事。啊，還得跟露普絲雷其娜說再追加一個人呢。」

「咦？您說什麼，恭大人？」

「不，沒什麼，妮姆。」

安茲起身，眼中蘊藏著憧憬光輝的妮姆滿面喜色地跟上去。

被說成一家人讓安莉臉有些發燙，這時她感覺到身旁慢吞吞站起來的恩弗雷亞樣子有點不對勁。

他嘴巴抿成一條線，怎麼樣也不肯張開。但安莉知道如何才能讓他重新開口。

那就是一直盯著他瞧。瀏海隙縫間露出的眼睛左右動了幾下，恩弗雷亞終於放棄，說出了心聲：

「我覺得自己實在比不上他。不，我當然不可能比得上恭大人啦。做為男人的器量差太多了。」

「可是我就喜歡這樣的恩弗喔。」

做為男人的器量有那麼重要嗎？身為女人的自己實在不太明白。就在安莉這樣想的時候，恩弗雷亞臉紅了起來，然後伸手握住安莉的手。

「走吧。」

他的語氣已經不再消沉了。

雖然不知道男友情緒變化的原由，總之他心情變好，安莉也很開心。兩人手牽著手，追上跟安茲走在一起的妹妹。

第二章 納薩力克的一天

Story 2 | A day of Nazarick

序幕

納薩力克時間　5：14

金色水龍頭前端匯集了小小水滴，徐徐膨脹，最後受到重力牽引，滴落在浴室地板上。

納薩力克地下大墳墓當中有好幾座可供入浴的設施，這裡也是其中之一。

在可讓好幾個人同時泡澡的大理石浴缸當中，有一個人影。

藍色水滴沿著白皙光滑的身體滑落。所謂的藍色並不是譬喻，而是經過著色般，刻意造成的藍色。

藍色液體從頭到腳舔遍白瓷般的身子，滑溜溜地反抗重力，這次換成從下到上，以不同於水往四方流動的動作向上爬。

「——嗚啊……」

不禁脫口而出的濡溼聲音，在容易產生回音的浴室當中顯得格外響亮。

也許是對自己的聲音感到羞恥，纖細的手臂從藍色液體中突然浮起。本來應該會聽見的水滴滴落聲，以及水面會產生的漣漪一概沒有出現。因為這種液體具有異常的高度黏性。

舉起的纖纖手臂，撫摸著受到許多人稱讚的美麗容顏。

「啊——」

那人輕嘆一口氣，身體向後仰倒。然而，那具身子並沒有沉入水中。藍色液體緩緩接住那人纖瘦的身子。其彈力與動作，就像陷進柔軟的水床一樣。

液體具有明確的意志。

下個瞬間，這一點即獲得證明。

藍色液體開始蠢動，舉起好幾隻一根或兩根手指粗的觸手。這些觸手開始移動，像要擁抱那個人影。當然，藍色水面下也有一樣的動作。

臉龐、胸部、腹部、雙臂、雙腿——以及腰部。

捉住了獵物，液體似乎心滿意足地開始蠢動。其真面目是藍寶石黏體（Sapphire Slime），是一種高階黏體。

藍寶石黏體開始移動纏繞身體的細長觸手。

觸手滑入腰部微妙的部分當中。

「——啊……」

那人再度叫出聲來。雖然這次比剛才更大聲，但這次無意壓低音量，只專心感受黏體在體內蠢動的感覺。

浴室響起自言自語的聲音。

「——啊，真舒服。這種感覺實在無法形容呢。」

浴室裡的人——安茲洗著黏體浴喃喃自語。

他掬起一把黏體，淋在頭頂上。本來努力打掃著骨盤閉孔周圍的黏體，似乎明白主人接下來希望自己清潔哪裡。安茲感覺到黏體在頭上爬來爬去。

「呼，真是享受啊。」

不死者安茲的身體全是由白骨組成。

由於不會新陳代謝，因此身體不會因為藏汙納垢而變髒或發臭。但這並不表示可以不用洗澡。因為灰塵或塵土還是會黏在身上，有時候還會被敵人的血回濺到。髒還是會髒的。

況且身為日本人，不洗澡實在很難過。

「在那邊（本來的世界）都只能洗蒸汽浴呢。一知道可以泡澡，就會很想整個人坐到浴缸裡……也許對日本人來說，入浴是深植人心的習慣吧。」

他一邊做出模仿吐氣的動作，一邊讓整個身體更加沉入黏體裡。滑溜溜的觸感承接了他的身體。

只要當作是高黏性的液體，就不會覺得哪裡奇怪。

（正常洗澡很麻煩呢。）

安茲低頭看著自己身上最麻煩的部位。

成排肋骨映入他的眼簾。

一根一根洗這些肋骨實在有夠麻煩。有經驗的安茲想起那時候的辛苦，嘆了口氣——雖然他不用呼吸。

麻煩的還不只這個。

脊梁骨也一樣。突起部位會勾到毛巾，沒辦法三兩下輕鬆洗好。必須一塊一塊慢慢洗。

安茲剛開始也洗得很仔細。然而，就連精神應該很堅強的安茲，都很快就洗到厭煩了。洗個澡最少也得花半小時，令人不由得心想「開什麼玩笑」。

後來他改為泡進肥皂水裡，像洗衣機一樣在裡面轉來轉去。這個方法還不賴。問題是感覺好像沒洗乾淨。不用什麼東西在身上刷洗，總覺得好像沒把汙垢去除。

後來，他準備帶把手的清潔刷來刷身體。這招非常有效。

雖然肥皂泡會噴得到處都是，但反正不是安茲在打掃。打掃是女僕的工作，她們還很高興有機會可以大顯身手。稱得上是兩全其美。

然而，就連這個妙招，也有唯一一個問題。

那就是不知道是不是真的都刷乾淨了。

就像自以為刷牙刷得很仔細，卻還是蛀牙一樣，他認為自己已經刷遍了全身上下，但又擔心可能有哪裡沒刷到。

最後安茲找到了現在這個方法，就是讓黏體在身上爬來爬去。

「這招……果然是劃時代的，具獨創性的，無可挑剔的完美方法啊。」

他看著藍色黏體在身體表面到處爬動的樣子，喃喃自語。

安茲對自己想到的輕鬆入浴法十分滿意，沾沾自喜地點頭。說不定這是他來到這世界以來，最完美的創意發想。

「真是佩服我自己！」

安茲一再自賣自誇，同時看著在自己全身上下努力爬動的黏體。

（真是可愛……）

雖然這種魔物十分凶惡，能以強酸融解敵人，力氣大到連鐵棒都能輕鬆折彎，但對安茲而言，卻是能幫自己洗澡的僕人。就某種意義來說甚至像寵物一樣可愛。

（不過，雖然黏體浴也不錯……但偶爾也想洗洗普通的澡呢。）

納薩力克地下九層有著各種設施。其中甚至包括一座大浴場。這是仿造ＳＰＡ度假村打造的浴場，是包含各色澡池的綜合設施。

「去洗一次看看好了……」

話雖如此，一個人洗太沒趣了。既然如此——

「好！找守護者一起去吧。希望可以找到大家都有空的時間。」

自己想到的好主意，讓安茲露出笑容。

納薩力克時間　7：14

1

納薩力克的女僕們有兩種。

一種是以由莉．阿爾法為代表的戰鬥女僕，另一種是毫無戰鬥能力的一般女僕。後者——身為人造人（Homunculus），種族等級加上職業等級只有一級的她們，負責的是納薩力克地下九層與十層的各項雜務。特別是清掃工作——打掃無上至尊主人們的房間，是她們最重要的任務。

其中一名一般女僕——西蘇發揮了雖然趕時間，但腳步絕不匆忙的女僕技術——並不是什麼特殊技能（Skill）——前往員工餐廳。

在早上這個時間前往餐廳，只有一個理由。

她抵達目的地時，幾乎所有同伴都已經到了餐廳，開始用餐了。

以白色為基調，設計得樸素乏味的餐廳中，洋溢著女性們吵鬧但快活的講話聲，像漣漪一樣層層重疊，傳遍各處。每一個人講起話來還好，然而各種不同的聲音交相混雜，就成了聽不出意思的雜音。而且還加上餐具的碰撞聲，更是顯得嘈雜喧鬧。

西蘇尋找著好朋友的身影。

餐廳裡的女僕可大致分成四個團體。

首先是同樣由無上至尊所創造的三個團體。她們一般女僕共有四十一人，但並不是由四十一位無上至尊各自創造一個女僕，而是由三位至尊——白色髮飾，黑洛黑洛以及克・杜・格拉斯所創造的。

然後是最後一個團體——雖然稱之為團體有點語病——則是不屬於以上三個集團的一群人。像是想一個人安靜用餐，想邊看書邊吃飯，或是想跟其他無上至尊創造出的存在聊天的人都歸類於這個團體。

較晚抵達餐廳的西蘇，屬於最後一個團體。

她對同樣由無上至尊創造出的女僕們，就某種意義上來說如同姊妹的這些人輕輕揮手道早安，同時走向習慣坐的桌位。

那裡坐著平時的成員，芙艾兒與露米埃。

西蘇看到兩人面前沒有擺著餐點，露出有些悲傷的表情。

「早安。妳們……已經吃過啦？」

「早安。嗯，已經吃過了。好好吃喔——又嫩又軟——啊——真的好好吃喔——」

芙艾兒講話像在唸台詞，明明很不擅長卻又偏偏愛說謊。她的外貌看起來很俏皮——頭髮剪得短短的——女僕裝也自己修改過，把裙襬改短了一點。

相較之下，另一名稍微揚起了眉毛的女僕，是相貌清秀的露米埃。一頭金髮帶有不可思議的光彩，又像是蘊藏了點點星光。

「早安——芙艾兒，既然這樣，反正也沒必要吃第二次，妳就在這裡等著吧。我還沒吃，所以現在要去拿。來，西蘇，我們走。」

露米埃站起來。「騙妳的啦，騙妳的。」芙艾兒說著，也急忙跟上。

結束了常有的對話，三人一塊走向自助餐檯。當然，去之前還不忘拜託在旁邊靜靜看書的茵克莉曼幫他們占位子。

到了自助餐檯，西蘇第一個拿的是香脆培根。她向來堅持「柔軟的培根是邪門歪道」，因此香脆培根是她第一個必拿的食物。再來是湯。她從今日湯品、玉米濃湯、洋蔥湯當中選擇了洋蔥湯。再拿一大堆香腸、炸薯條與丹麥麵包，然後在另一個盤子裡裝滿以洋蔥為主的沙拉。最後走到戴著面具的男僕面前。

「呃，我要三重起司、洋蔥加倍與蘑菇。」

男僕低頭行禮後，開始替她煎歐姆蛋。

西蘇先回到座位，把餐點放下。然後單手拿著一杯牛奶回到男僕那邊，這時歐姆蛋正好也煎好了。

「謝謝。」

她端著煎得漂漂亮亮，沒有一點焦痕的歐姆蛋回來，另外兩個朋友正好也回到座位上。

「那麼我要開動了！」

「我要開動了——」

「我要開動了。」

三人默默開始用餐。以一般女性的平均值來說，餐點的份量是太多了，但盤子裡堆積如山的料理卻迅速進了三個人的胃袋。這是因為她們具有一項種族的選擇性懲罰，那就是食量增加。

因此即使是要好的朋友，吃飯時也絕對不會講話。

芙艾爾鼓著臉頰不停咀嚼；露米埃吃相雖然高雅，但叉子來回速度異樣地快；西蘇則是介於兩人之間。

不久，裝在盤子裡的食物以驚人速度消失，三人一起把牛奶喝光。

「呼——」

三人帶奶味的氣息重疊在一起。然後她們交換了眼神。

「……要不要再去拿一次？」

「也好。不過稍微休息一下再去吧。」

「贊成——反正肚子也有點飽了！——對了，西蘇，妳今天是值安茲大人的班，對吧？看妳穿得比平常更有型呢。」

芙艾兒笑嘻嘻地問她。西蘇也被她問得咧嘴笑起來。

「真好。還要幾天才會輪到我值班呢？」

露米埃扳著手指開始數日子。

納薩力克最高統治者們的房間很大，一個人仔細打掃起來，隨便也要耗掉半天。的確就數字上來說，是可以天天打掃。即使把目前雅兒貝德使用的備用房間等算進去也沒問題。但是這樣就得讓幾個人工作一整天沒得休息。

然而，這對她們來說並不是問題。她們是由納薩力克地下大墳墓的統治者「安茲．烏爾．恭」創造出來的。為他奉獻心力是理所當然，因為這就等於侍奉神明。

可是打算像狂熱信徒一樣工作的她們，卻被神明般的存在，安茲．烏爾．恭阻止了。因為他深知在黑心企業上班的辛勞，實在無法讓有如朋友女兒般的存在像那樣不要命的工作。

安茲指示她們「不用常常打掃無人使用的房間」，接著安排了「分組輪休」的制度。

就這樣，目前納薩力克的一般女僕分成了早班與夜班。前者三十人，後者十人。剩下一個人輪流休息，換句話說女僕們每四十一天才會有一天休假，這點引發了抗議聲浪。
不是嫌假日太少，而是正好相反。她們提出請願，希望能取消休假。
追根究柢，為無上至尊效力才是她們的存在意義。一旦人家告訴她們什麼都不用做，她們將會找不到自己的價值，而產生自己不被需要的負面情感。
所以女僕們直接找安茲談判，表示「請不要奪走我們的職務」「希望可以一整天都在工作」。
安茲馬上拒絕。在YGGDRASIL也有疲勞的概念，但是可以用魔法輕易恢復。但是在這個世界，他不能確定也是一樣的。他擔心就算用魔法消除疲勞，也有可能漸漸磨耗身體機能，或是出一些差錯。
主人如此堅持，女僕們也只能從命。看到她們這麼委屈，於是安茲提出了一項職務。
那就是值「安茲班」。
他宣布女僕們每次派一個人，輪流隨侍安茲左右，協助安茲處理一切事務。
對於將侍奉無上至尊視作最大幸福的她們來說，這簡直像是淋了蜜的砂糖。她們二話不說馬上答應，並且接受了交換條件「隨侍無上至尊左右的前一天必須休息，做好準備用最佳狀態侍奉大人」這項命令。

「要好好攝取營養，全力工作才行。因為看情況有可能會少吃一餐呢——」

「當然嘍。值安茲大人的班，得替大腦補充大量營養才行。」

「會很想吃甜的呢。」

三人不約而同地頻頻點頭。順帶一提，女僕們都隨身攜帶好幾份甜的能量補給食品。她們在值安茲的班時，會找空檔啃補給食品，但是運氣不好——或者該說運氣好——的話，就會連啃補給食品的空閒都沒有。所以早餐吃好一點是非常重要的。

「對了，妳們聽說了嗎？下次好像要用從外面世界蒐集到的食材做料理，並舉辦試吃會喔。」

西蘇說出的話，讓兩個朋友吃驚得倒抽一口氣。

西蘇也覺得可以理解。

很少有女僕對外面——納薩力克外的世界抱持好感。雖然也有女僕是瞧不起人類世界，但大多數還是覺得「外面很可怕」。因為過去曾有一群人一路攻打到地下八層，也就是她們所在樓層的正上方。

「那個試吃會所有女僕都能參加嗎？還是只有一部分人？」

西蘇正要回答芙艾兒的問題時，餐廳內的氣氛突然變了。大家似乎變得興奮不已，嘈雜起來。

她順著女僕們的視線看過去時，正好傳出了歡呼聲。

「希絲——！」

「是希絲耶！」

走進餐廳的是其中一名戰鬥女僕——希絲。

對一般女僕來說，戰鬥女僕就像偶像明星。希絲則是其中最受歡迎的。大家常常為了爭奪她身邊的座位，吵得不可開交。

「啊，企鵝也在。」

一看，希絲把一隻企鵝夾在腋下，後面跟著個一臉困惑的男僕。管家助理拚命掙扎，但只有鳥人一級的牠，根本不可能掙脫希絲的手臂。死命抵抗就在她們的注視下，漸漸變成軟弱無力的扭動。

最後牠完全放棄掙扎，變得一動也不動，就像真正的布偶一樣。

「希絲，這邊，這邊。到這邊來一起吃飯吧！」

「不，請到這邊來！希絲——！」

「管家助理就隨便找個地方扔掉吧！扔掉。」

「不要的鳥拿去給廚師長，至少讓牠對納薩力克做點貢獻吧。」

她們對管家助理與希絲的態度差這麼多，是無可厚非的。因為這個副管家動不動就妄言要支配納薩力克，所以大家都不太喜歡牠。就算是無上至尊把牠創造成這樣，屢屢講出這種大話來，難免讓大家忍無可忍。

聽到大家的聲音，希絲在餐廳裡四處張望。那副樣子看起來就像小孩子在找人或是猶豫著該坐哪裡才好，可以看到許多女僕都被她可愛的模樣迷死了。

「讓希絲拿在手上，連那隻鳥都變可愛了，真不可思議。」

「我來替希絲做一個代替的抱枕好了。雅兒貝德大人好像很會做這些東西，不知道可不可以請教她。」

「雅兒貝德大人那麼溫柔，應該會教妳的。下次問問看吧。」

隔壁桌子傳來書本闔起的啪答一聲，西蘇轉頭去看，正好與起身的茵克莉曼四目交接。

「餐廳開始變吵了，所以我差不多要回去了。妳也是，既然要值安茲大人的班，那就趕快吃完早餐過去吧。因為妳的失態就等於我們所有人的失態。」

茵克莉曼一副該說的都說完了的態度，不等西蘇回答就逕自走遠。目送著她的背影，西蘇看看自己的懷錶。雖然還有時間，但如果要再吃一份早餐，然後整理儀容的話，時間也許有點趕。

「好。趁大家為了希絲爭吵時，趕快再去拿一份吧！」

兩個朋友也同意西蘇的提議。

「喔——真是好主意哩——」

突然從旁邊傳來一個聲音，把三個女僕都嚇得跳起來。

「露……露普絲雷其娜小姐！」

西蘇雙手按住狂跳不止的胸口，轉頭看向發出聲音的人。就在前一瞬間，那裡應該還沒有半個人才對。然而就在西蘇一時轉移注意力，移開目光的瞬間，露普絲雷其娜突然出現了。她翹著腳側坐在椅子上，桌上還好好放著她自己那一份餐點。

「不要嚇我們啦——真是。」

芙艾兒眉毛可憐兮兮地彎成八字形，還抱著露米埃不放。

「心臟差點從嘴裡蹦出來了。」

露米埃似乎也沒心情理會抱著自己的芙艾兒，好像被嚇傻了般低聲說。

三人異口同聲地責備露普絲雷其娜，但表情卻有點開心。因為戰鬥女僕當中，只有露普絲雷其娜會用朋友的態度跟大家相處，但她的行動方式卻沒有一個準則。每天往不同團體跑的她會到自己這邊來，就像是幸運的象徵。最好的證據，就是一部分女僕注意到西蘇她們的狀況，都用豔羨的眼光望著她們。

「嘻嘻。不枉費我在村莊裡做實驗哩。妳們三個反應都好有趣喔。」

露普絲雷其娜將手肘拄在桌上托著腮幫子，露出故事中貓咪般不懷好意的笑臉。雖然笑得壞心眼，看起來卻莫名地有魅力，真是不可思議。西蘇望著戰鬥女僕的笑容，一時看得呆了。

另外兩人似乎也差不多，不過最早振作起來的是芙艾兒。

「村莊？」

芙艾兒微微偏著頭，她的短鮑伯頭搔到了露米埃的臉。

露米埃一臉忍著噴嚏的表情推開了芙艾兒，然後調整好坐姿，與露普絲雷其娜面對面。

「露普絲雷其娜小姐，記得您是在外面工作，對吧？」

「對啊。我在人類的村莊工作。」

「人類的……一定很辛苦吧。」

露米埃對露普絲雷其娜投以同情的眼光。

「不會啊。這是安茲大人直接指派給我的工作，做起來很有成就感哩……不過老實說，我覺得好無聊喔。要是能來場血腥蹂躪，一定很有意思。」

聽到她這樣說，西蘇也沒有任何感覺。人類村莊怎麼樣都不關她的事，管它是要繁榮還是滅亡，只要能對納薩力克派上用場就都無所謂。

「說起來，安茲大人是說那個村莊很有價值，但我還是有點搞太不懂。」

「照安茲大人的個性，一定是可憐住在那個村莊的卑微人類吧。」

「不不，安茲大人可是死亡風暴般的人物，應該是要找機會大開殺戒吧？」

「妳在說什麼啊。安茲大人可是位才智之士耶！一定是某項偉大計畫的一部分啦。」

「等等，這我可不能當作沒聽見哩。武力才是安茲大人的真本領喔？」

四名美麗少女互瞪，誰也不讓誰。

「安茲大人是既俊美又溫柔的聖人。」

「安茲大人是降臨現世的死亡。」

「安茲大人是無可比擬的英雄豪傑才對。」

「喔，看來大家對安茲大人的印象都不一樣哩。那就來比一比哩。看誰才能想出最適合安茲大人的綽號。」

大家一瞬間沉默了。露普絲雷其娜雖然一如平常地笑著，但看來在對自己主人的本質有多少了解的問題上，她似乎不打算甘拜下風。不過就這點來說，西蘇與兩個朋友也是不遑多讓的。

一般女僕也許只是一級的弱小存在，但是對主人的敬意與尊崇可不會輸給別人。

「那麼妳們三位先哩。」

「那麼……」第一個開口的是露米埃。

「就由我先說吧，我認為應該讚揚安茲大人的美貌。所以就叫做面如冠玉，耀眼奪目，慈悲為懷的無上君主如何？」

接著換芙艾兒。

「要讚揚安茲大人的話，當然就是那偉大的力量！安茲大人是死之統治者，所以沒有比『勿忘死』更好的綽號了。」

第三個換西蘇。

「安茲大人過去曾經整合各位無上至尊，一定很擅長維持管理與營運組織。所以應該叫智謀之王。」

每個都是很適合她們主人的稱號。但她們意志依然十分堅定，相信自己取的稱號才是最好的。西蘇，芙艾兒與露米埃的視線聚集在最後一人身上。

終於輪到自己了。「咳嗯。」露普絲雷其娜乾咳一聲，得意洋洋地高聲說：

「我看還是叫絕對最強無──」

「…………妳在這裡。」

一個平靜的聲音叫住了她。移動視線一看，站在那裡的是希絲。原本夾在腋下的管家助理艾克雷亞不知跑哪裡去了。

「…………不要每次都用完全隱形。」

「對不起嘛──這就是我的習慣哩──」

「…………而且妳已經開始吃了。」

希絲不太有變化的表情底下，微微顯露出蒸氣般搖曳的怒火。西蘇直覺認為待在這裡將會倒楣。

「……啊，我得去安茲大人那邊了。」

「那我也一起走。」

「我也跟妳們走到半路。」

西蘇她們靜靜地站起來，裝做沒察覺露普絲雷其娜求助的視線。

結果沒能再拿一份早餐。雖然有些遺憾，不過現在必須繃緊神經才行。

西蘇將背後傳來的危險氛圍逐出意識之外，拍拍雙頰鼓起幹勁。她神情如士兵上戰場般英勇，但腳步輕盈地邁開步伐。

●

納薩力克時間　9：20

納薩力克地下大墳墓第六層。

這裡看不到在墳墓裡徘徊的不死者，但是有以亞烏菈支配的魔獸為代表，通常不會自動出現的魔物們保衛此地。這片號稱地下大墳墓內占地面積最廣的領域，大半空間都籠罩在濃密蒼鬱的樹林之下，足以用「樹海」來形容。

話雖如此，過去「安茲．烏爾．恭」過度講究的成員們，不可能只把這個領域塗成綠色就草草了事。

這裡有著競技場，巨木，被樹林吞沒的村落遺跡，湖泊，蠱毒大洞，歪斜樹叢，鹽樹林，無底沼澤地帶等等，為樹海創造多樣性。最近因為迎接了新的居民，甚至還蓋了座小村莊。

在這有許多景點可供觀賞的樹海的中央，有個巨大的——話雖如此，還是比地下四層的地底湖區來得小——湖泊，圍繞周圍的不是樹林而是草原。儘管綜觀整個地下六層，草原與湖泊都只有巴掌大，但已足夠達成她們的目的。

她們——首先是這個樓層的守護者亞烏菈。她騎乘在毛色漆黑的巨狼背上，顯得駕輕就熟，一看就知道技術熟練。

不過這也是理所當然的。因為在巡邏這個廣大地區時——雖然憑她異乎尋常的體能用跑的也很輕鬆——她基本上總是喜歡騎著自己支配的魔獸移動。

剩下還有兩個人。

一個是守護者總管雅兒貝德。身上穿的不是平常美麗動人的白色禮服，而是戰鬥用黑色全身鎧，不過兩手沒有拿著武器或盾牌。
另一人是夏提雅。她跟平常完全沒有不同，眼中帶有與其說是興味盎然，不如說是樂在其中的奇妙色彩。

「那麼開始了——來吧，我的騎獸。」
雅兒貝德發動的特殊技能是「召喚騎獸」。
彷彿從空無一物的空間中緩緩滲出，一頭與鎧甲同色的魔獸現身了。
這頭拖著白色鬃毛與尾巴的魔獸，外形就像一匹馬。牠披著馬匹用全身鎧，並配上馬鞍與轡繩。
體格比馬略小一點。但牠散發出普通馬匹不可能有的魄力。而最具決定性差異的是頭部。頭上長出了兩支向前突出的犄角。
第一個對出現的魔獸做出反應的，是三人當中對魔獸造詣最深的亞烏菈。
「喔！跟一般雙角獸（Bicorn）不一樣！犄角很強壯，身體也很結實呢。」
「哼哼。」雅兒貝德笑了。
「對啊。這頭雙角獸配合我的能力經過強化，可以稱之為戰鬥用雙角獸王（War Bicorn Lord）……其實就是百級雙角獸啦。」

「會在天上飛嗎？」

「不，沒辦法。基本能力跟雙角獸完全一樣。並沒有增加什麼特殊能力，只不過是強化了體力，肌力與敏捷性罷了。」

「看來沒有騎兵系的特殊技能，還是無法強化騎獸啊——這樣說來，如果讓牠參加我們百級的戰鬥，可能會因為特殊能力太弱而礙手礙腳呢。」

「是啊。不過用我的特殊技能加以彌補，就可以保護這孩子，進行長時間戰鬥了。」

「可是這樣不就要把力量浪費在這上頭了？戰鬥中會白費很多工夫不是？不如改變裝備來強化牠怎麼樣？妾身聽說騎獸系魔物可以裝備鎧甲與蹄鐵之類的物品喲。」

「沒錯。特殊技能召喚出的騎獸也可以改變部分裝備。這跟剛才亞烏菈問的問題也有關連，比方說，讓牠裝備具有飛行能力的蹄鐵，牠就會飛了。但我已經讓牠裝備了提升移動速度的魔法道具……真難抉擇呢。」

雅兒貝德輕輕拍了一下身旁魔獸的身體。可能是太用力了，雙角獸似乎搖晃了一下。

自己召喚的魔獸不可能挨這麼一下就站不穩。就在雅兒貝德懷疑牠是故意酸自己，皺起眉頭時，亞烏菈提出了問題：

「喔。那牠叫什麼名字？」

「就是雙角獸啊？妳自己剛才不是說了？」

「不是啦。不是種族名稱，是個體名稱。」
「有必要嗎？」
她把臉轉向夏提雅徵求意見，吸血鬼沒吭氣，只是聳聳肩。
「有必要吧？牠不是雅兒貝德的寵物嗎？」
「也稱不上寵物……再說，每次召喚出來的真的都是同一頭嗎？」
聽到雅兒貝德的疑問，夏提雅大聲表示自己的好主意。
「那麼問問看恐怖公怎麼樣？他很擅長召喚同胞，應該很懂這方面的事吧。」
「……我可不要。雖然他好歹也是納薩力克的同伴，實在不該討厭他，可是就是……」
「啊——的確。牠們沒有惡意，可是就是會鑽進衣服縫隙裡呢。不過安特瑪好像有時候會過去。」
「噁心死了——別講這種讓人全身發癢的話……那個房間真的是貨真價實的恐怖屋。雖然是自己的樓層，但妾身可是一點都不想去。」
「……夏提雅，妳知道嗎？安特瑪都把那裡叫做點心房喔。」
「嗚噫——！真的嗎？真的嗎？嗚哇——妾身再也不敢靠近安特瑪了。」
雅兒貝德也表示同意。她實在不敢靠近把那個稱做點心的人。就在氣氛變得越來越奇怪時，亞烏菈似乎是想改變氣氛，稍微提高音量說：

「回到原本的話題，妳不替牠取名字嗎？」

「也是。如果妳覺得取比較好，那我就取吧。」

雅兒貝德一邊唸唸有詞一邊陷入沉思。既然要替自己騎乘的魔獸取名字，當然要取個聽了不會害臊的。她想到各種詞彙與文字，忽然靈光一閃，一首歌曲在腦中響起。

「妳在唸唸有詞些什麼呀？」

「啊，真抱歉。」雅兒貝德如夢初醒般回答。「這個嘛。只要能獲得安茲大人許可，代表我的心意，就取名為『世界巔峰』吧。」

「喔——真是個好名字呢。世界的巔峰，指的是安茲大人嗎？」

雅兒貝德笑而不答。

夏提雅的眉毛彎成了危險的角度。

在一觸即發的氣氛當中，一如平常地，又是亞烏菈在勸架。

「哎唷，又不會怎樣。那麼既然已經召喚出雙角獸了，就快來做下一個實驗吧！」

「嗯，我知道了。」

被人當小孩哄的夏提雅半瞇著眼瞪著雅兒貝德時，她轉向雙角獸，腳踩到馬鐙上。雅兒貝德用不像穿著鎧甲的輕盈身手跨上馬背。就在她一坐上馬鞍的瞬間，透過接觸到的部分，她發現雙角獸的身體在發抖。

「怎麼了！」

雅兒貝德焦急得不禁大叫出聲。她想不到有什麼原因會讓自己的百級雙角獸這麼容易站立不穩。忽然間，她想起剛才輕拍雙角獸時的狀況。難道那時候就已經發生了某些問題嗎？如果是這樣，原因出在哪裡呢？

「亞烏菈！夏提雅！我的雙角獸樣子不太對勁。幫我看一下好嗎？」

這時候，雙角獸已經開始搖搖晃晃，好像再也站不住了。兩人看牠這樣，也明白狀況不對勁。

「總……總之妳先下來吧，雅兒貝德！」

「好……好的。」

聽到亞烏菈這樣說，雅兒貝德才終於反應過來，跳下馬背。

搖搖晃晃的雙角獸當場趴了下去。牠氣喘吁吁，皮膚上滿是汗水。

「……雅兒貝德，妳是不是胖了？」

夏提雅這樣說絕不只是在酸她。因為就旁人眼光來看，任誰都會這樣想。

「真沒禮貌！我有考慮到肌肉成分比較多，總是有在控制體重啊！」

「會不會是平常沒在騎，所以牠的肌肉衰退了？順便一提，我這邊的孩子們都是放養的，常常會讓牠們在第六層巡邏喔。」

「咦?這怎麼可能……說起來,『召喚騎獸』——不是就跟召喚魔物一樣嗎?體能不可能會衰退的。」
「要不要我來騎騎看呀?」
「很遺憾,這是辦不到的。這是我的騎獸,別人不能騎。如果別人硬是要騎,牠會自動歸返。」
「那問問看本人如何?欸,雙角獸,發生什麼事了?」
亞烏菈向牠問道。並不是亞烏菈能夠跟馬說話,而是因為雙角獸這種魔獸的智力應該還滿高的,所以亞烏菈希望牠會講人話。然而不會講話的雙角獸只是像馬一樣發出嘶鳴罷了。
「不會說話……那應該也不會寫字嘍?」
雙角獸發出嘶鳴表示肯定。
三人面面相覷。
「亞烏菈,能不能用妳的力量做點什麼厲害的事?」
「沒辦法。是說什麼叫做厲害的事啊?很久之前我們一對一面談時,妳不就問過我有哪些力量了?守護者之首連這都忘啦!」
「哎呀……妳平常都怎麼跟芬里爾溝通的呀?」
「就很正常地叫牠做這做那啊。」

「就是用講的，對吧？那麼只要努力試試，跟這頭雙角獸應該也能溝通吧？」

「我能跟我支配的魔獸們溝通，不代表就能跟所有魔獸溝通啦。而且其實我已經在嘗試了。蜥蜴人（Lizard Man）不是養了隻叫羅羅羅的寵物嗎。牠也是一樣，不知道為什麼，就是無法溝通。」

三人面面相覷。

「……有困擾時就只能找迪米烏哥斯呢。」

「很可惜，迪米烏哥斯目前遵照安茲大人的命令，正在外面工作。他最近很少待在納薩力克裡。雖然聯絡得上，但老實說，除了公事之外，我不太想找他商量呢。」

夏提雅與亞烏菈眼中都現出嫉妒之色。為了主人四處奔波效勞的迪米烏哥斯，對守護者而言是豔羨的對象。

「啊──真羨慕他。我知道守護納薩力克也是重要的職務，可是沒有入侵者就無法展現成果，會懷疑自己到底有沒有派上用場。我也好想到外面做點大事，為安茲大人盡力喔。」

「妳還好，我可是一直在失敗呢……」

「不要緊啦，夏提雅。我想不久，妳大概也會有機會為安茲大人效勞──不，是一定會有機會的。不過妳得變聰明點，不然可能有點難喔。」

「妳會不會講得……有點過分？」

「哎呀，可是妳的確失敗了啊，妳得做出符合守護者的成果才行。」

咬牙切齒的夏提雅，突然好像頭上亮了個燈泡似的，表情變得開朗。

「呵，呵，呵。妳們怎麼開始講起我的不是了呢？我本來是想說迪米烏哥斯不在，不能問他，那就由我來向妳們倆伸出援手的。真拿妳們沒辦法，我來幫妳們查吧！」

夏提雅拿出一本書。這本書少說也有一千頁，又厚又重。不過對於外貌是少女，內在卻完全不是那麼回事的夏提雅來說，這點重量不算什麼。

「唔唔——！這個該不會是，該不會是那個……！」

「咕嗚，是安茲大人賜給妳的祕寶吧！」

不只亞烏菈，連雅兒貝德也不禁投以妒羨的眼光。

「沒錯，這就是佩羅羅奇諾大人版百科全書！是我完成安茲大人的命令獲得的獎勵！」

雖然是最佳精神獎兼安慰獎兼慰勞，但對夏提雅而言卻是最棒的獎勵，這使她露出得意的笑容。不，這也是理所當然的。創造出自己的無上至尊的道具比任何獎勵都來得貴重。

這本名為「百科全書（Encyclopedia）」的書，是每個玩家開始遊戲後都會收到的道具，除非持有人選擇扔掉，否則既不會被搶走也不會消失，而且不會有第二本。

YGGDRASIL是享受未知的遊戲，而這個道具可以說體現了製作群希望玩家化未知為已知的想法。

這是因為百科全書會收錄玩家遇過的魔物的圖片檔。不過它不會顯示能力──魔物的能力數值，而只有一般外貌與名稱，如果是有著神話典故的魔物，則會顯示神話的內容等相關資訊。

想有效活用這個書本型道具，就必須將自己調查到的資訊填寫進去，諸如對手的特殊能力或弱點等等。

夏提雅持有的百科全書過去是屬於佩羅羅奇諾這個男人的，裡面的資料也是他補充的。安茲想起他退出遊戲時將這個道具在寶物殿裡，於是把它交給夏提雅。

不過，有許多佩羅羅奇諾本來補充的一些內容都消失了。就好像佩羅羅奇諾怕這些東西留下來，自己刪掉的一樣。

因此這個道具的利用價值很低，但夏提雅並不在乎。這是自己的創造者過去使用過的道具，這對她來說才是重點。

雙──雙角──雙角獸──夏提雅邊念邊翻頁。

亞烏菈與雅兒貝德從旁邊探頭想看，但夏提雅用身體擋住書往後退，然後目光銳利地牽制兩人。

「哼──誰稀罕──我也有安茲大人賜給我的手環。」

亞烏菈溫柔地撫摸銀色護帶。同樣地，雅兒貝德也摸了摸戴在左手無名指的戒指。然而，收到這枚戒指的並不只她一個人。

（我也好想收到只屬於我一個人的特別獎勵。安茲大人的特別道具——）

就在雅兒貝德來回撫摸自己的下腹部時，夏提雅叫了起來。看來她找到了要找的頁面。

「雙角獸！有了，我看看……」

夏提雅突然停住了動作，驚愕地抬起頭，凝視著雅兒貝德。

「怎……怎麼了？有什麼問題嗎？」

夏提雅再度看向書本重新閱讀，雅兒貝德戰戰兢兢地問她。

「……獨角獸(Unicorn)的亞種。據說相對於司掌純潔的獨角獸，雙角獸司掌的是淫邪。獨角獸只會讓清純少女騎乘，但雙角獸正好相反，絕不會讓清純少女騎乘……噯!?」

夏提雅一唸出來，亞烏菈眼睛睜大到眼珠子都快掉出來了。

「不會吧……雅兒貝德是……？」

「什麼叫做『不會吧』？妳們都把我看成什麼人啦？」

「咦，可是雅兒貝德不是女夢魔嗎!?」

「女——女夢——女夢魔——女夢魔……」

夏提雅似乎陷入混亂了，開始翻查起女夢魔的項目。

「對啦，我是女夢魔沒錯！但我就是沒有異性經驗，真是抱歉啊！我有什麼辦法嘛！因為我是守護者總管，一直都窩在王座之廳裡！幾乎沒機會遇到別人嘛！而且安茲大人又總是不召幸我……我也不想跟安茲大人以外的男人那樣……」

低垂著頭唸唸有詞的雅兒貝德，霍地抬起頭來。

「既然妳們講成這樣……」

雅兒貝德看了亞烏菈一眼，搖搖頭。如果亞烏菈不是那樣，問題就大了。

「夏提雅，妳呢？」

「……我沒有異性經驗。同性經驗的話倒是……」

亞烏菈本來一瞬間沒聽懂，偏了偏頭，接著好像弄懂了她的意思，眉間擠出皺紋，「嗚哇——」臉部抽搐著，一副敬謝不敏的樣子。

「哎唷！因為沒有好男人嘛！我比較喜歡死掉的，可是爛掉的實在是……對吧！對吧！」

「不要向我尋求同意，夏提雅的性癖好太特殊了，我沒辦法理解。」

三人面面相覷，不約而同地別開視線。她們都有默契，同意結束這段話題。

「……好吧，這下就知道我為什麼不能騎雙角獸了……真難以置信，這什麼狀況啊。」

雅兒貝德的表情不高興地扭曲。雙角獸覺得自己被罵了，縮成一團。

「嗯——這樣就等於雅兒貝德的一部分能力被封印了呢。」

「不過反正妳也不是特別擅長騎乘戰，就只是一項能力不能使用了而已吧？不能騎雙角獸的話，向亞烏菈借頭魔獸如何？我覺得獨角獸之類的還不錯喲。」

「嗯——我沒有獨角獸呢。雖然很想要。」

「不是有更好的辦法嗎？只要請安茲大人幫助我騎雙角獸就行了！」

雅兒貝德笑著告訴兩人，好像覺得沒有比這更好的主意了。

「妳太奸詐了！」

「哼！」雅兒貝德對夏提雅嗤之以鼻。「講話別這麼沒禮貌好嗎，夏提雅。我這是為了讓安茲大人能徹底活用納薩力克地下大墳墓的守護者總管的力量，才必須這麼做的。」

「唔唔唔。哼！不拿公事當藉口就得不到大人疼愛……做為女人真是太可悲了。這樣根本不是靠自己的魅力贏來的。」

「嗄？」兩人大眼瞪小眼，亞烏菈受不了她們，開口說道：

「我說啊，妳們講話實在讓我覺得莫名其妙，可不可以住口了？別再講這些無聊的事了啦。又不是現在立刻會造成困擾。妳不能召喚其他騎獸嗎？」

「我有召喚用的魔法道具，是可以召喚坐騎。」

「那不就夠了？根本沒問題啊。」

「用魔法道具召喚騎獸，必須替換裝備或是拿出道具，所以比起用特殊技能召喚騎獸，會多耗一番工夫。而且這頭雙角獸的戰鬥能力還是比較優秀……」

「那就讓雙角獸擋住對手的攻擊，趁這個空檔用道具召喚騎獸就行啦！這對馴獸師（Beast Tamer）來說可是基本戰術喔。」

「看來好像只能這樣運用了呢。」

「這樣雅兒貝德就變弱了呢。」

「不要用那種嘲笑別人不幸的口氣講話好嗎？」

「我覺得雅兒貝德也常常對我幸災樂禍呀？」

「我才沒有」，「就是有」。雙方你來我往。

「真是受不了妳們……欸，不要在這裡大眼瞪小眼了啦，要不要去其他地方玩？安茲大人可是好意賜我們休假呢。」

「說得對。」雅兒貝德接受了，本來在跟她吵嘴的夏提雅也點點頭。不過——

「……說要休假，但到底該做些什麼好呢？我們本來就是為了守衛納薩力克地下大墳墓，為各位無上至尊效力而被創造出來的。工作才是我們的人生啊……」

「就算是這樣，安茲大人要我們休息，我們就得休息呀。」

三人會在此地集合，本來也是因為主人對她們說「妳們每天工作辛苦了。難得有時間，妳們幾個女性守護者就約一約，一起去玩吧」。

「已經一起玩過了，所以要解散了嗎？是說這樣算是有玩到嗎？」

「很有問題喔。說我們這樣算是有玩到，不是有一點問題，是大有問題。對了，妳們平常都在做些什麼？」

「我會巡邏第一層到第三層。再來就是整合領域守護者的意見，或是確認整個樓層的警備狀況？有時間的話就洗洗澡，或是整理儀容……？」

「好意外喔，妳竟然這麼認真工作。」

「什麼叫做好意外呀。」

「洗澡啊……那麼亞烏菈呢？」

「嗯──馬雷留在競技場的時候，我會去巡邏森林。因為最近有一群新人加入嘛。再來就是回家睡覺……就這些吧。」

「就是這個！」

亞烏菈與夏提雅都一臉不可思議。

「就是這個，就是這個。妳說的一群新人，就是在這個樓層新蓋起村莊的居民吧。我還沒去過那裡呢。我們一起去吧。」

「咦？這樣喔？夏提雅有來過對吧？」

「有呀。」

「這樣啊？」看到雅兒貝德一臉不可思議的樣子，亞烏菈解釋道：

「其他守護者也有來過。首先科塞特斯是為蜥蜴人的事來過，迪米烏哥斯是上次來確認狀況。其他人偶爾也會過來。嗯——那就去看看吧。反正離這裡也不遠。」

●

納薩力克時間　9：38

地下六層新蓋起的村莊，是個只有十來間木屋並列的地方，甚至連聚落都稱不上。村莊右邊是田地，左邊有幾塊面積比田地大好幾倍的果園。

周圍當然是蒼鬱的森林，從上空俯瞰，也許看起來就像森林中空了一個洞，也就是綠洞。這裡把樹木砍倒並連根挖起，照理來說應該無法避免地面變得凹凸不平，然而村莊當中的土地卻整平得異樣漂亮。這是馬雷的魔法帶來的效果。

果園裡可以看到許多人辛勤勞動。

首先第一個看到的，是有點類似人類女性，肌膚光澤宛如樹皮的種族。而他們的旁邊，還有只能用會動的樹木來形容的生物。

前者是樹精，後者是被稱為樹人的魔物。

樹人將樹精放在有如樹幹的手上，幫忙把他們舉高到果樹上方。

「此外還有十個蜥蜴人住在這裡喔。他們有時會到北邊，我們剛才那個地方附近的湖泊去玩。他們又不是住在水裡，真奇怪。」

「村莊比我上次來的時候大了呢。居民好像也變多了。」

「對啊。因為征服了都武大森林後，找到了幾種可允許住進納薩力克的種族。」

「准許進入納薩力克的種族……記得條件好像是：必須是異形類種族，不需要糧食，而且性情溫和，對吧。」

「嗯。安茲大人是這樣對我說的。不過所謂的『不需要糧食』正確來說，其實是『能夠立刻自給自足的種族』……樹精與樹人都是從大地吸收營養，所以好像不用特別進食。雖然大地的營養素不夠，或是沒有下雨的話會很不妙就是了。」

「喔──是馬雷用魔法降雨嗎？還是魔法道具？」

「基本上是馬雷的工作吧。還有恢復大地的營養素也是。有種魔法可以讓大地的作物豐收，聽說使用這種魔法就可以完全恢復養分。雖然樹精跟樹人都說太美味了，會變胖……但味道方面我就不懂了。」

夏提雅與亞烏菈在聊天時，雅兒貝德本來用觀察實驗材料般的冷峻目光慢慢環顧村莊，接著，眼中第一次帶有感情。

「哎呀！那邊田裡的人是副廚師長對吧。他在做什麼呢？」

沿著她的視線一看，在簡易柵欄圍繞的一塊田地裡，彷彿躲在長著紅色果實的高大莖部後面，有隻像是蘑菇的魔物在蠢動。仔細一瞧，他穿著不怕弄髒的衣服，正在摘紅色果實。

「就是妳看到的那樣啊。他有時候會來這裡拿食材，然後自己也種了一些植物。我們去看看吧。」

雅兒貝德與夏提雅互相看了看。確定彼此眼中沒有否定之意後，心想只要不會打擾同伴工作就沒有關係，於是一起走過去看看。

「嗨。你總是工作得滿頭大汗呢！」

聽到亞烏菈精神飽滿的聲音，副廚師長抬起頭來，看到她們三人。

「我的身體其實不會流汗就是了。」

副廚師長發出「嘿咻」一聲站起來，挺直了腰。雖然那的確是坐著下田的人會有的動作，但因為他其實沒有腰──他的身體上下一樣粗，沒有可稱為腰的部位──所以無法判斷他是真的腰痠，還是為了轉換心情才挺挺腰的。

接著副廚師長就像肩膀痠的人類會做的那樣，轉了轉脖子。他的頭部有如蘑菇，上面看似附著了隨時可能滴落的紫紅色液體，但其實那就像凝固的膠水一樣維持著奇妙的彈力，所以絕不會流下來或是四處飛濺。

「欸，那是番茄嗎？」

雅兒貝德對副廚師長拿在手上的紅色果實感興趣，向他問道，他把果實拿到自己的眼前，有點不解地動了動頭部。

「是番茄沒錯。就是各位知道的番茄。既不會吸取太陽光後爆炸，襲擊別人，切開也不會發出金色光芒，就是普通的番茄。」

「也就是做為食材，稀有度較低的普通番茄，對吧？」

「是的。因為我沒有特殊技能，所以無法種植擁有特別效果的蔬菜。您會對這番茄有興趣，是不是想來份番茄料理？但很可惜，我只會做飲料類。」

「不，我只是出於好奇心問問而已。會想吃番茄料理的應該是夏提雅吧。」

「……為什麼大家都以為吸血鬼愛喝番茄汁。不死者就算吃料理，也沒有增益效果。」

「納薩力克裡不用吃東西的人很多呢。」

大多數NPC都藉由某些道具而不需飲食。

「沒辦法啊。飲食會增加維持納薩力克的經費。如果大家都像妳的魔獸一樣是大胃王，會很花錢的。」

「哎唷，那我是不是該去外面賺點錢比較好？」

「這倒不必了。因為安茲大人與其他無上至尊打造這座墳墓時，都有做過精細計算，以達到收支平衡。」

「喔，所以才會下令只能讓可以自給自足的種族進來呀。這樣不管增加多少，都不會破壞收支平衡。」

「對啊……咦，你們不知道這些事嗎？」雅兒貝德依序看看在場的三人。

「傷腦筋。你們竟然不了解自己保護的地方，這樣太有問題了。下次空出時間。我從頭跟你們好好講解一遍。」

雅兒貝德嘆了口氣，漫不經心地環顧田地。這時她發現田裡有一排植物的葉子是她曾經看過的。

「那裡的是胡蘿蔔……不對，是魔法胡蘿蔔嗎？」

「不，不是喔。總管閣下應該聽說了吧？」

「什麼意思？」

副廚師長的視線轉向亞烏菈。

「啊，沒有……原來如此，她沒跟您說啊。那麼，亞烏菈大人，要怎麼做呢？要由亞烏菈大人來喊嗎？您應該已經教會他們了吧？」

「我是有提出報告書啦——」亞烏菈咧嘴一笑。然後她深吸一口氣，大聲喊道：「——

安茲・烏爾・恭萬歲！」

突如其來地，排成一排的葉子對這句話起反應，全都動了起來。牠們激烈左右地搖動，撥開泥土，等同於胡蘿蔔埋在地底的根部部位蹦上了地表。

牠們的輪廓看似高麗人蔘，但卻有決定性的差異。可以看到牠們身上有四肢，而且是憑著明確的意志行動而非反射運動。根部上方——接近莖的部位有著凹洞與陰影，如同眼睛與嘴巴。

夏提雅睜圓了眼睛，叫出這種魔物的名稱。

「莫非是曼陀羅草？納薩力克裡應該沒有這種魔物才是……」

「啊！就是這個啊。我有看到報告，但還是第一次親眼看到呢。」

曼陀羅草們一邊異口同聲地說「安茲・烏爾・恭萬歲」、「安茲・烏爾・恭萬歲」，一邊開始整隊。

「這些孩子頭腦不怎麼好呢。近親種族的絞刑台小人，妖草或蔘根妖精應該比較聰明……但我大致搜索了一下那座森林，沒發現這些種族。不過森林滿大的，也許只是我還沒找到而已。再來就是地底下好像還有通往山脈的大型洞窟，那邊似乎有蕈人的聚落。我還沒出手就是了。」

「不過能讓他們學會這樣一句話也已經很不容易了，真讓我佩服不已。」

副廚師長抓起整齊排成一排的其中一隻曼陀羅草，細細端詳。

長在頭上的莖被抓住似乎弄痛了曼陀羅草，牠開始掙扎。

「安茲・烏爾・恭萬歲！」

「安茲・烏爾・恭萬歲！」

本來排得整整齊齊的曼陀羅草們散開來圍住副廚師長，露出抗議同伴遭受暴行的態度。但講的話還是跟剛才一樣。

「恕我失禮了。亞烏菈大人，可以請您讓他們回去嗎？」

「ＯＫ。好！回去！」

副廚師長輕輕把曼陀羅草放回地上，由牠帶頭，曼陀羅草們再度回到剛才的洞穴，鑽了進去。才幾秒鐘，曼陀羅草們就躲進了地下，看起來就像冬天鑽進被窩裡。

「原來如此。就跟動物的叫聲一樣嘍。」

「可以這麼說。他們只是像鸚鵡學舌一樣直接發音，並不是知道這句話的意思。據說有種最低限度的智力點數，低於這個點數就無法理解語言。不過詳細內容還在研究中。」

「不過這都是迪米烏哥斯大人說的，我只是現學現賣罷了。」副廚師長回答。

「喔──對了，雅兒貝德，可以問妳個問題嗎？妳身為守護者總管，不知道有哪些新人加入不太好吧？要是有間諜什麼的怎麼辦？」

雅兒貝德還來不及回答，另一個人倒先提出了異議。
「啊哈哈哈，夏提雅真會說笑耶。的確，因為第六層面積很大，所以妳會覺得要把入侵者抓起來殺掉很難，也是當然的了。要是他們從競技場逃走……像小蜘蛛一樣到處亂跑，人數一多的話可是很麻煩的。」
她的笑聲聽起來很假，目光冷若冰霜。
「可是啊，妳會不會太小看我了？這裡是我的獵場。即使他們四散開來，我都能立刻逮到他們，殺得一個不剩。真要說起來，就算那些人溜出第六層，企圖加害安茲大人，那也得突破第七層的紅蓮世界，接著還有不可能走完的第八層喔。就算想逃，也得先通過第五層的寒冰地獄，第四層的黑暗水澤，以及由妳守護的領域……這種事有可能發生嗎？」
夏提雅搖搖頭。
「不可能呢。」
「就是這麼回事。所以這個樓層增加再多新人，也不用擔心啦。」
「全都被亞烏菈說完了呢。呃，總之就是這樣，現在衍生出了一項計畫，要在這裡收集各種魔物。」
「奇怪？不是只有植物系魔物嗎？」
聽到亞烏菈驚訝地說，雅兒貝德微笑著回答：

「一開始是這樣預定的。不過經過觀察，發現多虧亞烏菈與馬雷的功勞，目前沒有發生任何問題，所以才訂立了更進一步的計畫。話雖如此，目前還只是草案階段，不確定會不會真的實行。所以就連妳這個樓層守護者，我也還沒通知。」

雅兒貝德先聲明「還不可以告訴別人」，然後講出了計畫內容：

「計畫名稱是『樂園計畫』。這是個大型計畫，以亞烏菈建造的隱祕地點為首，最終階段將召集與人類友好的魔物，讓他們在這裡生活。」

「為什麼要拿與人類這種特定種族友好為條件？」

雅兒貝德笑起來，好像在說「正如我所料」。那笑容極為邪惡。

「這正是這個計畫的關鍵，樂園計畫的重點。」

「恕我直言，我實在難以理解。這納薩力克之地是無上至尊的樂園，我們就是為了這個而賣力的，為什麼要取這樣的名稱？」

「這是為了讓外界以為，我們跟其他種族能夠和平共存。」

「原來如此……是這個目的呀。」

「不會吧，夏提雅竟然聽懂了……」

夏提雅露出再痴情的男人看了都會幻滅的表情，惡狠狠瞪著亞烏菈。

「妳是不是把我當白痴呀？」

「……等……等一下，夏提雅。麻煩妳回顧一下自己平常的言行，再來問我好嗎？拜託，稍微想一下就好了。」

真的只有一瞬間——夏提雅回想了一下自己至今的言行，瞳孔放得像死魚一樣大。然後視線像在驚濤駭浪中游泳一樣到處游移。

看到她這副可悲至極的德性，雅兒貝德好心地把話題拉回來。

「呃，總之，這項計畫也是安茲大人提出來的。在講到第六層時，安茲大人曾經輕聲提到想收集各種魔物。用井底之蛙的眼光看事情，是絕對想不出這種點子的。之前我曾經跟迪米烏哥斯談過安茲大人的機智，結果得到的結論是：安茲大人果然是天賦英才呢。」

「安茲大人是天賦英才，這是誰都知道的事實，只是我聽說大人比較沉默寡言。」

「是迪米烏哥斯這樣說的吧。真是……安茲大人不會簡單道出自身的想法，而且也會做出一些不可思議的行動。不過常言道『大勇若怯，大智若愚』，安茲大人就是這樣的人物。」雅兒貝德雙眼水潤，搖搖頭。「我都沒能料到安茲大人創造出飛飛這位冒險者的目的。真是位令人生畏的大人物……沒想到從當時到現在的事情發展，竟然都在安茲大人的掌握之中……」

「飛飛就是安茲大人化身的冒險者，對吧？這有什麼目的呢？」

「妳很快就會知道了……就是因為有飛飛這個虛像，安茲大人的統治才能堅若磐石。安茲大人真是天縱英明……說不定就連迪米烏哥斯的提案，都是安茲大人暗中誘導的——」

「妳在一個人唸唸有詞些什麼呀？有點嚇人耶。」

夏提雅的聲音讓雅兒貝德回過神來，乾咳一聲後，環顧三人的臉。

「呃，我講到哪裡了？對對對！安茲大人的一言一行，都是具有深遠含意的。所以即使無法達到相同水準，你們至少也要努力體察安茲大人話中的真意。」

「很難耶。安茲大人太聰明了啦——啊，是針刺兔。」

兩團身高超過兩公尺的白色大毛球從村莊裡出現，慢吞吞地來到亞烏菈身邊。這是一種外貌類似安哥拉兔的魔獸。

「好可愛喔。」

夏提雅摸摸站在亞烏菈身邊的白色毛球。

「好柔軟喔。真想養一隻。」

「摸起來很舒服吧？不過這些毛在遇到敵人時會變得像針一樣尖銳喔？」

六十七級的魔物，針刺兔。

一旦進入戰鬥態勢，牠們會化身為一團非常細密的針球。如果在這種狀態下殺死針刺兔，毛皮就不會恢復原狀，因此獵殺這種魔物時，必須趁牠們毫無戒備，出其不意地一擊殺死。所以雖然牠們等級不高，獵場裡以牠們為目標的玩家等級卻高多了。

「咦咦？是這樣呀！好可怕喔。」
夏提雅嘴上這樣說，卻還是摸個不停。
「不過只要我不下令，牠就不會進入戰鬥態勢了。如果這附近有敵人的話另當別論，但是敵對分子——入侵者根本不可能溜進這裡來嘛。其他樓層至少也會報告一聲啊。」
「也是。這是當然的了。上面三個樓層都布署了具有優秀探測能力的僕役，很難不被他們察覺而偷偷潛入這裡。」
這時，亞烏菈突然停住動作，把臉轉向競技場那一邊。
「怎麼了嗎，亞烏菈小姐？」
「連接第七層的傳送門好像啟動了。」
「從下層嗎？迪米烏哥斯應該正在外面，所以……會是他的屬下嗎？妳不用去確認一下無妨？」
「嗯——有馬雷在，我想不要緊。有什麼狀況他應該會聯絡我。」亞烏菈碰了碰掛在脖子上的耳環。「再說這其實沒什麼稀奇的。因為從下層要到上層，就只能使用特定地點的傳送門一層一層慢慢移動。對耶，之前還有人不想用跑的，特地用魔法移動呢——」
「咳嗯！納薩力克真是固若金湯的大要塞呢。」
「是啊。就算使用超位魔法『天上之劍（Sword of Damocles）』或是我持有的世界級道具，恐怕也不能炸飛整個樓層。所以只有能夠自在傳送的戒指絕對不能讓人奪走。」

所有人的視線集中在雅兒貝德的左手無名指上。

「馬雷外出時好像也會把戒指託人保管呢。這樣一想就知道戒指有多重要了——啊，馬雷聯絡我。」

亞烏菈移動到離大家遠一點的地方抓住耳環，開始與不在場的馬雷對話。三人偷看表情漸漸變得嚴肅的亞烏菈，對話結束時，她看起來一臉不高興。

「抱歉。馬雷好像有事外出，為了以防萬一，我要回去了。」

「這樣啊。那麼……我們也回去吧，如何，夏提雅？」

「我沒異議。」

「我想在田裡做一點事再走。而且我想跟樹精還有樹人們聊聊。」

「那就此解散吧。今天謝謝妳們，託妳們的福，我好像明白假日該怎麼過了。改天有空的時候……對了，下次大家一起去洗澡吧。」

2

納薩力克時間　9：28

正在看書的馬雷抬起頭，緩緩移動視線，偷看連接地下七層的傳送門。

他感覺到些微的力量波動，把書籤夾進書頁裡，靜靜將書放在身旁的椅子上。他撿起放在旁邊的法杖，也就是神器級道具「ＹＧＧＤＲＡＳＩＬ之影」。

馬雷把空出的手伸向在胸前搖晃的魔法道具，但又作罷。

沒必要聯絡姊姊。他沒接到有人入侵的報告，所以來者一定是同胞。

他擺動雙腳，小跑步跑向位於下方的傳送門。

姊姊喜歡從競技場的觀眾席直接跳下去，但馬雷並不喜歡。他認為競技場既然設計了樓梯，就應該走樓梯下去，才能表示對無上至尊的忠誠。因為樓梯就是要用來走的。

（但我可不敢跟姊姊這樣頂嘴……她會瞪我……）

馬雷決定至少自己不要白費無上至尊的心意，跑下樓梯，然後直接跑過休息室。這時他看到閃耀七彩光輝的巨大圓形鏡子前有個人影。

「讓……讓你久等了。」

「喔！這不是樓層守護者馬雷大人嗎！感謝您特地前來，不勝喜悅之至。」

身穿純白服裝，戴著模仿烏鴉嘴的面具的小丑一鞠躬，馬雷也一樣低頭致意。

「你好，普欽內拉。今天有什麼事嗎？」

「是的，馬雷大人也許知道，我目前在迪米烏哥斯大人底下效力，今天是以迪米烏哥斯大人使者的身分前來。請收下這個。」

小丑迅速遞出手上的檔案夾。

「迪米烏哥斯把這個傳過來，也就是說這是傳閱板嗎？」

「正是。哎呀，幸好是馬雷大人過來，我真是幸運。如果是亞烏菈大人過來，我就得請她叫您過來了。」

「咦？是……是這樣啊？」

傳閱板是納薩力克地下大墳墓的統治者安茲．烏爾．恭發明的系統。雖然不過就是把沒有緊急性的一些雜事寫在紙上，讓各樓層守護者傳閱以便聯絡，但以前從來沒有實施過類似的做法。

「這就是……」所以馬雷帶著謎樣的感動接過檔案夾，凝視著它。

「奇……奇怪？為什麼不能拿給姊姊呢？」

亞烏菈跟馬雷一樣都是樓層守護者，應該沒有理由不能交給她。而且她其實還滿一絲不苟的，不會把傳閱板隨便亂扔。

「這我也不清楚。只是迪米烏哥斯大人要我把傳閱板直接交給馬雷大人，而不能交給亞烏菈大人。」

「這樣啊……那……那麼，迪米烏哥斯呢？」

雖然問得不夠清楚，但普欽內拉明白了他想問什麼。

「……這個嘛，我不懂他的意思。但我想答案或是理由，很可能就藏在那個檔案夾裡吧。」

「這樣啊……呃，那個，對了，迪米烏哥斯，他……他現在在做什麼呢？」

「進行交配實驗。人類種族之間可以交配，亞人種族與人類種族之間則不能交配，這是多麼令人哀傷的事啊。相愛的兩人不過是種族有些差異，就無法生下愛的結晶。為了拯救這些可憐人，那位大人正在努力嘗試。為了讓亞人種族與人類種族之間產生可能性！」

小丑聲音宏亮地歌頌道，把雙臂大大張開，仰望天空。普欽內拉給人的感覺突然變化，令馬雷翻白眼。

「哎呀，真是失禮了。努力讓人們展露笑容的迪米烏哥斯大人的溫柔，使我不禁興奮起來。請原諒我。」

「呃，好。我不在意。」

「迪米烏哥斯大人為了讓他們不會互相憎恨，還說要讓自己與其他人——惡魔們代為犧牲呢。多麼偉大的自我犧牲精神啊。我普欽內拉都感動到淚水盈眶了。」

普欽內拉隔著面具擦擦眼睛的部位。當然，他根本沒有流淚，甚至連聲音都跟平常一樣開朗，絲毫感受不到悲傷。

「……為什麼會有人恨他呢？」

「我也不明白。那樣溫柔的迪米烏哥斯大人，怎麼會招惹怨恨呢？但大人自己是這樣說的。對了對了，請聽我說，迪米烏哥斯大人真的很溫柔喔。上次大人還說讓家畜餓肚子太可憐了，於是把雙方的小孩整個烤熟，掉換過來端上餐桌呢。如果是殘酷無情的人就不會特地掉換，而是直接端上桌吧？」

「是……是嗎？」

「當然是了。而且大人為了讓雙方父母可以跟小孩告別，還把父母叫到餐桌對面呢……迪米烏哥斯大人特地讓他們可以笑著跟家人告別，像他這樣溫柔的人士……除了無上至尊之外，我相信不會有第二人了。」

看到普欽內拉陶醉地說，馬雷興趣缺缺地回了聲「喔」。

那些人又不是納薩力克內的存在，怎樣都無所謂。兩三秒後，對迪米烏哥斯那些家畜的情感，已經從馬雷心中消失了。

「而且飢餓的時候，就算頭腦想要食物，胃也無法消化。迪米烏哥斯大人連這點都考慮到了，還先對他們提出警告，要他們好好進食。真是位無比溫柔的大人啊——」

馬雷覺得再講下去沒完沒了，趕緊插嘴道：

「——那個，紅……紅蓮怎麼了？我原本以為要送的話應該是他會送來，他現在在哪裡做些什麼呢？」

「……應該說他，還是她呢？我想那位大人應該沒有性別，總之前兩天我見到他時，他正潛伏於迪米烏哥斯大人不在的第七層的傳送門附近。」

「原……原來如此。」

馬雷想起紅蓮的外觀。

將龐大身軀潛藏於流動的岩漿之中，把輕忽大意的對手拖進對自己有利的戰場，進行戰鬥的領域守護者——紅蓮。雖然等級才九十，但著重的都是戰鬥性能，因此單純就戰鬥能力來說，他在納薩力克中也是名列前茅，甚至能跟一部分的樓層守護者平分秋色。所以由他來守護迪米烏哥斯不在的地下七層，是再適合也不過了。

「啊，我似乎聊太久了。傳閱板已經交給馬雷大人，那麼我得去逗更多人開心了。」

「謝……謝謝你。」

馬雷一鞠躬道謝，普欽內拉溫柔地回答：

「不用道謝。能看到馬雷大人的笑容，我就已經十分滿足了。」

小丑開玩笑地聳聳肩，「那麼，我們改日再會。」他揮揮手，消失在通往地下七層的傳送門裡。

馬雷目送他離開後，打開傳閱板。他懷著不能拿給姊姊，只有自己可以看的複雜──優越感，悖德感與罪惡感混雜的情感，視線從上往下讀過全部內容後，眨了幾下眼睛。

（這個……與其說是傳閱板，倒不如說是安茲大人給守護者的訊息呢。）

上面寫著「給各位男性守護者」，以及對大家每天工作的慰勞與誇獎。內容簡而言之，就是邀請大家「一起去洗澡消除疲勞」。

寫在上面的參加者名字，從上面依序是安茲、迪米烏哥斯、馬雷、科塞特斯，名字旁邊有「參加」與「不參加」，最上面的兩個名字旁邊已經圈了「參加」。本來上面應該也會有塞巴斯的名字，但他現在受到命令，跟索琉香在人類的城鎮收集情報。

（呃，日期是……）

上面寫說日期未定，會配合參加者最方便的日期，所以他可以毫不遲疑地圈「參加」。雖然上面寫說可以拒絕，但是心胸寬大又溫柔的主人特地邀請，馬雷當然不可能拒絕。不，在這納薩力克地下大墳墓當中，誰也不可能拒絕。

他拿起夾在檔案夾上的鉛筆，圈起自己名字旁邊的「參加」。

「……嘿嘿嘿。」他面帶笑容看著「參加」上的圈圈，但沒過多久，就感覺到烏雲籠罩他的心頭。「啊，可是……要怎麼拿給科塞特斯呢？」

上面好幾次強調不用聯絡女性守護者，可以察覺主人想把這事當成男人間的祕密。既然如此，最好的辦法應該是自己拿過去。

（向姊姊保密不太好……對吧。因為在我受到……呃，應該叫做寵愛嗎？的時候，還得請姊姊一個人守護樓層呢。）

如果是接受命令而離開也就算了，去其他守護者那裡玩或是有其他事時，馬雷與亞烏菈都會告訴另一個人自己要去哪裡。因為亞烏菈與馬雷都是奉無上至尊之命守護這個樓層的人，這樣做是當然的。

馬雷抓住掛在脖子上的魔法道具。

「姊……姊姊？聽得見嗎？」

他立刻得到回答。

『聽得見啊。怎麼了，馬雷？』

「啊，太好了。呃，是這樣的。那個，我有事要去科塞特斯那裡一下，去去就回喔。」

『科塞特斯那裡？』

「嗯，我得趕快過去。」

『發生什麼事了？』

馬雷嚇得肩膀一震。他講話差點破音，好不容易才擠出平常的聲音。

「沒……沒有啊？沒什麼，只是……我覺得我非去不可。」

『喔——……』

聽到亞烏菈明顯起疑的語氣，馬雷手心冒汗。

（可是，嗯。沒辦法啊。因為是安茲大人的命令嘛。）

除了創造馬雷與亞烏菈的泡泡茶壺本人說的話之外，安茲的話語在無上至尊當中具有最高的地位。把他說的話視為最優先是理所當然的。

『好吧，沒差。那你就去吧。不過第五層很冷，要記得禦寒……對喔，馬雷的話應該沒問題啦。』

「呃，嗯。我可以用魔法解決，不要緊。那我去一下就回來。」

再繼續講下去，自己搞不好會說錯什麼話。所以馬雷急忙放開了魔法道具。最後姊姊好像還想說什麼，但不知道該說可惜還是幸運，他沒聽見。

「好……好了！我得快點才行！」

馬雷啟動了主人賜給自己的最高級戒指的力量。

傳送之後，一塊塊雪白物體立刻迎面飛來，貼在馬雷的臉上。是在空中飛舞的雪花。

馬雷吐出的白霧一瞬間就被吹散到後方。這是因為流過風雪之間而變得極為寒冷的空氣吹過的關係。

暴風吹起的冰雪四處肆虐，引起雪盲現象，積雪掩蓋足跡。這是為了讓入侵者遇難，不過平時的地下五層天候還不至於這麼惡劣。覆蓋天空的烏雲只灑下片片雪花，雖然氣氛陰鬱，但視野很清晰。

「……呃。」

馬雷四處張望。他是用安茲・烏爾・恭之戒傳送過來的，所以離目的地一定很近。找到要去的地方，馬雷腳步輕盈地前進。走過的雪地上不會留下腳印。腳也不會沉進積雪裡，就像走在堅硬的大地上一樣。

空無一人的白色世界，似乎將雪花飄落的聲音送進了馬雷耳裡。當然，馬雷隨時發動的魔法超感知讓他知道這裡並不是真的沒人。潛伏者知道他是地下六層的守護者，所以才沒現身。

寂靜之中，馬雷到達了目的地。

前方有個好似虎頭蜂窩翻過來的巨大白球。

另有總共六根巨大水晶圍繞著白球，銳利的尖端筆直朝天。水晶是透明的，可以看見裡面有人影。

馬雷踏出一步，腳下傳來令人不安的討厭聲響。往下一看，跟剛才的積雪大地不同，地面是光滑的冰層。雖然看起來有點厚度，但冰層底下一片漆黑，看得出來是個大洞。

馬雷踏上冰層。他走起來毫不遲疑，就像完全不認為腳下的冰層會裂開似的。他腳踩上冰層，發出顫抖般的嘰嘰聲響，順利來到白球附近。

「那……那個，呃，科塞特斯在嗎？」

馬雷不是對巨大白球出聲，而是跟巨大水晶講話。

對他的聲音做出回應，類似人類女性的魔物穿過水晶現身。魔物的數量與水晶數量相同，一身白衣。她們的肌膚蒼白，長髮烏黑。

她們是雪女（Frost Virgin）——八十二級的冰系魔物，負責守護科塞特斯的住處大白球（Snowball Earth），是類似親衛隊一樣的存在。

「歡迎大駕光臨，馬雷大人。很高興您特地來訪。」

「那……那個，呃，科塞特斯呢？」

「是的。科塞特斯大人目前離開納薩力克地下大墳墓，到蜥蜴人的新村莊去了。」

「這……這樣啊？」

雪女低頭表示肯定。

「有事我們可以代為轉達，您覺得呢？」

馬雷猶豫了。

既然都來了，他大可以把傳閱板放在科塞特斯的房間，再讓雪女們帶個口信就好。但是想到傳閱板的內容，直接交給對方或許才是體察主人心意的做法。

那麼要如何外出尋找科塞特斯呢？

沒有人規定他們不能離開納薩力克。只是外出必須達成一個條件。這是因為主人嚴禁他們在納薩力克地下大墳墓外面單獨行動。

分析至今收集到的情報得知，納薩力克守護者中的百級成員，對外面世界來說是無法想像的領域，就像會走路的天災。既然如此，馬雷身為會走路的天災之一，單獨行動似乎不會有危險。反而是外面的世界才該膽戰心驚。然而如果誰有這種有勇無謀的想法，那一定是忘了一件事情。

那就是對夏提雅洗腦的——恐怕是——擁有世界級道具的未知敵人。還有其他隱隱透露出存在的玩家身影。

還不知道這些人的勢力規模有多大，所以必須多加小心。

「嗯……嗯——該怎麼做才好呢……」

外出時最少也得帶上五隻七十五級以上的僕役。馬雷有兩頭直屬的龍做為僕役，但帶著牠們行動有點太顯眼了。最快的方法是拜託姊姊，然而想起自己來到這裡時的事，他實在沒那個膽。

就在這時，一道天啟閃過腦海。人數與等級也都剛剛好。

「那……那個，可以請妳們跟我一起去嗎？」

「非……非常抱歉。科塞特斯大人命我們守護這裡。除非是安茲大人有令，否則我們無法違抗科塞特斯大人的命令……請原諒我們！」

「啊，不會，不會。沒關係。」

這是沒辦法的，應該說仔細想想就知道了。接著他想到第二個好點子，就是借用地下七層的魔將們，不過按照普通方式拜託，也只會像這裡一樣遭到婉拒吧。但他也的確只能請迪米烏哥斯幫忙。

這是因為他盡量不想找沒寫在那傳閱板上的守護者幫忙。而且納薩力克地下大墳墓內八十級以上的僕役大多直屬於守護者，沒幾個是獨立的。

基於這兩個原因，想借用魔將的話就得先跟迪米烏哥斯聯絡。

（可是要怎麼跟他取得聯絡呢？）

想跟人在外面的迪米烏哥斯取得聯絡，除了派出僕役，就只能使用魔法了。

（再來就是——）

馬雷想起剛才看的書。

（他那邊也有七十五級以上的部下嗎？可是他又不是守護者……嗯——反正他是男的，應該可以吧。再來只要請他保守祕密……）

「那……那個，謝謝妳們。呃，我自己想辦法好了。」

「這樣啊？屬下明白了。」

馬雷啟動戒指的力量。目的地是納薩力克地下十層內的巨大圖書館——最古圖書館(Ashurbanipal)。

●

納薩力克時間　9：54

完成傳送的馬雷，視界即刻從雪原切換為寬敞的房間。房間裝潢以古銅色為基調，顯得相當穩重，暖色光源微微照亮房間。天花板為和緩的圓頂狀，對面有扇巨大的雙開門。

這扇大到能與通往王座之廳的門扉匹敵的巨門，左右各屹立著一尊將近三公尺高的哥雷姆。兩尊哥雷姆呈現武人外型，是無上至尊之一以稀有金屬製作而成，比一般的哥雷姆更加強悍。

「那個，請幫我開門。」

對馬雷說的話做出反應，兩側的哥雷姆將手放到門上，慢慢將門推開。厚重聲音響起，門扉敞開到可供幾個人並排走進去，馬雷跨出腳步。

前方拓展開來的光景與其說是圖書館，倒不如說是別的某種景觀——對，讓人聯想到美術館。地板與書架都做了無數裝飾，連排列在書架上的書本也像是放在上面的擺飾。

一塵不染的拋光地板上，木片拼花描繪出美麗的花紋。

上半部是挑高的天花板，二樓有突出的平臺，無數書架圍繞著空間，像在探出身子俯視室內。半圓形天花板填滿了壯觀的溼壁畫與豪華工藝。

房間各處放著玻璃桌面的展示桌，裡面擺了幾本書。

雖然光源很多，但發出的光都不太強。如果是人類，一定會皺起眉頭嫌暗。

室內無法一眼望盡。書架擋住了視野。

在符合圖書館的靜默當中，馬雷背後的門緩緩關上。失去從入口照進來的光，室內似乎變得更陰暗了。再加上針落有聲的沉默，使得陰森氣氛開始充斥室內。

當然，對於在黑夜中仍視物如同白晝的馬雷來說，這裡亮得跟大白天一樣，一點都不陰森。

馬雷往裡面走去，多少加快了腳步。

目前所在的房間是「道理之廳」。這座圖書館分成「智慧之廳」、「真理之廳」、「魔怪之廳」，以及分別有各種用途的小房間——每個職員的個人房間等等。這樣一想，目的地還真有點遠。

通道左右兩側——眾多並排的書架上放有無數書籍。

YGGDRASIL的書本大致可分成五種。

首先第一種是可以當成傭兵召喚的魔物資料。

納薩力克內的魔物分成三種：首先是做得跟玩家完全一樣的NPC；再來是自動出現的三十級以下魔物；最後是可以當成傭兵召喚的魔物。這種可代替傭兵的魔物，必須先用書本進行召喚儀式，然後按等級消耗金幣才能召喚出來。因此沒有書本就不能召喚。

第二種是魔法道具。

特定的電腦數據水晶只會附在呈現書本型態的道具上。一般來說，書本型的道具大多是只限使用一次的魔法發動道具。跟卷軸（Scroll）的不同之處在於：卷軸必須由能使用該種魔法的職業來使用，而書本型的道具無論誰都可以使用。

第三種是事件道具。轉職成特定職業所需的道具，常常會呈現書本的形狀，並不罕見。

安茲在從骷髏魔法師轉職為死者大魔法師時，也曾需要名為「死者之書」的道具。其他還有「武技研究書」「四大元素異聞」等等。不只這類轉職道具，還有一些是一旦使用就可以學會新魔法等的存在。

第四種是外裝資料。

也就是輸入了劍，盾牌或鎧甲等外裝資料的書本。只要擁有特定鍛冶技能的人，將這種書本用在所需的材料上，就可以做出外裝。

第五種是以書本形式發給玩家的小說。比較常見的是真實世界裡著作權失效的古典文學；其次是營運團隊發給玩家的背景故事；再來是ＹＧＧＤＲＡＳＩＬ玩家創作的自創──原創小說。其他也有少數以ＹＧＧＤＲＡＳＩＬ為背景的二次創作小說，或是採取日記形式的遊戲攻略。

納薩力克地下大墳墓的這座圖書館裡數以萬計的藏書，幾乎都是為了第一種目的──召喚傭兵魔物而蒐集來的。當然，其實根本沒必要蒐集這麼多書。

事實上，就算把公會的所有財產都砸下去，能召喚的魔物恐怕也不到這裡的十分之一。那為什麼會有這麼多藏書呢？因為召喚用的書本身並不怎麼昂貴，公會成員趁機胡搞，複製了一大堆。這樣做同時也有隱藏重要道具的用意。

馬雷邊走邊側眼望著藏書。

彷彿要擋住他的去路，突然間，書架之間出現一個幽魂般的人影。

那幽魂穿著漆黑的連帽長袍，宛如與圖書館的黑暗空間融為一體。腰帶上插著前端鑲有寶石的短杖，還用腰帶綁著好幾顆寶珠。

連衣帽下是一張有如蠟化屍體的白色臉龐。兩手只剩下皮包骨。每次移動，覆蓋身體的微弱黑暗就隨之晃動。

他是不死者術師當中特別著名的魔物「死者大魔法師(Elder Lich)」。

在YGGDRASIL內的俗稱是白色假富豪。這種魔物的等級是三十，在死者大魔法師系魔物當中排倒數第二。YGGDRASIL內還有與這種魔物不同顏色的近親種族，俗稱為紅色假富豪或黑色假富豪。

不過他跟一般死者大魔法師有個不同之處，那就是左手上臂戴著臂帶。

臂帶上寫著「司書J」。

「歡迎您來，馬雷大人。」

死者大魔法師發出模糊不清的沙啞聲音，慢慢地——但深深地低頭致意。一隻手還抵在胸前，動作非常標準。

「那……那個，我是來找司書長的。呃，他在裡面的房間嗎？」

死者大魔法師做出稍做思考的姿勢，然後開口道：

「司書長現在正在製作卷軸，所以是在製作室裡。」

「謝謝。」

「那麼我來帶路。請往這邊走。」

「那怎麼好意思！不能打擾你工作啦。」

「請別在意。幫助圖書館使用者是我們的職責。」

既然人家都這麼說了，堅持拒絕反而有失禮數。

「我知道了，那就麻煩你了。」

露出駭人的笑容後，死者大魔法師帶頭往前走去。

馬雷一邊跟上，一邊側眼看著途中的其他死者大魔法師與術師系不死者。

「對了，我幫您把那本書放回去好嗎？」

「啊，拜託你了。」

死者大魔法師接過書，看著書名。

「《湯姆歷險記》啊。您覺得好看嗎？」

「嗯。很有趣！我正在想接下來要看什麼。」

「那麼我可以向您推薦一本書。這本書非常好笑，是關於殺人——啊，到了。」

「謝謝。」

馬雷打開死者大魔法師引領他抵達的一扇門。

原本應該很寬敞的房間，可能是因為四面擺了大架子，有種壓迫感。

架上擺滿了無數觸媒——礦石、貴金屬、屬性賦予石、寶石、各種粉末、不同動物的各類器官等——排列得整整齊齊。其他還有好幾疊羊皮紙——有的捲起來，有的就直接擺著。

這些全都是用來製作卷軸的材料。

當然，納薩力克地下大墳墓內的所有物資並不只有這些。比這些多上幾百倍的資源都集中收納在寶物殿內的一個房間。

放在這個房間裡的只有馬上會用到的份。

房間中央擺了一張特大號繪圖桌，上面攤開一張羊皮紙。

桌前站著一個像是人類與動物骨骼融合而成的骷髏。

身高不算太高。大約一百五十公分左右吧。

兩支有如惡鬼的犄角從頭蓋骨突出，手指骨是四根。腳踝下方則是蹄。

鮮橘黃色的大長袍覆蓋住這種異樣的外觀。除此之外，還有一塊同樣的布像連衣帽一樣輕輕蓋在頭上，沒被突出的犄角刺穿，而腰上又纏了另一塊布。

此外，他還戴著鑲嵌七彩寶石的白銀手鐲，脖子上掛著黃金製的生命之符，白骨手指上彷彿纏繞般戴著好幾枚怪異戒指，代替纏腰布的大長袍上鑲有寶石。每個都是具有相當魔力的魔法道具。

腰上像佩劍一樣掛著好幾個卷軸筒。

雖然外裝與裝備較為特殊，其實就是個骷髏魔法師。這是不死者的初期種族之一，也是剛才那種死者大魔法師的前一個階段。

不過這個骷髏魔法師，正是這座巨大圖書館的司書長——蒂托・阿奈烏斯・塞孔杜斯。這個無上至尊創造出的存在，著重的不是戰鬥能力，而是製作能力。實際上他的總級數比剛才那個死者大魔法師還要高。

「來得好，守護者馬雷。歡迎你來。」

「啊，你好，蒂托。我來是有事想拜託你。」

「原來如此。那麼先聽聽你有何貴幹吧。」

「好……好的。那個啊。我想跟你借這裡七十五級以上的僕役。」

「我懂了。你要外出是吧。」

「咦？是……是這樣沒錯。你怎麼知道的？」

「……我從沒忘記統治者安茲大人所說的話。再來只要想想你的立場，馬上就能猜到了——好吧。」他只考慮了一瞬間。「這座圖書館內的死之統治者(Over Lord)，寇克烏斯、烏爾比斯、埃利烏斯、孚爾維烏斯與奧里略全都借給你吧。」

「咦？真的嗎！」

「當然是真的了。他們這些戰力放在圖書館內，老實說有點無用武之地。與其讓他們整天撢灰塵，不如做你的護衛，他們也比較高興吧。」

「那……那個，呃，謝謝你！」

「話雖如此，可不能無償借給你。我要請你幫我一個忙，製作卷軸。」

「啊，好的！我該做些什麼呢？」

「無須擔心。只要我說『好』，你就對卷軸使用第四位階的魔法，這樣就行了。」

「要……要使用哪種魔法才好呢？」

「交由你決定。」

馬雷露出傷腦筋的表情。最難的就是交由自己決定。不知道是不是只要使用普通魔法就行了。

放著羊皮紙的繪圖桌旁有一張小桌，蒂托對小桌伸出白骨森森的手，碰觸桌上堆積如山的耀眼黃金——YGGDRASIL金幣。

突然間，那白骨手掌下的一部分YGGDRASIL金幣融化了，像是有自我意志般在羊皮紙上滑動。

流到紙上的金蛇在羊皮紙上蜿蜒爬行，彷彿預先決定好位置似的擴散開來。

不過一個呼吸的時間，羊皮紙上已經描繪出金色魔法陣。紋路既複雜又纖細。

「好。」

緊張地等著動手的馬雷，像被嚇到一樣發動了魔法。

馬雷感覺到自己使出的魔法被魔法陣吸了進去。

原本這樣卷軸就完成了。馬雷是這樣以為的。

直到那一刻——

鮮紅的火焰。

繪圖桌上發生了絕不可能發生的現象。

馬雷驚愕地看著羊皮紙像加酒燃燒的料理一樣熊熊燃燒，不過眨兩下眼的工夫，火就熄滅了。

剛才發生的現象簡直像是一場幻覺，室內幾乎沒有留下任何起火的痕跡。甚至連燒焦味都沒有。

然而，桌上留下了證據，顯示剛才發生的現象並非幻覺。

那就是羊皮紙的殘骸——餘燼。
蒂托好像早就料到了一樣，冷靜地拈起殘骸細細端詳。
「果然還是不能注入第四位階魔法呢。看來確定與術士的力量無關了。」
蒂托一邊低聲說「十歲失敗」，一邊做筆記。
「呃，怎……怎麼了嗎？我做錯了什麼嗎？」
「別在意。為了省下羊皮紙，我試著使用這個世界能取得的材料製作卷軸，但品質實在太差了。」

每個位階能使用的皮紙有所限制。
舉例來說，一般的羊皮紙最高可以當成第二位階魔法的卷軸材料，但更高的位階就不行了。假設使用的是最高級的皮紙——以龍皮製成的皮紙，最高可以將第十位階魔法注入卷軸當中。
當然，龍皮是特級品，要屠龍才能獲得。
因此以前安茲·烏爾·恭的公會成員們曾卯起來濫捕龍，但那是YGGDRASIL時代的事了。直到確認這個世界有龍——以及其他生物——之前，安茲理所當然地對龍皮的使用做了限制。

他不能做出沒有補給卻繼續消耗的愚蠢行為。因為不知何時會非得用到這些東西。

「我的龍不可以用啦！」

「當然了。我不會那樣做的。包括你的龍在內，特別召喚出來的存在是諸位無上至尊的意志顯現。傷害他們的行為當然是嚴格禁止的。」

馬雷鬆了一口氣，蒂托興味盎然地看著他，把餘燼扔進垃圾桶。

「呃，那麼，是不是表示這個世界一般的羊皮紙不適合用來製作卷軸？」

馬雷的視線望向那塊餘燼。

「很有可能。不，還不知道。有可能我的製法在這個世界屬於異端。像藥水的生產方式似乎就有很大差異。」

「可……可是啊？如果只失敗一次，應該不能確定是羊皮紙有問題吧？」

「只失敗一次？我已經用外面帶回來的羊皮紙做過好幾次實驗，但只要想賦予第三位階以上的魔法，就會落得一樣的結果——燒燬。很可能是因為魔力無法注入羊皮紙，才會起火燃燒吧。」

「……可是這個世界的魔法吟唱者都是使用這種羊皮紙，對吧？」

「不，剛才扔掉的，很可能不是這個世界的魔法吟唱者一般使用的羊皮紙。當然，考慮到這個世界有各種不同的國家，我也不能保證沒有人使用這種羊皮紙。我以納薩力克附近國家使用的這種羊皮紙——」

蒂托拿出一張質地不同於剛才那張的羊皮紙。

「——實驗的結果更糟，最多只能注入第一位階。」

「那也就是說，人類懂得如何有效活用品質粗糙的材料嗎？」

「不是。我想是技術體系的差異。雖然很不甘心，但他們的技術就某種層面面而言，或許更為洗鍊。真希望能獲得新技術，提升我們的技術水準啊。」

「好厲害喔！」

看到司書長精益求精的態度，馬雷感到敬佩不已。

「這都是為了偉大的無上至尊。那麼守護者馬雷，按照約定，我將死之統治者們借給你吧。跟我來。」

●

納薩力克時間　10：28

途中將戒指交給別人保管，通過地表部分，馬雷一行人經過集團傳送，來到了蜥蜴人村莊裡一棟石造建築物的房間中央。

這棟使用了堅固沉重的石材，只有在地基穩固的地方才蓋得起來的建築物，需要棲息於沼澤地的蜥蜴人所沒有的建築技術。不用說，建造這棟建築物的人是第三者——從納薩力克派來的一群人。

特地從納薩力克派人來建造這棟建築物的理由，就在馬雷的背後。穩穩安放於建築物最深處的物體說明了一切。

馬雷對放在那裡的物體深深鞠躬。同行的死之統治者們也跟著鞠躬。

放在高出幾階的位置的，是仿造納薩力克地下大墳墓統治者安茲·烏爾·恭的精巧——簡直有如本人直接石化而成的——石像。手持法杖舉向斜上方的姿勢，散發出統治者應有的威嚴與氣宇。

石像前的祭壇上，擺著各式各樣的祭品。當然，這些祭品對馬雷來說都是毫無價值之物，盡是些窮酸的鮮花或鮮魚之類。

不過，馬雷並不會覺得不愉快。

因為獻上的祭品都流露出明確的尊敬與崇拜。比方說，鮮花不是生長在沼澤地的品種，而是生長在對蜥蜴人來說危險性很高的森林——他們應該是冒著生命危險去摘的。至於魚是蜥蜴人的主食，不過選為祭品的是比平均尺寸大上許多，最肥美的鮮魚。

「嗯。」馬雷滿意地點頭。

看到一群無能之輩對自己的偉大主人表示崇敬，讓他非常開心。

「辛苦你們了。」

他出聲慰勞心驚膽戰地從旁窺探的蜥蜴人們。

他們是負責打掃這座聖殿的人員。他們擁有在蜥蜴人當中少見的森林祭司力量，脖子上掛著刻有安茲．烏爾．恭公會標誌的徽章。

馬雷與他們地位相差懸殊，是統治者與被統治者的關係，原本沒有必要慰勞他們。不過基於跟剛才一樣的理由，心滿意足的感受讓馬雷出聲慰勞了他們。

留下不斷鞠躬哈腰的蜥蜴人，馬雷帶著五隻死之統治者走出聖殿。

前面是一片沼澤地，也是蜥蜴人的聚落。他們在那裡發展得比過去更繁榮。

的確，經過那場戰爭，人數減少了很多。然而五個部落合而為一，結果形成了更堅固的巨大村莊。

柵欄圈起了廣大的範圍。不知道是怎麼搭蓋起來的，泥濘不堪的沼澤地當中蓋了幾座瞭望台，上面有白色骷髏——應該是納薩力克資深護衛——架著弓箭在進行警戒。沼澤地上也有幾隻納薩力克資深護衛到處走動，似乎是在進行巡邏，以防外敵入侵。

「呃，那個，科塞特斯在哪裡呢？」

科塞特斯就各種意義來說都很顯眼。如果他人在村裡，從這裡應該也能一眼看見；如果是在房子裡，外面應該會有像馬雷帶來的這種僕役才對。他這樣想著，環顧整座村莊，但沒找到他。

「可以請你們去問問看科塞特斯在哪裡嗎？」

「好的，請稍待片刻。」

其中一隻死之統治者——奧里略回頭往聖殿走去。

馬雷望著沼澤地——蜥蜴人平靜祥和的村莊。沒有人對納薩力克資深護衛表示戒心。就連蜥蜴人小孩都是如此。雙方彷彿理所當然似的共存共榮。

（受到不死者攻打與支配，卻好像沒有留下任何怨恨，是因為科塞特斯的友好政策奏效了嗎？還是說蜥蜴人本來就是這種種族？）

他漫不經心地想著這些，沒過多久，奧里略就回來了。

「讓您久等了，馬雷大人。在聖殿服務的那些人不知道科塞特斯大人在哪裡。不過他們說夏斯留．夏夏——這個部落聯盟村的聯盟長或許知道。」

「啊，那麼，呃，我們去他那裡看看吧。」

在奧里略的帶領下，馬雷一行人開始往前走。他們不是往沼澤地中的蜥蜴人村莊去，而是沿著湖畔走，前往穿越前面森林走一小段距離的地方。森林裡也能遠遠看到納薩力克資深護衛的身影。

一行人走出森林，看到前方有另外一個沼澤岸，正在進行規模相當浩大的工程。

這裡攔截了水流，有將近十隻岩石哥雷姆正在挖土。搬到陸地上的砂土則由蜥蜴人們用手推車運到其他地方。

馬雷觀察著他們在做什麼，這時，一個高大的蜥蜴人連忙跑了過來。

這個蜥蜴人全身都是舊傷，體格魁梧，各方面都與普通蜥蜴人截然不同。他因為急著跑過來，掛在脖子上的徽章大幅搖晃著。

徽章是附屬的象徵，也是護身用的印記，本身並沒有魔法力量。但是戴著這個，就能證明自己是安茲的「所有物」。所以在納薩力克地下大墳墓，將無上至尊奉若神明的任何人都不能恣意傷害蜥蜴人。當然，如果他們有充分理由該死的話另當別論，但幸運的是，所有蜥蜴人都懂得分寸，對強者俯首稱臣，沒有任何一個人那麼愚蠢。

「歡迎大駕光臨，馬雷大人。我的名字是——」

「你是夏斯留．夏夏對吧？」

「正是。您知道我的名字，是我的榮幸。」

「啊，我……我是聽科塞特斯說的……那個，你知道科塞特斯現在在哪裡嗎？」

夏斯留思忖了一會兒。

「我記得科塞特斯大人為了支配青蛙人，帶著幾名部下以及幾十個見習的蜥蜴人出戰去了。」

「青蛙人？」

「就是棲息於湖泊東北方的亞人。那些人長得很像青蛙，跟我們關係不太好。他們擁有能夠役使大型魔物或魔獸的技術，對我們來說是很難對付的對手。據說過去在我祖父那一代曾經發生過一場大戰，當時我方大敗，甚至造成一個部落因此瓦解。」

「不……不愧是北邊的種族，好強喔。」

這座湖泊呈現兩座湖泊相連的形狀，也像是倒過來的葫蘆。南邊比較小的湖泊——蜥蜴人們棲息的湖泊有一半是沼澤地，一半是湖水，又因為水深較淺，大型魔物的棲息數量並不多。相較之下，北邊的大湖泊因為水深較深，有很多大型魔物棲息，比起南邊的魔物來說較強悍。當然，對馬雷來說其實沒差多少。

「對了，你說的青蛙人，應該不是一種叫做茲維克的種族吧？」

馬雷說的是過去棲息於納薩力克周圍毒沼澤的魔物。他知道姊姊的部下當中也有幾隻這種魔物。

「這個嘛，我們不太清楚。等科塞特斯大人回來，您再問問他吧？我想他應該很快就會回來了。」

「我知道了。那麼換個話題，那……那個啊。你們好像在進行大型工程，這是在蓋什麼呢？這裡離村莊這麼遠，看起來也不像是柵欄之類的防衛設施……」

「是的。其實這次工程，是在建造第四號魚塭。」

聽了夏斯留的詳細說明，馬雷恍然大悟。

蜥蜴人部落能夠統一是件好事，但人一多，自然就會發生糧食問題。雖然很多人死於戰爭之中，但這裡能捕獲的糧食還是不夠餵飽族人。當然，只要回到以前的村莊打魚就能解決這個問題了，但成為新統治者管理蜥蜴人的科塞特斯不同意。

若是整個部落的人一起前往別的沼澤地也就算了，少數幾人行動很可能遭到魔物襲擊。蜥蜴人數量已經減少很多，科塞特斯不願意再失去更多蜥蜴人。

為了讓蜥蜴人繁榮發展，科塞特斯採取行動，設法解決這個問題——也就是糧食問題。

首先，他從納薩力克運來糧食——當然是經過安茲許可的——分給所有蜥蜴人。接著他開始摸索能永久獲得糧食的方法。結果發現的方法不用說，當然是薩留斯以前建造的魚塭。

後來他又找迪米烏哥斯商量，並開始打造更優質的魚塭。

他們加快速度趕工，蓋起了三座巨大魚塭，這裡則是第四座。

「不過幼魚養殖還沒成功，對吧？」

「是的。我們……不，舍弟所學到的不是從幼魚開始養殖，而是直接養殖已經成長到某種大小的魚。不過，我們受過迪米烏哥斯大人的指導，所以也蓋好了幼魚用的魚塭做準備。按照預定在幾年之內，應該光靠魚塭裡的魚，就足以養活比現在多出一倍的蜥蜴人。」

「這……這樣啊。幾年後就不用再從納薩力克拿魚過來了啊。啊，當然如果有什麼緊急狀況，我想你們還是隨時都可以來拿魚的。」

「我們全體族人都十分感激安茲大人的大恩大德，贈送我們那麼多的魚……不過，安茲大人送給我們的魚沒有內臟，那些魚究竟是怎麼存活的呢？是不是像一部分魔物那樣不需要進食？不對，牠們連骨頭都沒有，這究竟是什麼樣的一種生物？」

「那是以安茲大人與其他無上至尊的力量創造出來的糧食啊。」

科塞特斯送來的糧食，是用一種稱為「達格達的大釜」的道具做出來的。

「什麼！安茲大人竟然能創造出多到足以餵飽我們的魚嗎！」夏斯留搖搖頭。「薩留斯等前去各位大人的城堡之人，曾經回來這裡一趟，將所見所聞說給我們聽，聽起來簡直像是夢話。他們說納薩力克地下大墳墓當中有著好幾個小型世界，正可謂神的領地。安茲．烏爾．恭大人果真是神通廣大的偉人嗎……」

「本來就是啊。」

這個蜥蜴人為什麼要講這種理所當然的事呢？馬雷由衷無法理解，他一頭霧水地偏了偏頭。

安茲．烏爾．恭是最偉大的神，是造物主。

「原來如此，這一切都是安茲大人賜給我們的。感謝安茲大人。」

「嗯。我會如此轉達安茲大人的。」

3

納薩力克時間　10：30

「不許吵鬧，肅靜。」

安茲揮動左手。然後維持這個姿勢停住動作。

隔了一拍後，再回到原本的姿勢。

「不許吵鬧，肅靜。」

他再次揮動左手，然後一樣停住動作。

他用擺在面前，跟自己一樣高的穿衣鏡確認自己的身影，微調了一下左手的位置。

「……肅靜……這個位置嗎？不……手再往左一點比較帥嗎？」

他再度回到原本的姿勢。

「不許吵鬧，肅靜。」

安茲終於對自己的姿勢感到滿意，拿起放在身旁桌上的筆記本。

「這樣這個姿勢就大功告成了。接下來練習爭取時間用的台詞。」

他用筆把剛才一再重複的台詞圈起來，然後翻頁。

紙上的台詞意思差不多都與「我會考慮」相近。有些他嫌拖泥帶水，或是耍帥過度反而顯得很拙的台詞，就打個叉。

對於本來只是個普通人的安茲來說，要扮演一個統治者實在很難。所以他平時就經常這樣練習，以備萬一。筆記本的內容不用說，就是安茲想出來的台詞集。

這次開始訓練以來已經過了大約一小時，但安茲的字典裡沒有「休息」兩個字。

安茲雖然是最高統治者，但實際上幾乎不用做什麼。領導者的職責是做決策，所以除了緊急狀況或有重大問題，其他時候都很閒。細節處理都是雅兒貝德在負責，安茲要做的頂多就是把呈上來的報告過目一遍。

但安茲看了這些報告，從來不覺得有任何問題，所以真的都只是看看而已。的確這樣以一個領導者來說很危險，但只要有雅兒貝德在，而且沒有發生緊急狀況，應該就沒有問題。

（所謂的優秀組織都是這樣的。領導者不能站在最前線行動。）

除非是為了提升大家的戰意，否則指揮官在最前線揮劍奮戰是很愚蠢的行為。因為難保不會有個萬一。

（本來我應該別當什麼冒險者，而是補充知識以備緊急狀況——應該鍛鍊一下自己的頭腦，這我很清楚。可是，我該怎麼做？誰願意當我的老師……？而且還不能破壞大家信任的安茲．烏爾．恭的形象……）

納薩力克內的所有人都視安茲為至高無上的統治者，並對安茲表示敬愛與尊崇。沒錯。安茲受到部下……受到過去同伴們創造出來，就像大家的孩子般的存在尊敬。如同父親不能辜負孩子的尊敬，安茲也不能辜負他們。所以他才會一再重複這種行為，想說至少可以裝裝樣子。

當然，安茲也覺得自己這樣做很難為情。

要不然他就不會鎖門，也不會禁止女僕們或暗中保護自己的八肢刀暗殺蟲(Eight Edge Assassin)進來房間了。更不會因有時候實在受不了，就鑽進被窩裡發出「啊——！」之類的大叫。

「納薩力克最高統治者應有的……受人尊敬的姿態……」

安茲懷著幾乎想吐血的心情翻頁。有空時想到的台詞還多得是。不知何時才會有練完的一天。

安茲．烏爾．恭是不死者，超過一定界線的感情起伏會受到壓抑。即使如此——

「好想休息……」

鈴木悟的精神殘渣卻累得哀號，吶喊著「已經受夠了」。

但是——安茲咬緊牙關，發出嘰嘰的磨牙聲。

「我在幹什麼啊，加把勁啊。」

安茲罵了想逃避的軟弱自己，眼中重新出現力量，再度面對鏡子。

這時，「嗶嗶嗶嗶」的電子鈴聲響起。

安茲看看發出鈴聲的左手手環，覺得彷彿聽見了天籟。他啪一下把鈴聲關掉，並呼出一口氣。

「時間到了就沒辦法了。對。是因為時間到了，所以沒辦法。」

他不忘把筆記本收進盒子裡。蓋上盒蓋後，盒子發出上了好幾道鎖的聲音。只要有人想硬是撬開，裡面附加的多種攻擊魔法就會以盒子為中心大肆破壞。除非是九十級的盜賊系職業，或是八十級以上的盜賊系特化型，否則是不可能打開這個防護嚴密的盒子的。

使用了這樣的道具後，他才終於把盒子收進空間裡。收藏盒子的地方還放了好幾種稀有道具。高階盜賊即使是對手收在空間裡的道具也能偷走。話雖如此，就算封鎖了對手的動作，也無法不限次數偷取。從一個玩家身上偷走一兩次道具就是極限了。但光是這一兩次的可能性，就足以讓從未感到恐懼的不死者安茲嚇到發抖。

況且這世上還有天生異能(Talent)這種未知的力量。所以他才會把盒子放進稀有道具欄，這樣一般人應該會偷更有用的道具，而不是這種盒子。
收好之後，他再度確認一件事。
簡直像出門旅行的主婦一再檢查大門鎖好沒有，確認沒問題了，他這才鬆一口氣。
仔細檢查後，安茲才終於走出臥室，前往平常當成辦公室使用的房間。深深鞠躬表示忠誠的是一般女僕，然後是雅兒貝德，最後是馬雷。
前面兩人並不稀奇，但男孩很少來這個房間，安茲一邊覺得驚訝，一邊橫越房間，繞過黑檀木桌子，表演練習了不下三十次的坐椅子方式。
這種坐法不會踩到長袍，也不會把椅子挪來挪去，發出碰撞聲。
接著要注意的是靠椅背的方式。動作太急或是靠得太重都不好看。王者有王者靠椅背的方式——應該吧。
（但我不知道王者都是怎麼靠椅背的……真希望能找個機會觀摩一下國王的做法。）
按照業務專員的禮儀，必須只坐進椅子的一半，不能靠上椅背。但安茲．烏爾．恭不是跑業務的。
因此，安茲只能實踐自己想像的王者的正確坐法。
「抬起頭來。」
三人這才抬起頭來。沒有安茲的一句話，他們是絕對不會抬頭的，這讓安茲感到有點煩，也覺得是在浪費時間。但他不能輕視部下想對主人盡忠的心情。所以安茲每次都耐著性子講同一句話。

「好了，先讓我問問吧。馬雷，你有什麼事？」

「呃，是！」

可能是因為緊張，讓馬雷的聲音有點破音。安茲微笑。當然，這張沒肉的臉連扭曲一下都不會，但還是能散發出溫和的氣氛。大概是敏感地察覺到這種氣氛，馬雷輕吸一口氣。態度似乎不再那麼僵硬。

「那……那個，這個，呃，我拿來了。」

安茲不是一個壞心眼的上司，不會特地問他拿什麼來了。反正拿來了，自己收下就對了。說不定是自己忘了曾經下過的命令。

「是嗎——不，免了。」看到今天在房間服務的女僕打算去拿馬雷手上的東西，安茲伸手阻止她。「馬雷，直接拿來給我。」

「是！」

馬雷抬頭挺胸來到安茲跟前，交出拿在手裡的檔案夾。

安茲高傲地接過，打開來。

（這是……那個傳閱板啊。）

對於安茲的邀約，三名守護者都圈了「參加」。

「照順序來說，本來應該由科塞特斯的部下拿來，辛苦你特地跑一趟了，馬雷。」

「不……不會，千萬別……別這麼說！科塞特斯在忙，是我硬要幫他拿來的。況且──」

馬雷溫柔地撫摸戴在自己左手無名指上的戒指，動作中充滿了愛意。

（……安茲．烏爾．恭之戒……好吧，我很高興他這麼珍惜戒指，可是戴在那根手指上未免……還有這孩子為什麼要含情脈脈地看著我啊……）

安茲一陣毛骨悚然，側眼偷看了一下雅兒貝德。她跟平常一樣，面帶溫柔的微笑。

安茲的視線移向雅兒貝德的左手無名指。

她也跟馬雷一樣，把戒指戴在這根手指上，就好像這樣戴才是最正確的做法一樣。

（是什麼來著？好像在古希臘的故事裡有聽過？）

他想起以前曾經聽夜舞子講過戒指戴在哪根手指上，分別代表什麼意義。

（好像是說古人認為左手無名指有一條血管通往心臟。因此如果左手的無名指碰到會傷害身體的東西，就會傳遞信號到心臟，所以都是用左手無名指調藥……那個副廚師長也都是這麼做的嗎？啊，不好……他又在看我了。）

安茲在桌上交疊手指。

「怎麼了，馬雷。你在看什麼？我的臉上沾了什麼有趣的東西嗎？」

他小心翼翼斟酌字眼，以免聽起來像在諷刺。

「不……不是的。只是覺得安茲大人好帥喔……」

「你說……我帥？」安茲不禁摸了摸自己的白骨臉龐。「呵哈哈……馬雷真會說客套話。」

「才不是客套話！」這句話大聲到不像是馬雷講出來的。「失……失禮了，安茲大人。可是，我真的覺得安茲大人很帥。剛才也是，安茲大人走過去坐在椅子上的動作，真的好有納薩力克最高統治者的風範……」

安茲對女僕投以詢問意味的視線，察覺到主人的意思，人造人默默用力點頭，表示「正如馬雷大人所說」。安茲明明沒看雅兒貝德，她卻點頭如搗蒜。而且連翅膀都拍動個不停。

「是嗎。我很高興。」

安茲簡短地回答後，從椅子上起身走到馬雷面前，摸摸以為自己要挨罵而僵在原地的男孩的頭。

雖然只是亂摸一通，但動作卻充滿溫情。

「安……安茲大人……」

「謝謝你，馬雷。你說的話總是讓我很開心。」雖然有點難為情，不過這類鈴木悟的感情，他完全沒顯現出來。「我總是在想，我應該感謝我的同伴們。」

「您是說各位無上至尊嗎？」

安茲跪下來，讓視線與馬雷同高。

「正是。我應該感謝他們建造了這座納薩力克地下大墳墓，並且創造了馬雷還有其他所有人。你們——當然也包括妳們，雅兒貝德，西蘇。」

雅兒貝德似乎興奮到了極點，翅膀一下子打得好直。

突然被叫到名字的女僕更是手足無措，看到冷靜的她難得這樣失態，安茲愉快地笑了。

「你們是我的寶貝。」安茲把馬雷扛了起來。「我都捨不得把你交給泡泡茶壺桑呢。」

「謝謝您，安茲大人。」

代替馬雷道謝的西蘇，臉頰流下一道喜極而泣的淚水。

「當許多無上至尊離開這裡時，只有您始終留在這裡，我們納薩力克的所有人都對大人感激涕零。也許我們有許多做得不夠好的地方，可能常常讓您感到不快。我明白對創造主這樣講話是十分失禮的，但還是請大人恩准——允許我們為您竭誠盡忠。」

「我准許。過去雅兒貝德與迪米烏哥斯也跟我說過類似的話——我正是納薩力克地下大墳墓的主人，你們的主人安茲．烏爾．恭。」

安茲對於自己能順口說出從沒練習過的台詞，感到有點驚奇。不過仔細想想，這也是理所當然的。自己只是說出真心話罷了，當然可以說得很順。
馬雷抱住安茲，把自己的臉藏在安茲的肩膀裡。
幸好穿的不是平常的裝備。安茲腦中冷靜的部分這樣說。
雖然肩膀部位的長袍微微有種溼掉的觸感，但安茲沒有放開馬雷。等到馬雷啜泣的聲音漸漸平靜下來，安茲溫柔地摸摸他的頭，這才放下他。
安茲從口袋裡拿出手帕，擦擦馬雷的臉。
他從來沒擦過人的臉，也許動作有點粗魯，但馬雷只是乖乖地讓他擦。
「好了，馬雷。去洗把臉吧。」
「那……那個，安茲大人呢？」
「嗯，我接下來要去耶・蘭提爾一趟。我得出席工會長他們的聚會。我一直嫌麻煩而回絕，但實在是不能再推辭了。那麼——」
安茲看了一下獨自沉默不語的雅兒貝德。她低垂著頭，臉部被長長的頭髮遮住了，他看不見她的表情。然而，只要再稍微追加顫抖不止的動作，就足以嚇到安茲了。他聯想到累積怒氣，蓄勢待發的活火山。
「怎麼了，雅兒貝德？」
說時遲那時快——

「——喔啊！」

——安茲的視野一口氣向前飛去，背部狠狠撞上某處。

當然，他一點都不痛。只有魔法手段才能讓安茲的身體受傷。碰撞只造成了輕微衝擊而沒有痛楚。然而身為人類的感情殘渣，卻讓沒有眼皮的眼睛一瞬間反射性地閉起。

突如其來的狀況使他無法好好思考。不死者的精神構造不會產生混亂等情緒，所以這種困惑感應該是鈴木悟的心情吧。

「嗯……嗯唔……」

他睜開眼睛，看見的是貼在天花板上的八肢刀暗殺蟲。也就是說，自己現在是倒在地上的。安茲理解了狀況想站起來，然而一種異樣柔軟的不明物體在自己全身上下爬來爬去，彷彿要拘束自己的行動自由，讓他動彈不得。

（這怎麼可能，我有道具使我得以完全抵抗拘束等移動障礙。在動作受到完全封鎖時的瞬間，應該就會得到解放才對……也就是說我現在受到的是相當高度的捕獲術！）

安茲看看想把自己按在地上的軟體動物，果不其然——是雅兒貝德。

「安茲大人！」

雅兒貝德雙腿跨坐在安茲身上，一口氣壓住他並挺起上半身。

「怎……怎麼了？為何突然這樣？」

「所以我——已經不用再忍耐了吧！」

雅兒貝德霍然睜大了雙眼。瞳孔放大的黃金眼眸，讓安茲產生一股背脊發涼的恐懼。

「妳……妳在說什麼啊！」

無視於安茲張皇失措的疑問，雅兒貝德將雙手伸向禮服的胸前部位，然後「哼」一聲要把衣服往下拉，但完全拉不動。

「魔法衣服真是麻煩。必須要用技能破壞，或是正常脫掉才行。」

「還不快冷靜下來，雅兒貝德，從我身上下來！」

安茲想使出蠻力把她推開，但對手的戰士職業可有一百級。而且安茲一試著把她推開，手就會按到一些軟綿綿的部分，讓他不敢用力。雅兒貝德開始動手，企圖拉開安茲的長袍。

「不准脫我衣服！不准扭腰！住手！」

「啊……啊哇哇哇哇……」

「這都要怪安茲大人不好！人家一直在忍耐，您卻說這些話破壞我的理性！全都是安茲大人不好！真的只要一點點就好！一滴滴！一下下！我只是想稍微獲得您的寵愛！您數數天花板上的八肢刀暗殺蟲，數完之前就結束了！」

如果雅兒貝德這時候提起安茲改寫設定的事責怪他的話，也許安茲會失去抵抗的意志。

然而雅兒貝德這種好像要把人生吞活剝的氛圍，讓安茲產生的不是罪惡感，而是被捕食的恐懼，這迫使他抵死不從。
這時候，剛才被突如其來的狀況嚇傻了的部下們，才終於採取行動。
「雅兒貝德大人發瘋了！」
「雅兒貝德大人發瘋了！」
八肢刀暗殺蟲全都從天花板上跳下來。
「把她從安茲大人身上拉開！不對！不要用全力捕捉她！會遭到解除的！要用蠻力拉開！」
「不行！好大的力氣！不愧是守護者總管閣下！馬雷大人，請幫助我們！」
「——啊哇哇！好……好的！」
最後安茲終於得到解放，他慢慢整理被扯亂的長袍，然後指著被八肢刀暗殺蟲們抓住雙手雙腳的雅兒貝德，說：
「雅兒貝德，禁閉反省三天。」
八肢刀暗殺蟲們把雅兒貝德拖了出去。
「那……那個，安茲大人……您還好嗎？」
「我很好，只是……雅兒貝德以前有那麼奇怪嗎？是不是吃了什麼怪東西……雖然惡魔種族不需要飲食，但想吃的話還是可以吃嘛。」

被安茲這樣一問，馬雷迅速別開了目光。

「這樣啊……呃，好吧，嗯。她應該有很多苦衷吧。也不能斷定絕對不是工作壓力造成的。」

安茲站起來，出聲呼喚女僕。我想他想設法取回徹底失去的威嚴，而刻意發出自認為很有壓迫感的聲音。

「……叫娜貝拉爾與倉助過來。差不多該動身前往耶・蘭提爾了。」

●

納薩力克時間　13：35

跨坐在倉助背上的安茲拉住轡繩，讓倉助停下來。他一語不發地確認聳立眼前的耶・蘭提爾城門。

安茲挺喜歡這座彷彿能抵擋千軍萬馬的厚重大門。雖然在YGGDRASIL這款遊戲當中多的是比這巨大且氣派的城門，但這座城門並非電腦數據，而是人類親手——雖然也有可能借助了魔法力量——建造出來的。

面對流露出歷史與奮鬥精神的鋼鐵大門，一種難以言喻的感受火熱地湧上心頭。

（在ＹＧＧＤＲＡＳＩＬ也有征服都市的公會呢。以前我只覺得拿難以防衛的地點當公會據點，他們還真不怕麻煩，不過……現在我好像可以體會了。統治巨大都市或許是男人的浪漫呢。）

在ＹＧＧＤＲＡＳＩＬ時代，公會間經常爆發都市防衛戰。隸屬於安茲．烏爾．恭的大多數成員都冷眼旁觀，覺得無法理解，不過其中也有人提出過想參一腳的意見。

（戰爭狂嗎……）

安茲以前不太喜歡那種發言，不過現在回想起來，也成了美好的回憶。

「怎麼了嗎，主公？」

「沒有，別在意。」

看到主人要自己停下來卻又不採取任何行動，讓倉助狐疑地問道，安茲語氣平淡地回答，終止這個話題。他不好意思讓倉助知道自己正沉浸在懷鄉心情裡。

「好了，到冒險者工會去，在聚會上露個臉，就立刻接份撲滅魔物的工作吧。」

安茲也可以在耶．蘭提爾訂旅店，但他沒那麼多閒錢。不需要睡眠與飲食的安茲之所以會訂最高級旅店的客房，純粹只是為了誇耀最高階冒險者的身分地位。再來就是想建立人脈。然而，他已經跟這個都市的幾名有權人士見過面，確保了只要去找他們就會受到歡迎的地位。因此安茲已經沒有太大必要勉強訂旅店了。

再說安茲一進了旅店客房，就會用傳送魔法返回納薩力克，在那邊處理不死者的生產等工作。既然如此，倒不如接份撲滅魔物的工作，趕快出城比較聰明。

老實說，他覺得繼續在耶・蘭提爾活動已經沒多少利益了。

「這樣啊，主公真是好戰呢。」

「我並不是好戰。再說我去撲滅魔物，也是三兩下就結束了，大半時間都還是在納薩力克度過。」安茲輕輕拍了拍倉助的大頭。「我要讓你接受各種訓練，好裝備武器與防具。」

「鄙人一直都有在努力！鄙人有請那些蜥蜴人教鄙人很多技巧，再過一陣子一定就可以學會必殺技了。」

「喔。如果能學會武技的話就太完美了。還有，跟你一起做訓練的同梯怎麼樣了？你覺得他能學會武技嗎？」

「您說他嗎？他不愛講話，從來不開口的，鄙人也不知道。但鄙人認為應該還不行。」

安茲也這麼覺得。那個不可能會愛講話，而且他也覺得那個能學會武技的機率微乎其微，那不過是實驗的一環罷了。話雖如此，假設那個——安茲生產出的一隻死亡騎士如果能學會戰士系的技能，今後的計畫就得大幅變更了。因為如果能以訓練的方式強化魔物，那這件事很可能躍升為最優先事項。

「不死者是不需要睡眠，也不會疲勞的存在，能夠永無止盡地進行戰鬥訓練。所以理論上來講，他應該比倉助更快學會武技才對。但他還沒學會，大概就是真的不行吧。」

「請等一下！他也有在努力！每天當鄙人回到住處後，他都還會繼續訓練，沒有一句怨言……請饒他一命吧！」

「……呃，我並沒有要殺他啊。是說你把我當成什麼了？」

「就是啊。這世上沒有人比安茲大人更仁慈了。連你這種弱小生物，安茲大人都大發慈悲，留你一條性命了。」

騎馬跟在後頭的娜貝拉爾冷若冰霜的一句話，讓倉助渾身發抖。

「——娜貝，就快到耶．蘭提爾了。接下來要叫我飛飛。」

「遵命。」

「還有，倉助是承擔了納薩力克強化計畫一環的重要存在……對於為納薩力克效力的人，妳要拿出該有的態度。我說的絕不只是倉助，記住了。」

「是！非常抱歉。」

還有，不要再叫人類跳蚤或蝨子了啦。安茲很想這樣說，但不管他怎麼講，娜貝拉爾就是不聽，所以最近他決定不管了。因為如果娜貝拉爾．伽瑪當初就是設定成會下意識這樣稱呼人類，硬是矯正過來就等於踐踏了這樣設計的同伴的心意。

「好，我們走吧。」

「是，主公。」

安茲騎著倉助前進。

一看，城門前有好幾個人在排隊。入境審查比出境審查嚴格是理所當然的，隨身行李都會經過仔細檢查。因此如果有行商或旅行商人要進耶．蘭提爾，有時候排隊等審查會花不少時間。

「應該不會花太多時間吧……」

「飛飛大——先生的話應該可以優先進去吧。」

安茲等人排在幾名旅人——其中也有身穿冒險者裝備的集團——後面時，娜貝拉爾平靜地問道。

她說得很對。安茲初次來到此地時也接受了非常繁瑣的審查，然而隨著他的冒險者功績越來越為人所知，審查過程也變得越來越簡單，現在幾乎是直接通關了。不僅如此，有時候甚至可以優先獲准進入都市。

不只是「漆黑」有特權，祕銀以上的冒險者常常都有這種特別待遇。可能是因為都市不想讓他們這些最後王牌不高興吧。

（既然如此，幹嘛不乾脆連進城時的稅金都免除算了……）

以冒險賺來的報酬來算，稅金非常便宜，但安茲是納薩力克內最能賺取外幣的男人，總覺得付得不太甘願。話雖如此，也不好用飛行魔法直接飛越城牆。

飛飛可是個英雄豪傑。所以──

「不可以插隊……除非有特殊事情，或是必須火速進城的時候。」

側眼看著娜貝拉爾行禮，安茲漫不經心地騎在倉助背上，望著前方的隊伍。

「不過都沒在動呢……」

排隊隊伍就像大塞車時的汽車一樣，完全沒有前進。

「怎麼了……？他們好像在檢查運貨馬車……做得挺仔細的嘛。不對，他們只是圍著馬車，沒在檢查？是搜到了什麼非法物品嗎？抱歉。」

安茲出聲呼喚排在前面的一個看似木訥的男子。

「呃，是。您有什麼事？」

「別緊張，我只是看隊伍沒在前進，想問你知不知道怎麼了。」

「詳細情形我也不清楚，只是有個村姑被帶去值勤站了。然後就突然──」

安茲聽完對方的話，還是不知道詳細情形。他伸直脖子偷看值勤站那邊。側耳傾聽，就聽到某種爭吵聲。

忽然間，安茲的好奇心受到了刺激。

自己初次來到這個都市時，也在大門前被問了一些問題。但沒想到很輕鬆地就過關了。他當時很意外，覺得這個世界對傭兵，冒險者或旅人等無根浮萍還真好心，其實似乎並非他想的那樣。那麼這次的村姑被問了些什麼問題呢？

如今因為安茲擁有各國通用的精鋼級地位，好像很少有都市會拒絕他進城。正因為如此，安茲才更想知道別人會被問什麼問題。今後自己也許會以精鋼級冒險者飛飛以外的，截然不同的身分入侵都市。為了到時候萬無一失，他想先了解清楚。

「你們在這裡等一下。我去看看情形。」

「我也隨您一同前往。」

「不用。真的只是去看看而已。」

他從倉助背上下來，走向值勤站。

看到安茲的身影，所有士兵都驚訝地叫出聲來。在這耶．蘭提爾，沒有人不認識精鋼級冒險者飛飛。

安茲一邊注意讓自己看起來瀟灑自若，一邊來到值勤站前。他看到裡面有個情緒激動的魔法吟唱者與士兵，還有坐在椅子上的村姑。

「我們想趕快進城……你們在做什麼？」

「唔喔！」

兩名男子發出了跟外面士兵們同樣驚訝的叫聲。村姑看看他們這邊，好像愣了一下。

「這……這不是飛飛大人嗎！失禮了！」

「你們究竟在……嗯？那個女孩是……」

好像在哪裡見過。安茲覺得似曾相識，從海馬體——雖然他沒有這個部位——搜尋關於她的資訊。

「是！因為有個可疑的女孩，所以調查花了一點時間。真的很抱歉給飛飛大人造成困擾——」

安茲本來嫌男人講話囉哩囉嗦，突然靈光一閃，想起村姑的名字。

「——安莉，對了。妳是安莉．艾默特對吧。」

「呃，那個，您是哪位……呃，不，我就是。啊，您是那時候跟恩弗一起來的大人吧。我不記得有跟您說過話……是恩弗告訴您我的名字嗎？」

霎時間，安茲忍不住用手摀住了自己的嘴。

跟安莉見過面的是戴面具的魔法吟唱者安茲．烏爾．恭。自己現在是身穿漆黑鎧甲的精鋼級冒險者飛飛。

（糟糕！我說溜嘴了！慘了。我得立刻離開這裡！可是，那個村姑怎麼會在這裡？如果她是在找我——不對，找安茲．烏爾．恭的話，就麻煩了嗎？這下得問個清楚才行。）

剛才的對話似乎沒讓對方發現自己的真面目，但還是得考慮到穿幫的可能性。的確，他也不認為對方能憑著幾個月前講過三言兩語的聲音，隔著鎧甲聽出是同一人物，但總是小心為上。

安茲招手把魔法吟唱者叫過來。他想此人應該比士兵知道更多。

他讓魔法吟唱者跟在後頭，走出值勤站，走到稍遠處以免被值勤站聽見。

「是這樣的……那個女孩是我熟人的熟人。可以告訴我發生什麼事了嗎？」

他沒撒謊，恩弗雷亞的確是安茲與飛飛的熟人。

魔法吟唱者睜大了雙眼。那像是在表現驚愕，但又並非如此。打個比方，就像是好幾個點連成了一條線。彷彿他心中的一個謎團解開了般。

「原來如此……果然……」

可以不要自己在那裡恍然大悟嗎？安茲很想這樣說，但忍了下來，等著他開口。

「她說自己只是個村姑，但身上偷偷帶著號角型的強力魔法道具，我不懂她怎麼會有如此強力的道具，還有其他一些疑問，所以正想問個清楚。」

「是什麼樣的號角？具有什麼樣的效果？」

「它的效果是——」

聽完整段說明後，安茲不禁抬頭仰望天空。

因為他知道那是自己送給人家的道具，所以忍不住逃避現實。

當時安茲不知道多強的道具在這個世界屬於常識範圍外，送她那個號角只是想讓她用來護身。誰能想像得到這有一天會對她造成不利呢？安茲大可以找藉口說「我沒做錯任何事」，但袖手旁觀似乎也不太好。

（就幫她一下吧。我是沒做錯事，但道具畢竟是我給她的，責任在我……現在袖手旁觀，要是道具落入別人手裡反而麻煩。再說，如果她被關進大牢——）

恩弗雷亞知道飛飛與安茲．烏爾．恭是同一人物。照目前這個狀況，如果安莉把事情經過告訴他，他必定會認為安茲見死不救。

（鐵定會留下疙瘩……跟沒有價值的人類之間留下多少疙瘩都無所謂，但他可是非常有價值的存在。所謂「化危機為轉機」，只要我伸出援手，恩弗雷亞應該會感謝我。我得多施恩於他，綁住他的心才行。）

安茲用自己認為溫和而有威嚴的語氣說：

「你完全不用擔心。我很清楚她的為人。她不是會為非作歹的人，請放她通行吧——可以嗎？」

「當然了。既然是『漆黑』飛飛先生的熟人，而且您又願意替她擔保，就算是再凶惡的罪犯也能獲准進入都市的。」

「是嗎，不好意思，就拜託你了。還有抱歉，也可以讓我們——『漆黑』先進城嗎？」
安茲獲得許可後，回到娜貝拉爾她們身邊。
「獲得許可了。進城門吧。」
他跨上倉助的背，從排隊的人們身旁走過。排隊的旅人們雖然都在看他，但一看到漆黑鎧甲，巨大寶劍，倉助與娜貝拉爾後，所有人都放棄地移開視線。他們明白到安茲與自己的身分差太多了。
接受著守門士兵們帶著深深敬意的行禮，一行人穿過城門，走進耶．蘭提爾。
「那麼，娜貝。有件事想麻煩妳。」
「是，請儘管吩咐。」
同樣都是冒險者，在大街上表示出這種忠心耿耿的態度似乎不太好，但安茲已經漸漸理解到說了也沒用，於是繼續下令：
「駕著馬車的女孩安莉等一下會進城來，妳去稍微問一下她為什麼會來耶．蘭提爾。」
接著安茲找個地方藏身。因為他想避免跟安莉多講到話。
他環顧周遭，心想可以躲在堆得高高的木箱後面，於是讓倉助用最快速度跑過去。看到安茲與倉助突然出現，正在那裡做事的士兵們都慌了起來。
「你們幾個，方便打擾一下嗎？我想問一下關於這些木箱的事。」

確定從城門入口看不到這個地方後，安茲向一名士兵問道。當然，他對木箱毫無興趣。只是怕人家嫌他礙事要他走開，才隨便找個藉口。

「好……好的。很高興『漆黑』的飛飛大人對我們的工作有興趣。箱子裡裝的是從格蘭德領地運來的一種蔬菜，叫做金許。這種蔬菜——」

安茲聽著士兵認真的說明，模糊地回答「原來如此」或是「這樣啊」。雖然回答得心不在焉，但士兵毫不介意，仍然繼續說明。等到安茲開始學到金許這種蔬菜的烹調方式時，他感覺到娜貝拉爾輕飄飄地出現在自己背後。

「——抱歉打斷你的說明。我學到了很多，謝謝你。不過我的同伴回來了，我得先告辭了。」

安茲單方面地向士兵告別後，就命令倉助前進。

「那麼問得怎麼樣了？」

「首先，她說希望我代為轉達對飛飛先生的謝意。接著，她說她有三個目的，分別是賣掉藥草，到神殿確認是否有人願意搬到村莊居住，以及前往冒險者工會。」

「冒險者工會？她要去委託什麼？」

「非常抱歉，我沒問那麼多。要不要把她抓起來，逼她招供？」

「不用了。反正我們接下來也要去冒險者工會，到了那邊再問工會就好。」

她應該不會是想向安茲．烏爾．恭直接道謝。如果為了是這個目的，安茲不時會派露普絲雷其娜前往村莊，只要拜託她轉告就行了——

「對了，娜貝。露普絲雷其娜有提出什麼特別報告嗎？」

看到娜貝拉爾搖頭，安茲蹙起——其實沒有的——雙眉。

他本來在村莊裡安排了暗影惡魔（Shadow Daemon），但為了加深友好關係，才會改派露普絲雷其娜前往。

他有命令露普絲雷其娜如果村莊發生什麼問題，要馬上向自己報告。但到目前為止，還沒有任何情報送到安茲手上。

所以他以為卡恩村沒有發生任何問題，難道不是嗎？

雖然沒必要連「安莉隻身前往耶．蘭提爾」這種小事都要向自己報告——然而安茲心中仍然湧起烏雲籠罩般的不安。

「我以為露普絲雷其娜是個工作認真的人，娜貝，妳覺得呢？」

「正如大人所言。雖然她的講話口氣給人吊兒郎當的感覺，但那純粹只是演技。她性情殘忍又狡猾，是個優秀的女僕。」

再怎麼想，殘忍與狡猾都不是稱讚人的話。安茲偷看娜貝拉爾的臉，想看她對露普絲雷其娜是不是有什麼負面觀感，然而凜然的表情中只有對同伴的敬意。

「那麼主公，是不是就如您所說，現在先前往冒險者工會呢？」

「對，地點知道吧？那麼，娜貝，妳坐我後面。動物雕像戰馬已經收起來了，沒必要再特地拿出來。」

安茲拉著娜貝拉爾的手，讓她坐到自己的背後，倉助好像等不及了，加快了腳步。騎著倉助在街上昂首闊步已不再讓他感到羞恥。不只如此，倉助可以用語言溝通，又會聽命行事，讓他相當滿意，就像在搭計程車一樣。

不久，冒險者工會出現在眼前。同時他也看到剛才那輛運貨馬車，以及安莉走進工會的背影。

「……真沒辦法。倉助，從後門進去吧。繞到後面去。」

「遵命！主公！」

通常冒險者是不可以從後門進入工會的。然而對精鋼級冒險者而言，沒有什麼是不可以的。話雖如此，安茲也是第一次這樣做。就算是特權階級，濫用權力也會有損自己的評價。

他從後門走進工會，請第一個碰到的工會職員帶他到工會長的房間。幸運的是，工會長正好在房間裡。

「喔，飛飛小弟！歡迎你來！」

工會長——艾恩扎克張開雙臂歡迎安茲。艾恩扎克就這樣一把抓住安茲——給了他一個擁抱。雖然因為穿戴著鎧甲與頭盔，所以安茲並不覺得怎麼樣，但如果自己只穿著單薄衣物，從各種意味上都會想避免這個熱情的擁抱。他親密地拍了拍安茲的背，然後才慢慢放開。

「最近你都不肯來，可知道我有多寂寞啊。來，到沙發坐下吧。在參加集會的成員到齊之前，先讓我們慢慢聊兩句。」

工會長用迎接久別親友的表情，欣喜地指著沙發。

「謝謝您。」

安茲坐下後，工會長坐到他身旁。

兩人距離貼得很近。膝蓋與膝蓋碰觸，讓人喘不過氣來。

「飛飛小弟。我們認識這麼久了，講話可以輕鬆一點沒關係喔。」

「不，親密也要講禮貌。這很重要，前輩一直以來都是這樣教我的。」

的確，如果是做業務的話，應對方式會更有親切感——有時候還會跟客人用平常的方式講話，但安茲不想跟工會長混那麼熟。他認為維持事務關係才是正確答案。

（跟組織關係太親密，反而會變成枷鎖。我可不想跟一個都市的冒險者工會走那麼近。差不多該換地區了嗎？是說——）安茲從頭盔細縫瞪著身旁的工會長。（說到底，幹嘛要坐我旁邊啊。一般應該是讓娜貝拉爾坐我旁邊，你坐對面才對吧。）

距離近得讓人不舒服，難怪安茲要懷疑工會長是不是同性戀了。

（聽魔法師工會長說他有太太了……不會是用來掩人耳目的吧？本來以為他只是拚命想跟我拉攏關係……但這樣做根本適得其反。還是說他以為我是同志？）

最後無意間產生的想像，讓安茲打了個冷顫。

安茲是異性戀。不，應該說以前是。順便提一件無關緊要的事，那就是鈴木悟比較喜歡胸部大的。這點就算變成了這副身軀大概也沒變。因為比起科塞特斯，他對雅兒貝德還比較有一點慾望。

安茲調整了臀部的位置，讓身體離工會長遠一點，然後轉為面對著他。

「恕我冒昧，我來這裡是有一事相問。是這樣的，我認識的一個人現在應該來到了冒險者工會，我想知道她是來委託什麼的。」

「這個就規則上來說有點難喔。」

「就是想請您通融一下。我明白這是強人所難，也很清楚必須遵守工會的規定。但還是請您務必幫忙。」

安茲低頭請求，工會長雙臂抱胸，神情嚴肅地望著天花板。不過，這個動作只維持了一小段時間。

「我知道了。」他對安茲露出笑容。「既然是飛飛小弟的請求，我也不好拒絕。那麼可以把那個人的名字告訴我嗎？」
「卡恩村的安莉，不，是安莉・艾默特。」
「安莉是吧。那麼可以給我一點時間嗎？」
不久後，工會長就回來了。他身後帶著一個安茲見過的櫃臺小姐。她好像全身凍得硬梆梆似的，動作僵硬地走進房間。
「飛飛大人！失禮了！」
安茲第一次親眼看到有人同手同腳走路，心想「真厲害」還有「沒有必要那麼緊張吧……」但仍高傲地點頭。不能擺出太輕鬆的態度，是精鋼級冒險者的難處。
「就是這個櫃臺人員聽了卡恩村的安莉・艾默特的委託。你直接問她應該比較好。有什麼想知道的儘管問。」
「是嗎，那麼——不，在那之前先讓她坐下吧，工會長。這個房間的主人是您，我不便開口……」
「不！不用麻煩了！我站著就可以了！」
如果是鈴木悟，自己坐著對方卻站著，應該會讓他產生強烈的突兀感。然而，他在做為安茲・烏爾・恭——納薩力克地下大墳墓的統治者——行動的過程中，漸漸失去了這方面的感覺。他慢慢能坦率接受領導者與被領導者之間的差異了。這或許表示做為主人的行動（角色扮演）絕非白費功夫，而是有確實累積經驗值吧。

（……還要累積多少點才會升級呢？……不對。）

「這樣啊。那就來談事情吧。希望妳能把她的委託內容一五一十告訴我。這件事非常重要，可以把所有細節都講給我聽嗎？」

「好……好的！」

櫃臺小姐的額頭頓時冒出大量冷汗。

「怎麼了？有什麼問題嗎？」

「不，那個……」

櫃臺小姐的眼神左右游移。

「是不是我問的方式不對？……也是，那我這樣問吧。她的委託內容是尋人嗎？」

「不……不是，並不是這樣。」

「啊，這樣啊……那麼是什麼樣的內容呢？還是說其實不到委託的程度？」

「……其實她不是現在立刻要委託，而是將來可能會委託。然後她提到森林裡有稱為東方巨人與西方魔蛇的魔物，足以與飛飛大人馴服的森林賢王匹敵等等，那個，就這樣。」

櫃臺小姐吞吞吐吐的講話方式讓安茲感到訝異，但他繼續問道：

「是將來才要委託嗎？」

「不……不是的！我……我不知道她是飛飛大人的熟人！若是知道，我就會問得更仔細了！真的！」

面對大聲嚷嚷，幾乎快哭出來的櫃臺小姐，安茲覺得莫名其妙。情緒起伏這麼大的人能站櫃臺嗎？

「——工會長。」

「……抱歉。是我監督不周。」

「怎麼這樣！工會不就是這樣規定的嗎！」

後來聽了兩人的對話，安茲這才明白兩人是如何曲解了自己的意思。

櫃臺小姐與工會長都以為安茲與安莉是熟人，本來打算免費接下工作，但因為想給冒險者工會面子，所以講好要透過工會接受委託。

而櫃臺小姐卻拿費用問題冷淡地趕走了安莉。因此現在兩人正在爭論該由誰負起趕走精鋼級冒險者的熟人的責任。

（不，既然這是組織的規定，遵守規定才是正確的吧。）

安茲瞪著責備櫃臺小姐的工會長，心中對他的評價大打折扣。

（部下犯錯，上司應該要保護她吧。還是說，這是一種高等技巧，在顧客面前狠狠罵她一頓，好博得顧客同情而原諒她？看他罵得這麼凶。）

就安茲的判斷而言，櫃臺小姐的應對方式才是對的，工會長應該也是這麼認為的。不過，就像自己剛才從後門進來，還有拜託工會長通融時一樣，精鋼級冒險者可以輕易違反規定——因為他們的價值大到工會寧可容許他們違反規定，也要留住他們。正因為如此，兩人現在才會起爭執吧。

「我又不知道啊！」

安茲溫柔地出聲安撫哭喪著臉的櫃臺小姐：

「妳當然沒有做錯事。」

櫃臺小姐驚訝地睜大雙眼，湧出的淚水滾落而下。

「遵從組織規定是很重要的，即使有時也必須忽視。我不會拿這次的事責怪妳的。」

「謝謝您！謝謝您！」

「那麼不好意思，請妳去問一下詳細情形。先不要說我要接，只要讓我隨時可以行動就好。」

「我明白了！馬上！我馬上去問！失禮了！」

櫃臺小姐一轉身，用最快速度跑出了房間。就像一陣颱風過境。

「……雖說是為了引起我的同情，但還是希望您不要假裝責怪無辜的人。看了很不愉快。」

「果然還是……騙不過飛飛小弟呢。」

聽到對方彷彿從心底擠出的聲音，安茲知道自己猜得沒錯。

（日本業務專員技巧真的是到哪兒都通用呢。不過問題是——）

安茲腦中浮現出露普絲雷其娜的身影。

（安莉一個村姑都知道的魔物，露普絲雷其娜會沒得到情報？是情報網建構失敗了嗎？得確認一下才行。）

安茲一邊想著得趕快回納薩力克問話，一邊等櫃臺小姐來向自己報告。

●

納薩力克時間　16：41

露普絲雷其娜神色緊張地走進安茲的公務室。突然被傳喚讓她腦中一片混亂，難掩不安的情緒。

這麼一來，在公務室裡，露普絲雷其娜，一般女僕西蘇，戰鬥女僕娜貝拉爾，對森林情況瞭解最深的亞烏菈，貼在天花板上的八肢刀暗殺蟲，以及房間的主人安茲就都到齊了。順帶一提，雅兒貝德正在關禁閉反省。

露普絲雷其娜正要行最敬禮時，安茲制止了她。

「露普絲雷其娜，妳是不是有什麼事沒跟我說？」

看到露普絲雷其娜一臉混亂，安茲心想她大概是不知情，於是說出在工會聽到的東方巨人與西方魔蛇的事。

然而，露普絲雷其娜看起來好像知情，讓安茲的心情跌落谷底。

安茲靜靜地，但長長地吐一口氣。

「妳早就知道了？」

「是。這件事──」

「愚蠢的東西！」

安茲氣憤不已，激動的怒吼聲響遍整間房間。

面對彷彿被雷打中般渾身發抖的部下們，安茲感覺到自己的情緒被壓抑下來。但即使如此，仍然有新的大浪不斷湧上心頭，怒火並未完全平息。

「妳為什麼沒有向我報告？還是說妳有意隱瞞？」

「屬……屬下不敢！」

「那麼妳為什麼沒把這項情報呈交給我？理由是什麼？」

「我以為這不是什麼大不了的情報，所以沒有報告……」

看到戰鬥女僕害怕地抬眼偷看自己，怒火中燒的情緒再度回到安茲心頭。

「露普絲雷其娜！我對妳太失望了!!」

嚇得身子一顫的並不只有露普絲雷其娜。西蘇與娜貝拉爾，還有天花板上的八肢刀暗殺蟲們似乎也都嚇得全身僵硬。

「沒錯，我是把關於那個村莊的事交給妳定奪。但那不代表妳可以任性妄為，或是隨便亂下判斷！我說過當狀況有可能大幅變動時要向我報告，這又是怎麼回事！」

「那是因為……」

看到露普絲雷其娜支吾其詞，安茲表情扭曲起來。

若是社會人士……不，不管是任何立場的人都不能犯這種錯。

與其說是商業禮儀，應該說對社會人士而言是必須遵守的原則，稱為「報連相」，也就是報告、連絡、相談（商量）的簡稱，甚至被譬喻為企業巨人的血脈。

（竟然連這點都做不到。做為一個組織，實在不能原諒……不對……）

望著驚恐失色的露普絲雷其娜，安茲忽然想到或許自己也有不對。也許是因為自己這個領導者太不可靠，沒能好好掌控部下，所以才會犯這種錯。

（如果是組織的聯絡網沒有建構好——那就是我這個上級的疏失。看來……我沒有做好上情下達的管道。或許我應該隱居，把這個位子交給迪米烏哥斯或雅兒貝德，才是最好的做法也說不定。）

「……露普絲雷其娜。妳知道那個村莊對納薩力克有多少價值嗎？」

「嗄？呃，是。呃，我有聽安茲大人說過，那個村莊很有價值。」

「不對不對。我是在問對妳而言，那個村莊有多少價值。」

「我……我是覺得有很多玩具……」

「喔，這樣啊。說得也是……真抱歉。這是我的疏失。沒想到對妳而言，那個村莊只有這種程度的價值……」安茲疲累地笑起來。因為他明白到結果都是自己的錯。「我收回剛才的話，說對妳失望是太過分了。原諒我。」

「怎麼這樣說！這都要怪我太笨了！」

「那麼，下次注意點就好了。這樣吧，我重新講一遍給妳聽。妳要明白，那個村莊可是很有價值的。其中尤其是恩弗雷亞與他的祖母，對納薩力克而言，更是有著舉足輕重的地位。」

「咦？是……是這樣啊？」

「沒錯，因為我正在讓那兩人開發新的藥水。」

「對！對了！我有份東西要交給安茲大人！」

露普絲雷其娜突然臉色鐵青地大叫起來，拿出一瓶紫色的藥水。站在她附近的娜貝拉爾接過藥水，拿到安茲面前。

「這是？」

安茲接過藥水後，對著光源看。

「是……是的！這是恩弗雷亞開發的新的治療藥水！」

安茲又想發火，但硬是忍了下來。

「也就是說，這瓶藥水再度提升了巴雷亞雷家的重要性。」

看到露普絲雷其娜一臉不解，安茲沉穩地笑了。

這瓶恩弗雷亞做出的藥水，想必是以從納薩力克送給他的各種道具做出來的。

必須注意的一點是：恩弗雷亞與他的祖母都不懂ＹＧＧＤＲＡＳＩＬ的藥水生產技術，卻能用ＹＧＧＤＲＡＳＩＬ的原料做出藥水，而且既不是這個世界特有的「藍色」藥水，也不是ＹＧＧＤＲＡＳＩＬ的「紅色」藥水。

「首先，這個世界的治療藥水是藍色的，但我所知道的治療藥水是紅色的。關於這點有個疑問。」

安茲侃侃而談。

他已經確定在這個世界一樣可以使用ＹＧＧＤＲＡＳＩＬ的知識與力量。經由遇上天使，以及確認到疑似世界級道具的存在等事件，他判斷過去ＹＧＧＤＲＡＳＩＬ的玩家曾經出現在這個世界的可能性相當大。既然如此，為什麼只有藥水不是ＹＧＧＤＲＡＳＩＬ的藥水——紅色藥水呢？

有三個可能性。

其一，是國家滅亡等原因造成知識技術失傳。這點除非一個極大的範圍——因為廣為人知的技術被人引進附近各國的機率很高——內的國家全都滅亡，否則不可能發生，因此可能性很低。

其二，單純只是恩弗雷亞不知道，或是這項技術沒有傳到這附近的國家。也許遠方的國度有在普遍使用紅色藥水——據說以前的日本，東西兩邊的麵湯顏色等也不一樣——或是某種類似的情形。

而最後一個可能性，就是改良。以ＹＧＧＤＲＡＳＩＬ的技術生產藥水，必須使用ＹＧＧＤＲＡＳＩＬ的材料。後來因為收集不到這些材料，或是材料來源枯竭了，於是人們配合這個世界進行改良，做出來的就是藍色藥水。

「換句話說，除了第二個可能性之外，恩弗雷亞做出的——」安茲搖了搖手上的紫色藥水。「這瓶藥水或許可說是幾百年來首次的技術革命。不過如果第三點才是正確答案，那這瓶藥水也有可能是開倒車的失敗作，這點只能從他今後的努力判斷了。」

安茲希望恩弗雷亞做到的，是不依靠ＹＧＧＤＲＡＳＩＬ的藥水生產技術或材料，就能做出ＹＧＧＤＲＡＳＩＬ的藥水，或是開發出全新的第三種藥水生產法。

「若是這樣，是不是要以這瓶藥水為基礎，讓更多人進行研究呢？」

娜貝拉爾的詢問讓安茲板起臉來。

「真是個蠢問題，娜貝拉爾。這樣做的確應該能加快完成的時間，但是太危險了。知識就是力量，只有蠢蛋才會毫無意義地將知識傳授給大眾。」

因為ＹＧＧＤＲＡＳＩＬ這款遊戲就是如此，所以安茲敢如此斷定。

「舉個例子，若是讓這種藥水的開發繼續發展下去，難保不會有人發明能一擊消滅我的藥水。既然如此，與其讓技術傳播出去，不如先獨占比較安全——我是這麼認為的……隸屬於我的子民應該保持愚昧。我們必須留心技術的發展，其中也包括恩弗雷亞製作的藥水。所以其實我很想把他們關在納薩力克裡，只讓他們專心進行研究。」

而且為了避免技術外泄，還要禁止他們使用做出的藥水。

「那麼您為什麼沒這麼做呢？」

娜貝拉爾散發出只要一聲令下馬上行動的意志。所以安茲連忙回答：

「比起把他們關起來強制勞動，不如建立信賴關係，以名為感謝的鎖鏈綁住他們，讓他們情願工作，才能對將來帶來更多利益。我讓迪米烏哥斯分析過，他也認為以恩義束縛對方的心理很有效——嗯？怎麼了，露普絲雷其娜？」

「請大人原諒愚蠢的我理解不清，想請教您。既然如此，安茲大人為什麼要把藥水交給那個叫布莉塔的女冒險者呢？」

聽到布莉塔這個名字，安茲陷入了混亂。因為他對這個名字毫無印象。他維持著「一切都在我計畫當中」的表情——他沒有表情，所以或許應該說態度——同時拚命回想。

（難道是那瓶藥水嗎？）

他終於想起來，在耶．蘭提爾第一次住宿的旅店發生的那件事。

回想起自己說過的話，安茲感謝起自己不會冒冷汗的身體。

（——該怎麼辦？——怎麼做才好？）

也不能一直悶不吭聲。

（迪米烏哥斯！雅兒貝德！為什麼兩個人都不在！不對，迪米烏哥斯出外工作去了，雅兒貝德則是在關禁閉！現在叫他們回來也太遲了！）

「——這樣啊，妳不懂嗎？」

「是，非常抱歉。還請大人為我解惑。」

不要問得這麼坦率啊。安茲好想大叫。已經沒有別的辦法了，現在只能孤注一擲。下定決心後，勇氣也湧了上來。

「呵呵……哈哈哈哈。露……露普絲雷其娜懷疑得有道理，那樣做是有其危險性。的確有可能因此發展出我等無法抑止的技術。但即使有風險，我仍然必須那麼做，因為我有個遠大的目的。」

「是……是什麼目的呢？那瓶藥水不是用來賠償那個女人被打破的藥水嗎？」

從旁插嘴的娜貝拉爾，使得安茲把原本要接著說的話吞了回去。他絞盡腦汁回想起第一天到達耶‧蘭提爾時發生的事。

（對喔！我那時應該是說那樣做是為了避免損害名聲！慘了！）

安茲佯裝冷靜。所謂拿謊言隱瞞謊言，結果雪球越滾越大，就是這麼回事吧。他拚命喚回快要四散的勇氣。

「……妳真的以為只是這樣嗎，娜貝拉爾？」

「失禮了！」

「……不，不用道歉。我那時候沒有自信能成功，所以只有告訴妳最明顯的目的。」

「那麼究竟是怎麼一回事？大人的真正目的是？」

對於娜貝拉爾的疑問，安茲緩緩開口，但就連這個當下，他都不知道自己該說什麼才好。然而就在這時，一陣微弱的直覺突然間閃過腦海。安茲毫不猶豫地撲向那個靈感。

「……是恩弗雷亞……」

安茲語氣沉重地說完，然後慢慢環顧部下們。如果現在雅兒貝德或迪米烏哥斯等人在場，一定會說「喔，原來是這麼回事。不愧是安茲大人」，然而娜貝拉爾只是微微皺起眉頭，說：「您是說……恩弗雷亞嗎？」

安茲「唔……」了一聲，用手遮著嘴。

娜貝拉爾等人都露出惶恐的態度。大概是把安茲的動作誤解成「都講這麼多了還不懂啊」的意思了吧。實際上安茲只是不知道該怎麼辦，忍不住遮起嘴巴罷了。

安茲在短時間內經歷了過度緊張與精神抑制的激烈起伏運動，但他在這殘酷風暴的盡頭，終於找到一個出口。安茲不知道最後會抵達什麼結論，總之抱著飢不擇食的心態，往黑暗的道路踏出一步。

「……我……我成功抓到了恩弗雷亞這個藥師。這樣可以當成答案嗎……？不如這樣說吧……當一個人收到跟大家一般知道的藍色藥水完全不同的藥水時，他會做的第一件事是什麼？」

「……找人詢問，或是商量嗎？」

「對！露普絲雷其娜，妳說得沒錯。結果她一如我所料，將那瓶藥水帶去給最值得信賴的藥師看，對吧。所以我才能與恩弗雷亞進行接觸。」

他想起在卡恩村，恩弗雷亞是這樣告訴自己的。

「啊！原來如此！原來有這個目的！」

「看來妳似乎懂了。我那樣做是在灑餌，好獲得有本事的藥師。雖然也有可能流入一些不好的地方，造成將來的問題，但我認為還是該做。」

氣氛中開始混雜理解的色彩，大家臉上都露出欽佩的表情。

（竟然被我拗過來了……）

安茲心裡正鬆一口氣時，好像算準了時機似的，又有人出聲叫自己。

「那個……恕我無禮，可以再問其他問題嗎……」

拜託饒了我吧，不要再問了。安茲心裡偷哭，表情卻紋風不動。

「怎麼了，露普絲雷其娜？無論是想問問題或是有事商量，只要妳不嫌棄，都可以盡量問我。」

「是。」露普絲雷其娜咕嘟一聲吞下口水，表情嚴肅地問道：「安茲大人行動時，總是這樣設想到將來可能發生的各種狀況嗎？」

哪有可能啊。

安茲的行動幾乎都是走一步算一步。他有時候也會考慮一下，但事情發展還是常常跟他所預料的不同。然而，他不能這樣對部下說。

安茲沉穩地笑起來，用的是練習過的笑容。

「當然了。我可是──納薩力克地下大墳墓的統治者，安茲．烏爾．恭喔！」

「喔」眾人欽佩地叫出聲。尤其是露普絲雷其娜，更是張大了雙眼。

「怎麼了，露普絲雷其娜？」

「智謀之王……」

聽到露普絲雷其娜喘不過氣似地說，亞烏菈稍微蹙起眉頭，往前踏出一步。不過，安茲阻止了她。

「別在意。問題問完了嗎？」

「那麼，那麼，請容我再問一個問題。安茲大人為什麼不讓魔物襲擊村莊，然後再去解救他們呢？只要從付之一炬的村莊當中救出恩弗雷亞與他的祖母，我想他們應該會更感激安茲大人，而為安茲大人盡心盡力啊……」

「這個方法相當不錯，值得考慮。不過這樣做的話，恩弗雷亞的憎恨對象會是魔物，有可能因此而不協助我們……假使放火燒村的是人類的話，就另當別論了。不過如果真的要這麼做，最好連安莉．艾默特也一起救，或許更能綁住他的心。」

不過，卡恩村是魔法吟唱者安茲．烏爾．恭拯救過的村莊，有它的價值在，燒掉或許有點可惜。

「順便一提，那個村莊裡最需要優先保護的是恩弗雷亞。第二是安莉．艾默特，因為她是恩弗雷亞的心上人。最後是恩弗雷亞的祖母莉吉。其他人無所謂，只有這三個人無論如何都得保護好。遇到最糟的情況，即使付出性命也得保護好恩弗雷亞……那麼露普絲雷其娜，沒有其他問題了吧？」

「沒有了！謝謝大人！」

「那麼，露普絲雷其娜，我原諒妳這次犯的錯，不過如今妳已經聽了我的目的，就不准有下次。明白嗎？」

「當然！」

「很好。那妳去吧，去完成妳的職責。」

露普絲雷其娜行了一禮後走出去，娜貝拉爾像護送囚犯的警官一樣跟在後面。等兩人消失在門後，安茲才轉頭看向身旁待命的守護者。

「那麼，亞烏菈。妳有聽過東方巨人或西方魔蛇——」

這時突然從門的另一頭傳來「安茲大人真的強得不得了。每次行動都能想到那麼遠，根本不是用怪物可以形容的」的說話聲。雖然因為被厚重的門擋住所以聲音很小，但仍然足以打擾兩人講話。而且連這裡都聽得見，不知道她是用多大嗓門在走廊上講話。

「……是不是應該告訴她，那扇門其實還蠻薄的？」

「她好像亢奮過頭了。我去扁她——」

門的另一頭傳來難以形容的「碰」一聲，然後是拖著沉重物體的聲音，徐徐遠去。

「……亞烏菈，看來妳不用特地跑一趟了。打斷妳說話了。好，講給我聽吧。」

「是。呃，非常抱歉，我沒有關於東方巨人或西方魔蛇等魔物的情報。經過那場與魔樹的戰鬥後，我大略探索了一下森林——除了地下洞窟還沒確認，我在其他地方都找過可能會是強敵的存在，但是……」

「如果程度跟倉助差不多，會沒注意到也是情有可原。」

庭院管理員也不可能連有幾隻螞蟻都掌握得一清二楚。這種實力強大造成的疏失實在是個難題。

「非常抱歉。那麼，安茲大人，要去打掃一下嗎？」

「那也不錯。把煩人的小蒼蠅消滅乾淨，讓森林完全進入納薩力克的統治之下吧。」

「我明白了！那麼，我送幾隻我的寵物過去！」

「唔嗯……那樣太沒意思了。據說東方巨人與西方魔蛇是與倉助程度相當的魔物，不會想看看他們是什麼樣的魔物嗎？」

「這樣的話，要不要我活捉他們帶過來？」

「不，我親自前往也不錯。多虧有了倉助，讓我漸漸有點了解骨董的價值了。」

亞烏菈一臉不解，似乎不明白安茲的意思。安茲對她笑笑。

「當然，不只是為了這個。我想順便確認一下，看能不能給露普絲雷其娜做個測驗。」

●

納薩力克時間　19：16

在夜晚的森林裡，芬里爾悄然無聲地慢慢前進。不管是樹枝突出或是藤蔓纏繞的地方，都不會妨礙芬里爾與騎在背上的兩人移動。豈止如此，根本就像沒有實體的幽靈，連一根草木都沒有折斷。

這是芬里爾擁有的特殊能力之一「地行者」的效果。

「前面就是我的僕役報告過的，疑似東方巨人的魔物住處。」

即使身處於茂密樹木阻隔星光的黑暗世界，亞烏菈的語氣卻輕鬆如常。安茲他們不像沒有特別視力的人類，即使是黑暗叢林，也能像白晝一樣盡收眼底。

「是嗎。東方巨人與西方魔蛇要是能聚集在同一處，那就太幸運了，不過這可能是太過奢望了。如果西方魔蛇不在這裡，那就交給亞烏菈處理吧。」

「是！我會加油的！那麼該如何處置這些膽敢與安茲大人為敵的愚蠢之徒呢？」

「先試著溝通看看吧。」

亞烏菈回頭看向身後——安茲——一臉不解。

「咦？不是逼他們臣服，而是溝通嗎？」

「因為東方巨人與西方魔蛇都是未知魔物。先試著理性溝通，從各方面來說應該都比較好。如果是YGGDRASIL沒有的魔物，我想把他們留下來。」

「安茲大人真是溫柔呢。」

亞烏菈的語氣當中沒有一點諷刺。

「是……是嗎？我覺得我的溫柔只會用在值得這樣做的對象——再來就是隸屬於納薩力克之人……我之所以這樣做，是因為我認為如果他們的程度跟倉助差不多，那就還算有點價值。這應該就是所謂的奇貨可居。」

「您剛才也提到了倉助，不過牠真的那麼有價值嗎？」

「有啊。那個拿來當實驗白老鼠還挺有用的。」

倉助目前正在向蜥蜴人薩留斯求教，進行戰士的訓練。順帶一提，學生除了倉助之外，還有安茲製造出的死亡騎士。

如此鍛鍊兩人——一隻倉鼠與一隻魔物，是想確認他們能不能學會戰士這項職業。尤其是死亡騎士。如果他能擁有戰士職業，就能一口氣增強納薩力克的戰力。

雖然他覺得應該沒辦法，不過還是要做過實驗才知道。

「因為倉助很重要，所以才要讓鍛冶師打造牠的鎧甲嗎？」

「妳消息真靈通。這也是原因之一。今後如果要騎著那個上戰場，加強防禦能力恐怕是勢在必行。」

只要擁有戰士職業，倉助應該也能裝備專用全身鎧。目前讓牠裝備，壓在身上的重量就會大幅降低迴避能力與移動能力等。安茲認為正因為如此，才更需要訓練，不過——

（如果沒有戰士職業，穿上鎧甲就會限制行動，這點跟遊戲一樣……不對，像我受限於遊戲規則，可是連金屬鎧都穿不起來，這樣一想，牠的限制寬鬆多了……要是有第二隻倉助，就能研究兩者間的差異，做些驗證了……）

這種類似遊戲規則的限制，到現在仍然是個謎。如果讓迪米烏哥斯等人進行詳細驗證，或許能找出正確答案，但不知為何，安茲不太想那樣做。

（或許只能把它當成物理法則截然不同的魔法世界所特有的法則，硬是讓自己接受了。就當作這裡什麼都可能發生……）

「安茲大人，您怎麼了嗎？」

「嗯？不，沒什麼，怎麼了？」

「沒有。只是看您好像在沉思，想說是不是有什麼狀況。」

「喔，原來如此。我只是在想點事情，沒什麼。」

「這樣啊。」

亞烏菈似乎放了心，轉向前方。安茲從她後腦杓的頭髮——金絲般的頭髮一路往下移動視線。視線經過纖瘦的背部，然後看向自己的手——放在小巧腰際的雙手。

（好細的腰啊，小孩子的腰都這麼細嗎？）

沒有小孩的安茲出於好奇，忍不住像檢查隨身物品般拍了兩下她的腰。接著安茲又舉起手輕輕拍了拍她的背。不過因為是騎在芬里爾背上，所以沒有拍得太用力。

然而，亞烏菈卻整個人像被電到一樣，猛然轉過頭來。

「呼哇！您……您這是做什麼啊，安茲大人！」

她的臉好紅。

紅到就連沒有夜視能力的人，搞不好都看得出來有多紅。

「啊，沒有，只是覺得妳的腰很細。有好好吃飯嗎？雖然裝備了不需飲食的道具，但還是可以吃飯的吧？」

「可……可以。雖然不能從餐點獲得魔法強化效果，但還是可以吃的。」

在ＹＧＧＤＲＡＳＩＬ這款遊戲當中，人類種族或亞人種族有壽命設定，相對地能夠成長；而沒有壽命設定的異形類種族則是成長到一定程度後就會停止老化。如果這項設定在這個世界也適用，那麼亞烏菈與馬雷就會逐漸長大。安茲可不希望因為小時候沒攝取足夠營養，而影響到他們成長。
同伴們不在的時候，這幾個孩子的成長就是安茲的責任。
「要好好吃飯喔。」
「是！我會好好吃飯，讓夏提雅懊惱不已！」
安茲不明白為什麼突然扯到夏提雅，但他沒多問。
「……不需飲食的道具也許會影響成長，所以看看情況，或許該換成其他魔法道具呢。長大成人啊……也許有一天，你們也會交到男女朋友呢……」
亞烏菈與馬雷都是非常可愛的小孩，長大之後一定會變成俊男美女。安茲想像起眾多男女向兩人告白的情景——不過安茲沒有那種經驗，想像的情景都是從電視看來的。
可能是受到剛才的話題影響，不知道為什麼，想像到的是一大堆倉助。
「——唔？」
被大量倉助團團包圍的幼小亞烏菈與馬雷。雖然看起來挺賞心悅目的，但跟安茲原本要想像的畫面完全不同。
（倉鼠算是老鼠的親戚，所以倉助應該也會大量繁殖吧。是不是最好先做結紮手術？雖然我也有點想讓牠多繁殖一點……不曉得有沒有公的同種族個體？）
「咦!?還太早了啦，安茲大人。我才七十幾歲呢。」

「是……是啊，妳說得對。還小嘛。對了，亞烏菈，在納薩力克當中妳最喜歡誰？妳喜歡哪種類型？」

雖然安茲毫無戀愛經驗，看到路邊的帥哥美女甜甜蜜蜜時，也多少有那麼一點吃味，但如果是ＮＰＣ們的話，安茲相信自己能真心祝福他們。

「我最喜歡的是安茲大人喔。」

「哈哈，那真是太高興了。」

聽到年紀還小的亞烏菈說的客套話，安茲覺得很開心。他深愛著孩子們(NPC)，聽到對方也說喜歡自己，怎麼會不開心呢？

「那麼，安茲大人最愛的是誰呢？雅兒貝德與夏提雅，您愛的是哪一個？」

「哈哈。這個嘛，我很喜歡亞烏菈喔。」

「——咦？」

安茲從後面摸摸亞烏菈的頭。柔順的髮絲從手中滑落。

「——咦？」

（是不是也該考慮一下情操教育的問題？如果有黑暗精靈(Dark Elf)的學校，是不是該把亞烏菈與馬雷送去念，才能讓他們成長茁壯？若是泡泡茶壺桑人在這裡的話，她會有什麼看法呢？不過說到學校……校園愛情喜劇……佩羅羅奇諾桑有這樣大叫過呢，還說要跟酸辣湯桑一起打造一個納薩力克學園。那些資料放到哪裡去了？）

「——咦——！」

「怎麼了？太大聲嘍，亞烏菈。」

「啊！對……對不起。東方巨人的住處就在附近，我還……」

「沒關係，不用道歉。先別說這個，關於將來的事——」

「將……將來嗎？」

「是……是啊。怎麼了嗎？看妳好像很慌張……有什麼狀況嗎？」

「沒……沒有，沒什麼。是。呃，您說將來的事嗎？」

「喔，對。我在想如果有黑暗精靈的國度，將來或許可以去看看，到時候妳也得一起來喔。」

「咦？……啊，好……好的！將來原來是指這個意思啊。我明白了！請讓我隨安茲大人一同前往。還有——就快到了喔，安茲大人。」

前方的暗夜當中，從森林的裂縫前方可以看見並非自然產生的光源。

「是啊。亞烏菈，不好意思，可以麻煩妳把帶來的所有魔獸布署在周圍一帶嗎？我這邊也會做點準備。」

安茲發動了自己的特殊技能之一「召喚高階不死者」。

出現的是騎著蒼白馬匹的不祥騎士。數量隨著安茲每次發動特殊技能而增加。

「好，有四隻就夠了吧。那麼，蒼白騎士(Pale Rider)，你們到空中待機，如果有人逃跑，就把他們抓起來。」

蒼白騎士們不發一語地表示了解，一扯轡繩，蒼白馬匹立刻縱身一躍，奔向天空。蒼白騎士們化為無形存在後，穿越突出的樹枝，一直線飛上空中。

「好，包圍網大功告成。再來就只剩鑑定了。」

「是！啊，不用確認耐久性嗎？」

「那等到最後階段再說。因為我不是來廝殺的。先讓我談談對雙方都有益的話題吧。」

這是真心話，安茲並不好戰。雖然只要有這樣做的好處，他可以不惜變得心狠手辣，但並不代表他生性殘酷。安茲不會故意去踩路上爬的螞蟻。如果能理性對話解決是最好的。

芬里爾抵達森林的裂縫。雖然稱之為森林裂縫，其實指的就是森林中各處沒有生長樹木的地方。

如同魔樹周遭的山地全是枯樹，有些地方會因為特殊原因而造成樹木枯萎。原因有很多種，這裡的話應該是魔物造成的。

樹木被砍倒，散落各處。看起來像是想蓋個大型建築物卻失敗了，一氣之下就把木材到處亂丟。

「真是好笑。亞烏菈，他們大概是想學妳蓋房子吧。蠢貨做出來的產物真讓人不忍卒睹。活在洞窟裡的傢伙不知天高地厚，就會落得這副德性。」

「就是啊。安茲大人，那邊就是那些傢伙的巢窟。」

只見彷彿遭受焚田而枯死，滿目瘡痍的土地的中央有一道裂痕。

「……竟然無人看守，真是太不小心了。好吧，沒辦法。下次再敲門吧。」

安茲讓亞烏菈跟在身邊，走向地面空出的洞窟。探頭一看，坡度很淺，裡面似乎挺寬敞的。天花板好像很高，體型高大的生物在裡面生活也沒有問題。

（……這讓我想起ＹＧＧＤＲＡＳＩＬ的迷宮探索呢。那時每次發現山脈洞窟之類的，都會既好奇又興奮。）

如果是以前，他們會由底格里斯．幼發拉底等人帶頭，後面跟著安茲——也就是飛鼠。再來就是召喚魔物，安茲的話會讓不死者走在前面，一邊讓他們踩陷阱一邊勇往直前，這招叫做戰士解除，或是召喚解除。

（好懷念喔……）

過去的回憶讓安茲的腳步變得輕快，然而愉快的心情幾秒就消失無蹤了。

下面傳來的臭味讓他蹙起了——其實沒有的——眉毛。不是毒氣之類，而是野獸油脂或腐敗等臭味，讓空氣變得混濁。

（是腐臭類的毒氣陷阱嗎？我實在不認為住在這種洞窟裡的低能傢伙能做出那麼精緻的陷阱……但也有可能是偶然形成的。）

安茲是不需呼吸的不死者，對空氣系攻擊具有完全抗性，亞烏菈也受到魔法道具的保護，因此如果這股惡臭是某種攻擊的話，應該會被阻斷。這樣想來，應該只是普通的臭味。

「看來東方巨人不是什麼愛乾淨的生物。只希望他還有點智力，能跟我好好談談。」

「就是啊。不過，我看可能有點困難。就腳印來看，這個洞窟裡似乎住著好幾個同種生物，但全都是赤腳。腳印很大，從尺寸計算起來，身高恐怕少說也有兩公尺上下。」

「原來如此……那個就是他們之中的一人吧。」

安茲他們沒有一刻停下腳步，走下斜坡，兩人看到前方斜坡的盡頭附近有兩隻魔物。

「安茲大人，那是……食人魔呢。」

兩隻食人魔都在撕扯某種東西放進嘴裡。一股不同的腥臭似乎飄了過來。

安茲緩緩伸出手指，露出苦笑。如果這是在攻略迷宮，他會安靜無聲地殺了食人魔，然後不發出一點聲響地繼續前進，掃蕩所有敵人；不過這次的目的不一樣。

「……我不是來大開殺戒的，得跟對方友善溝通才行——喂，那邊的食人魔，抱歉打擾你們用餐。」

兩隻食人魔不約而同地看向安茲他們，然後發出咆哮。

洞窟內回音很嚴重，無法掌握正確位置，不過從洞窟深處應該也傳來了同樣的咆哮回應。

「以門鈴來說實在是沒品又刺耳——亞烏菈，妳退下。」

盯著食人魔一路跑上來，「傷腦筋。」安茲嘆了口氣說。因為他發現對方絲毫無意與自己溝通。

「骷髏！骷髏！敵人！」

聲音嘶啞地吼叫的食人魔來到安茲面前，毫不遲疑地舉起棍棒就往安茲身上打。

「我為——」食人魔手中的棍棒發出呼嘯聲毆打過來。「擅闖你們住處——」棍棒「碰」一聲打在安茲身上，但毫無魔法效果的區區棍棒不可能傷得了他。「一事道歉——」食人魔再度舉起棍棒猛打。

安茲的頭部被棍棒狠狠打中，視野稍微晃了晃。雖然一點也不痛，但還是讓他很煩躁。話雖如此，如果有人闖進納薩力克，安茲也會氣憤地想殺了對方。這樣一想，他們會攻擊自己是理所當然的，安茲或許應該乖乖挨打。

和平使節一旦拔出武器，什麼都不用談了。

其他食人魔慢了一步到來，不是揮動棍棒，而是對安茲伸出空著的手。大概是看到身旁的食人魔攻擊沒有效果，而想直接抓住安茲吧。

安茲的眉間動了一下。當然，骷髏臉龐沒有會動的部位。

安茲本來想任由對方抓住自己。然而他那雙具有夜視能力的眼睛，看見食人魔的手上沾有血汙。

「髒死了。」

安茲立刻從空間中取出法杖一揮。雖然這支法杖沒有特別的魔法力量，但加強了毆打傷害，受到這一擊，伸手要抓安茲的食人魔腦袋當場爆裂開來。身旁的食人魔被潑了一身腦漿與鮮血的混合物，一邊扔掉棍棒，後退一步。

「你……你，不是，骷髏……」

「把我跟骷髏混為一談，我會有點傷腦筋。我是來見你們的老大——東方巨人的。可以麻煩你去叫他來嗎？不過就算不叫，他應該也會來吧。」

安茲揮揮手要對方消失，食人魔馬上轉過身去，一溜煙地跑進洞窟裡去。

「……傷腦筋。要是他們從一開始就看出雙方的戰力差距，就不用浪費這些時間了。」

安茲摸摸被棍棒打中的部位，走完剩下一小段斜坡。

食人魔剛才待的地方，有幾個哥布林——被吃得亂七八糟的屍體。雖然只剩下肉塊，無法判斷正確數量，不過想必不只一兩個。

安茲與亞烏菈稍微繞了段路，避開那塊地方走到下面。

「真是失敗。我一時嫌煩，打得太用力了。我本來是打算直到談判決裂之前，都不要開殺戒，盡可能友善進行的……」

「沒辦法啊！誰叫食人魔那種低俗的東西也敢碰安茲大人！」

「聽妳這麼說我真高興。布妞萌桑也說過『要讓對方聽話，先揍一拳也不失為一個好辦法』……還是武人建御雷桑說的？」

「既然是無上至尊說的，那就一定是對的！」

安茲想不起來這兩個正好相反的人，究竟是誰說了這句話。就在這時，從洞窟深處走出了一大群魔物，所有魔物的個頭都遠遠超過人類的身高。

「一群食人妖啊。雖然巨人這個招牌有掛羊頭賣狗肉之嫌，不過倒也不算完全撒謊。」

食人妖是有著長鼻子與長耳朵的巨人，長相十分醜陋，肌肉壯實的身軀也像畸形生物一樣噁心。他們穿著類似老虎的動物毛皮做成的衣物，頭部擱在肩膀上。

身高將近三公尺，力氣比食人魔更大，具有強大的再生能力，據說除非遇到火焰或強酸等，否則就算只剩肉片也能復活。這裡總共有六個食人妖，此外還有十個食人魔。

其中最引起安茲注意的，是站在這群魔物最前頭的食人妖。

除了體格比其他食人妖更壯碩之外，醜陋的相貌還明顯流露出自信。

武裝也比其他食人妖更好。

他穿著看似用好幾張動物皮做成的皮甲，巨大手臂握著巨劍，比飛飛狀態的安茲用的那把還大。巨劍似乎是魔法劍，從中央的溝槽不斷冒出滑溜溜的液體流向刀刃。

「跟倉助程度差不多？」

「感覺起來應該是這樣。」

既然如此，這個食人妖就是那個東方巨人吧。那麼他是哪種食人妖？安茲認真地觀察東方巨人。

食人妖是具有高度適應力的魔物，會隨著環境不同展現出多樣性。

例如在火山有具備火焰抗性的火山食人妖；海裡有擅長游泳，能在水裡呼吸的海食人妖；山中有力氣特別大的山嶺食人妖；還有以橋梁為家，數量稀少的買路食人妖。總之亞種就像這樣不斷增加。

那麼現在站在安茲眼前的，又是特別強化哪種能力的食人妖呢？

特別適應洞穴生活的食人妖稱為洞窟食人妖。但他們的外形跟眼前這個食人妖不同。

在這個世界首次看到的新種食人妖——未知魔物引燃了安茲的收集癖。

這個名為東方巨人的食人妖，達成了難得一見的進化。

他是在數不勝數的重複戰鬥中誕生，適應戰鬥，專門強化戰鬥能力的食人妖。如果要命名，應當稱為戰鬥食人妖，在食人妖的衍生種族當中大放異彩。

其戰鬥能力比起同年齡的其他食人妖，可說無人能及。

的確就體格來說，他沒有山嶺食人妖來得高大。然而體內包裹的肌肉——能力水準卻遠超過他們。不只如此，他使用的還不是只靠蠻力就能輕鬆運用的棍棒等原始毆打武器，而是憑著與生俱來的才能，靈活運用刀劍這種若是不會用，就比棍棒還不如的武器。可說是戰士能力覺醒的食人妖。

「你就是東方巨人吧。」

確認對方沒有否定後，安茲指了指比東方巨人所在位置稍微偏右的地方。

「那麼，那邊那個，我希望你就是西方魔蛇，我猜對了嗎？」

若是只有一般視力的人，一定會以為他指著空無一人的空間。然而安茲卻能清楚看見在那裡的異形存在，就像被日光照亮一樣。

「也許你以為你已經用隱形躲起來了，但我的眼睛能看穿你的隱形。別白費力氣了，回答我好嗎？」

大概是解除了隱形吧。一個魔物出現在原本空無一人的地方。

那的確是一條蛇。不，正確來說是具有蛇的身體。胸部以上是人類老人的乾瘦身軀，下面則是一條蛇。是個異形魔物。

不同於東方巨人，安茲在ＹＧＧＤＲＡＳＩＬ看過這種魔物，因此馬上說出他的種族名稱。

「是那伽啊。說成蛇是不能算錯，但就沒有更好的稱呼了嗎？不，森林賢王都是那副德性了，可想而知嗎？」

「竟然能看穿老夫的透明化，看來汝並非——」

「——你來做什麼，骷髏！」

那伽講到一半，被響遍整個洞窟的大嗓門蓋過。東方巨人向前走出一步。

安茲轉為正面面對談判對手。

「首先讓我先講清楚，我不是骷髏。我要你更正你的誤解。」

「你不是骷髏，那是什麼！統治東方土地之王『古』准你報上名來！」

「——古？」

安茲一瞬間沒能理解他在說什麼。他本來以為這是類似君王或族長的名詞，慢了一拍才知道對方是在講自己的名字。

「原來如此，你叫『古』啊。抱歉自我介紹得遲了，我的名字是安茲·烏爾·恭。」

霎時間，笑聲充斥了整個洞窟。

「哈哈哈哈！膽小鬼的名字！不像我的名字這樣強而有力，軟弱的名字！」

對這句話起了反應，其他食人妖也跟著發出難聽的笑聲。

「膽——」

亞烏菈正要踏出一步，安茲制止了她。

「無妨。別為這點小事不高興，保持冷靜。我們是來談話的，是友好使節。對了，為了做為參考，希望你可以告訴我，你為什麼會認為我是膽小鬼？」

「喔，因為這些傢伙會把長名字看作是缺乏勇氣的證據，神祕的不死者。」

那伽從旁告訴了安茲。老人的臉孔浮現出諷刺的笑容。

「原來不是骨董，而是垃圾啊。那麼你也覺得我的名字是屬於膽小鬼所有嗎？」

「不，老夫不會這麼想。因為老夫的名字也很長。老夫就是汝所說的西方魔蛇——魯拉魯斯·斯培尼亞·艾·因德倫，入侵者安茲·烏爾·恭。老夫總是希望他的大腦能跟肉體一樣發達，但若是如此，這座森林早就是屬於他的了，真是左右為難喲。」

「……那真是撿回一命了。」

安茲忍不住說出的內心話，讓魯拉魯斯露出懷疑的表情，正想問個清楚時，很不巧，古與食人妖們的哄笑停止了。

「所以你一個弱者來這裡做什麼！是想來讓我吃的嗎！把骨頭喀哩喀哩地咬碎可好吃

了！我就從頭顱開始把你吃光吧！」

「我就是在森林中央命令不死者與哥雷姆建造要塞的人。你知道那個要塞嗎？」

氣氛一下子全變了。古那一群人全都散發出凶狠的敵意，魯拉魯斯則是流露出強烈的戒心。

「知道！礙事的傢伙！要不是這條蛇鬼吼鬼叫，我們早就憑自己的力量宰掉你了！這下省事了！膽小鬼與黑矮子！」

「這樣就好談了。我來這裡是想跟你們談判。」

安茲做了個手勢，命令對方向自己跪伏。

「要命的話就臣服於我。」

「白痴啊!!我們怎麼可能當膽小鬼的手下！你要在這裡被我吃了！然後我再吃了後面那個矮子！」

「古啊。對方可是那棟恐怖建築的支配者喔。小看對方太危險了！還有後面那個是黑暗精靈，在魔樹逼走他們之前，這座森林一直是他們的地盤。可能是強敵——根本沒在聽。」

安茲似乎忍俊不住，愉快地大笑出聲。

「哈哈哈哈哈！比狗還會叫啊，大肉團。那麼這樣吧。由被你稱為膽小鬼的我，向名字強而有力的你提出單挑。你總不會害怕得逃走吧？害怕的話就對我磕頭求饒，我可以養你當奴隸喔。」

「有意思！你這種小角色，我一個人就能應付！我要把你大卸八塊，吃乾抹淨！」

「很好，你做出選擇了，這樣談判就決裂了。那麼亞烏菈，離遠點。我一個人玩吧。」

話才剛說完，高舉的利劍就對著安茲劈砍下來。這是古用手中長達三公尺的巨劍使出的一擊。

安茲動也不動，從正面用身體承受這一擊。

「——唔？」

「怎麼了？覺得很不可思議？」

安茲文風不動。古的醜臉因驚愕而扭曲，這次換成揮劍橫砍。然而就跟剛才一樣，安茲從正面承受這一擊。

「唔？」

古後退數步，看看自己手上的劍，又看看安茲。然後，他光明正大地轉身背對安茲往前走，站到部下面前。

霎時間，巨劍一個翻轉，砍中了他的食人妖部下。從肩窩切入的劍刃輕輕鬆鬆就砍斷了食人妖的肉體，鮮血泉湧。

食人妖扯著嗓門發出蠢笨的慘叫。

古滿意地看著部下翻了個筋斗倒在地上，大大地點頭。大概是確定武器沒有問題吧。

「原來如此，食人妖的再生能力嗎？像這樣親眼目睹，還真讓人嘆為觀止啊。」

被砍斷的傷口迅速治癒。與其說是時光倒轉，不如說是把傷口恢復的畫面快轉播放。

古想必是知道族人有再生能力才會拿來試刀，然而他臉上露出恐怕就算沒有也照砍不誤的邪惡表情，俯視著倒在地上的部下。

「弱者的生殺大權是強者的特權。不過，還是讓我非常——不愉快。」

安茲踏出腳步。他不再有心情玩了。

古用雙手緊緊握住巨劍，等著安茲一步步走過來。

「古！那傢伙，安茲．烏爾．恭不是正常人！我們聯手打——」

「閉嘴！你這膽小鬼少說廢話，在那裡看著！——吼喔喔喔喔！」

轟炸般的連砍襲向安茲。利用遠遠凌駕人類的體格施展出的連續攻擊，擁有安茲在這世界對戰過的存在當中首屈一指的破壞力。

然而這點攻擊既不能炸飛牢固的城牆，也不能在大地上留下巨大裂痕，又怎麼能傷到安茲分毫呢？

安茲從正面以身體擋下破風揮砍的劍刃。

「真傷腦筋，不要弄皺我的衣服好嗎？」

安茲彷彿失去了興趣，別開目光，拉了拉被震亂的長袍，把它弄整齊。然後他好像突然想到什麼似的，抬頭仰望古。

「啊，你砍夠了嗎？」

「吼嗚喔喔喔喔喔！」

古判斷用劍揮砍的攻擊效果不彰，於是鬆開一隻手，握拳毆打過來。這一擊有如巨大鐵鎚當頭揮下。一旦中招，要是人類的話肯定變成一堆爛泥，輕易就被打飛。

對人類而言必死無疑的毆打攻擊，安茲卻仍然從正面接下。然後他從容不迫地拍拍被打到的部位，就像被髒手摸過一樣。

古停止了攻擊。醜臉扭曲得更加醜陋，死瞪著不動如山的安茲。

「擁有勇敢名字的你，充滿自信的攻擊結束了嗎？」

「就只有防禦特別硬——嘎啊啊啊！」

安茲踏出腳步縮短距離，手中法杖一揮，打碎了古的半條腿。古站立不住，身體大幅傾斜，摔倒在地。

「腦子只有橡實大小的你，差不多也開始明白膽小鬼不見得就比較弱吧？」

周圍觀戰的食人妖與食人魔們看到自己的統治者輸得一敗塗地，都驚愕地叫起來。

「唉。」安茲覺得很受不了，嘆了口氣。都到了這節骨眼還搞不清楚狀況，這種魔物毫無價值。不過如果還有點腦筋想找機會逃走，那就另當別論。
「亞烏菈，只有那隻不能放走。抓起來。」
亞烏菈瞬時理解了安茲過度簡潔的命令，採取行動。她轉眼間就來到使用隱形，正想悄悄溜走的那伽身邊。
「安茲大人，抓起來了，要如何處理？」
安茲無視於眼前的古，轉頭看向一手抓住那伽脖子的亞烏菈。那種態度對古，以及在場所有人充分說明了一件事。
——那就是：他根本懶得對付眼前這個叫做古的傢伙。
遭到過分強烈的侮辱，古咬牙切齒發出低吼，但安茲毫不介意。
「可惡，臭小子！」那伽的蛇形身軀開始滑動，把亞烏菈整個包覆起來。「就這樣把你勒死……嗚欸欸欸！」
那伽包覆成的球狀物體當中，傳出極其冷靜的聲音。
「喂。這樣擋到我欣賞安茲大人的英姿啦。再吵我就繼續使力，捏斷你的半條喉嚨喔。我會注意不掐死你的。」
小小拳頭已經足以讓那伽感受到兩者間的力量差距，勒到一半發出慘叫的那伽慢慢鬆開了身體。

「亞烏菈。雖說時間就是金錢，但揮霍無度也是愚蠢的行為。麻煩妳移動到遠一點的地方，以免那個遭到波及而死。」

「遵命！」

亞烏菈輕輕鬆鬆拖著比自己重上好幾倍的那伽離開，安茲移開視線，看向被打碎部位的皮肉隆起，利用再生能力修復肌肉，好不容易才站起來的古。

即使安茲體格不如對方，卻仍然高高在上地看著古。

「治好啦，那就繼續吧。」

安茲用法杖敲敲自己的肩膀，泰然自若地擺好架式。那副態度明顯告訴對方自己無意做什麼防禦。

「你……你，做……做了什麼？你在做什麼？使魔法嗎？」

古舉著劍慢慢往後退，安茲踏出腳步像要追上去。跟古比起來，安茲的步幅窄得多了。兩人的距離如今比戰鬥前還大。

安茲用鼻子哼了一聲。

「——哎唷？這真是怪了。擁有膽小鬼之名的我正在往前進，擁有勇敢名字的古大人卻在往後退耶？這是怎麼回事呢？」

背後有人用平板的聲音回答：

「這是因為安茲大人的名字才是勇敢的名字，什麼古不古的怪名字才是膽小鬼的名字。對不對呀，蛇？」

「沒……沒做！安茲．烏爾．恭大人才四最偉大的！」

聽到小女孩甜甜的聲音以及快哭出來的聲音，安茲點了幾下頭。

「原來是這樣啊，這樣我就懂了。簡短的名字才是膽小鬼的名字——安茲．烏爾．恭是勇敢而了不起的大人物的名字，對吧。」

「——你這傢伙！」

「你很吵喔，膽小鬼。」

古怒火攻心蓋過了恐懼，揮劍就要砍殺安茲，安茲既不防禦也不迴避，拿法杖打了回去。安茲不允許對方用劍擋下，或是閃避攻擊。

法杖打碎了古的一部分肉體。

「嘎啊啊啊啊啊！」

淒厲的慘叫當中，旁觀戰況的古的部下們心中開始產生懼意。

「真不愧是食人妖，憑著再生能力，就算變成肉醬也能復活。不過痛好像還是會痛啊。你剛才那一下是目前為止最沒力的一擊，只想著防禦，怕被我打中，是膽小鬼的劍術。」

安茲的視線前方，是古只剩下一半厚度的腦袋。若是正常生物早已一命嗚呼，但他的腦袋卻慢慢恢復原形。

古恢復原狀的臉孔扭曲得異樣醜惡。在那臉上寫滿強烈恐懼。那恐懼比剛才多出一倍，是一蹶不振的人才有的反應。

「你……你是，什麼人！我的攻擊為什麼沒用！」

安茲偏偏頭，然後慢慢張開雙臂。

「……我就是死亡。我是為你帶來死亡之人。」

「你……你們幾個！幹掉這傢伙！」

「哎呀哎呀，不愧是擁有膽小鬼之名的人，竟然違反單挑的約定……真符合你的名字。所以我會原諒你。」

安茲心情極佳地說道。

面對來路不明的怪物，古的部下都嚇壞了，遲遲不敢行動。因為不管他們再怎麼愚笨，也能親身感受到安茲的強大力量，而且也親眼目睹得夠多了。他們心中想必正在掙扎，無法判斷哪一個比較可怕吧。所有人都不敢動彈，輪流看著安茲與古。

「快啊！」

但他們還是不動。不可能動得了。

這點安茲也是一樣的。現在此處維持著一種搖搖欲墜的均衡，勉強讓所有人留在原地。

安茲只要一動，這個均衡就會崩潰，他們想必會爭先恐後地逃命。

要是讓他們逃走就麻煩了——追上去一個個解決掉，想了就累。

「既然如此，那就這樣吧。遊戲就到此結束。」

安茲發動了自己以為沒什麼機會使用——但在這個世界效果卻太過強烈——的一項能力。

「絕望靈氣（立即死亡）V。」

發動的靈氣以安茲為中心，向周圍擴散。

如同斷了線的人偶般，食人魔，食人妖與古都全身虛軟，不支倒地。

倒臥在地的魔物們一動也不動。一眼就能看出他們雖然還有體溫，但生命之火已經熄滅了。

鴉雀無聲的洞窟當中，響起老人膽怯的聲音。

「你……您做了……什麼？」

那伽想縮成一團，盡量離安茲遠一點，安茲轉頭看向他，回答：

「不過是使用特殊技能罷了。食人妖雖然有再生能力，但是對立即死亡攻擊並非有完全抗性……你們這些人本來就毫無價值。我只是想與其白白殺掉，不如看看有什麼用途，但既然拒絕臣服於我，那就只好殺了省事。」

「老夫願意成為您的屬下！弱者追隨強者乃天經地義。今後老夫願意為您奉獻全力！」

安茲平靜地看著跪拜不起的那伽，然後沒勁地聳聳肩。

「……好吧，都可以啦，我准許。反正我本來就是來談判的。」

「太……太可怕了。您真的完全沒把老夫放在眼裡。對於長年統治西方森林的老夫，您只當成是形狀有點像某種動物的路旁石頭。」

「不，我對你的興趣比石頭還高一點。你不是提到了關於黑暗精靈的什麼事情嗎？一五一十講給我聽。」

「當然……當然沒問題。老夫願把自己所知的一切全都告訴您！不過，那個……」安茲揮揮手要那伽繼續說，於是他開口說道：「老夫說了之後，您願意饒老夫一命嗎？」

「我答應你。只要你效忠於我，真心為我效力，我也會給你應得的報酬……先問個問題，你的部下呢？還是說你像倉助……不，統治南方的森林魔獸一樣，是獨自統治西方地區的？」

「不，老夫有部下。不過這次是為了與古談判，所以沒有帶來。因為一旦談判決裂，老夫的屬下無法隱形，沒有辦法逃走。」

「原來如此。下一個問題，你的手下當中有食人妖嗎？」

「只有一隻。」

「那太好了，既然如此，可以讓他代替東方巨人的位子嗎？不，還是……這恐怕有點困難。這樣好了，幾天內我會帶部下來——不，你到這孩子建造的建築物來。亞烏菈，放了他吧。」

「這樣好嗎？」

「無所謂，他已經發誓效忠了。如果他背叛我，我再想別的方法利用他就是。」

亞烏菈纖瘦的小手放開了那伽的脖子，底下浮現出手掌形狀的瘀青。

那伽雖然還在緊張，但已經放心不少，安茲不再理會他，走到古的屍體旁邊。

「不曉得食人妖殭屍的資料怎麼樣。」

安茲能夠使用特殊技能，利用屍體製造出不死者。雖然只不過是殭屍或骷髏，但做為基礎的肉體如果夠強，就能做出相當強悍的殭屍。比較有名的大概要屬龍殭屍吧。

安茲撿起掉在地上的巨劍。這把長度遠超過安茲身高的劍，藉由魔法武器防具的基礎力量，變成了最適合安茲的大小。

如果安茲揮動自己不能裝備的大劍，當然會遭到強制解除裝備，不過只是拿起來的話並沒有問題。

「是不是該增強一下那個村莊的個人戰力？這樣一想，這把魔法武器或許是最好的選擇。反正帶回納薩力克好像也沒什麼價值。」

「安茲・烏爾・恭大人！」

還有話要講啊？安茲沒勁地把臉轉向那伽。

「老……老夫絕不可能做出背叛大人的行為。只有沒看過您那好似看路邊螞蟻般冰冷眼神的愚蠢之徒，才敢做出背叛您的行為。」

「我不覺得我這對眼睛能讓你看出那麼多心思……還是說這是你的特殊能力？就連那個擅長觀察人性的迪米烏哥斯，都無法真正理解我的內心喔。」

「稱不上特殊能力，但對方對自己有沒有興趣，這點小事老夫還感覺得出來。」

安茲心想，或許這是那伽的種族特殊能力也不一定。

「是嗎……好，我知道了。別磨磨蹭蹭，趕快去把你的部下帶來。這是第一道命令。」

「是！」

4

納薩力克時間 21：07

迪米烏哥斯優雅地出現在安茲的公務室。他先向坐在正面的安茲深深一鞠躬，然後對在室內待命的馬雷與科塞特斯也輕輕低頭致意。對房間專屬的女僕則是以目光致意。

安茲以目光回應後，直接以「訊息(Message)」跟安特瑪交談。

「好，安特瑪，向露普絲雷其娜發出許可。只有那三個人一定要保護好，不計代價。」

『遵命。那麼我這就去命令露普絲雷其娜。』

迪米烏哥斯毫無顧忌地走到房間中央。他走路的姿勢莫名帥氣，讓安茲羨慕不已。

（很難形容，好像一舉一動都流露出充分自信呢。是不是因為他背挺得很直？）

迪米烏哥斯俐落地停下腳步，讓安茲回過神來。

「來得好，迪米烏哥斯。」

「是！感謝安茲大人喚我前來。與安特瑪的『訊息』已經結束了嗎？」

「一切都沒問題。她有回來報告，也有找我商量。這次測驗合格了。」

「那真是太好了。另外，也感謝大人為了我特意調整時間。」

「無須在意，迪米烏哥斯。你是為納薩力克付出最多的男人，我配合你是應該的。況且你並沒有晚到，別放在心上……那麼，我想聽聽你的看法。」

安茲把手中的紙張交給迪米烏哥斯。迪米烏哥斯接了過去，安茲看他視線從上到下掃視了一遍，才提出問題：

「正如你所看到的，這是一份菜單，你覺得怎麼樣？要吃這些餐點的是一對人類男女，或許還會加一個小孩。」

「……我認為只要是安茲大人端出的料理，不管是什麼人類都得吃完，不得有任何怨言，不過我想您要的應該不是這種答案，所以——如果有小孩子，肝醬小孩子不一定會喜歡吃。再來就是……這個嘛，如果能有點清爽的菜色，或許會更理想。」

「原來如此，很有參考價值。謝了。」

「大人過獎了……安茲大人，您要招待某些人來到這座納薩力克地下大墳墓，諸位無上至尊的聖域做客嗎？」

「正是。我有意款待他們。」

與其說是款待，不如說成應酬比較貼切。這是為了今後能繼續保持友好關係所做的威逼利誘。

「這樣好嗎？」

「無所謂吧？有什麼問題嗎？」

「不，沒有任何問題。因為安茲大人所說的話才是真理。」

過去這一切還是遊戲世界時，納薩力克地下大墳墓幾乎沒有招待過公會成員以外的人。頂多就是招待過幾次公會成員夜舞子的親妹妹，玩家名稱是「明美」。不過，公會內部並沒有規定不能招待任何人進來。只是正好大家都沒找人來而已。

（所以我就算叫恩弗雷亞他們來，同伴們應該也不會說什麼才對。入侵者與客人是不一樣的嘛。）

安茲對正在思索某些事情的迪米烏哥斯，以及從剛才就一直在房裡等著的兩名守護者詢問道：

「各位守護者，你們都做好入浴準備了吧？」

「非常抱歉，我與馬雷打算在半路上借一套用品過去。」

「這樣啊。那科塞特斯——你帶來了啊。那麼我們就在浴場前集合吧。茵克莉曼，如果有人來，就讓他在房裡等我。」

「遵命。」

聽了女僕的答話，安茲站起來，走出自己的房間。他讓想隨侍左右的僕役們留在原地，帶頭走向同樣位於地下九層的大浴場。

安茲很想跟科塞特斯並肩邊走邊聊天，然而謙虛恭謹的科塞特斯絕對不會那樣做，這令安茲心裡感到有點寂寞。科塞特斯應該沒看穿他的心思，但他走近安茲身邊，問道：

「安茲大人。剛才室內的八肢刀暗殺蟲數量好像少了點，是派往哪裡了嗎？」

安茲聽到是關於工作的事，感到有點失望，但他安慰自己所謂聊天就是這麼回事，回答了科塞特斯的話。他的語氣差點雀躍起來，不過這件事就保密吧。

「耶・蘭提爾的旅店。娜貝拉爾留在那裡以備突然有人來訪，他們應該正在從遠處監視情形。」

「讓娜貝拉爾一個人獨處，不會有危險嗎？」

「很危險吧，要襲擊就該趁現在。」

「原來如此，也就是灑活餌了？」

「沒錯。如果對夏提雅洗腦的人正在窺探我們的一舉一動，這個餌一定會令他們垂涎三尺。飛飛打倒了夏提雅這個強大吸血鬼——雖然名字不同——結果沒有人試著跟飛飛進行接觸。既然如此，如果飛飛不在，只剩下一個魔法吟唱者的話……」

「就會上鉤？」

「不知道，如果上鉤了就全力把他釣上來。」

安茲一隻手做出拉釣竿的動作。

「屆時要全軍出動嗎？」

「怎麼可能，我不會那樣做的。先打探對方的底細，如果對方與我們勢力相當，或是比我們更強大，態度就得謙卑點了。」

科塞特斯發出低聲呻吟，好像這個道理他懂，只是難以忍耐。

「我的理性明白這只是一時忍耐，但感性卻沉不住氣。」

「只要忍耐到仔細調查過，找出對方的弱點就行了。到了那時候，就讓對手嘗嘗痛徹心髓的滋味吧。膽敢對夏提雅洗腦，逼我對她痛下殺手，簡直罪無可赦。」

就算對方是玩家，安茲也產生不了半點親切感。安茲只會對過去的同伴們，或是這裡的NPC們產生親切感。誰敢惹他，他就要讓對方痛不欲生，知道自己有多愚蠢。

「知恩圖報，有仇必報。這不是理所當然的嗎？」

安茲露出冷酷的笑容，一股興奮湧上心頭。如果對方是玩家，就可以做更棒的實驗了。第一個應該做自己絕對不敢做的實驗——也就是死亡實驗。

「以眼還眼，以牙還牙，是嗎？」

「沒錯。不過，你知道嗎？這句話其實是用來防止過度報仇的，所以我不用這句話。因為我要加倍奉還。」

這話是布妞萌桑說的。安茲在心中補了這麼一句。

「喔！真不愧是安茲大人。不只武藝超群，連智慧都無人能及，實在教人欽佩。」

安茲不用回頭，就能感覺到一股尊敬之念從背後壓迫而來。

「那麼安茲大人今天預定就這樣在納薩力克度過嗎？」

「不，跟大家入浴之後，我打算先在這邊處理公務，半夜再前往那邊，因為那邊也有很多事情要做。你呢？」

「我打算暫時回到護衛納薩力克的崗位。因為探索湖邊區域等需要我親自前往的事務都已經處理完畢了。」

「等你回來後，在外工作的就剩下負責眾多職務的迪米烏哥斯，在王都收集情報的塞巴斯與索琉香，在森林裡建造據點的亞烏菈，以及我與娜貝拉爾了吧。」

「由無上至尊親自處理本來應該由屬下們代勞的工作，讓我有些無法接受——」

「哈哈，原諒我吧，科塞特斯。」

「大人言重了。安茲大人是統治此地的君主，您所說的每一句話就是無上法規。我剛才所說的，不過是愚人的胡言亂語罷了。況且——」

氣氛變了，「嗯？」安茲覺得奇怪。他回頭看向科塞特斯有些陰沉的表情——雖然那張臉看不出感情變化。

「如果我們能像迪米烏哥斯一樣優秀，安茲大人也不用親自出馬了。結果都怪我們能力不足——」

「你錯了。大家創造你們，講求的是適才適所。既然如此，完成你們既定的工作才是最重要的。講得明白點，其他工作統統做不來也沒關係。不過是迪米烏哥斯較有才智，知識又比較豐富，能處理的問題比較多罷了。」

看科塞特斯好像還不太能接受，安茲繼續說：

「那麼，你只要慢慢多學點會做的事就行了。比方說——現在蜥蜴人村莊是由你在管，你應該從中學到了很多。統治那個村莊，將來對你一定有幫助。只要這樣一步一步地慢慢前進，總有一天你也能跟迪米烏哥斯並駕齊驅的。」

「我真的有辦法嗎？」

「我認為不見得沒有這個可能性。」

安茲委婉地說。

「在智謀方面，無人能出迪米烏哥斯之右。想跟他並駕齊驅，必須經過一段艱辛的道路。但是努力絕對不會白費。我是這樣認為的。」

兩人就這樣默默走在通道上。不久，科塞特斯擠出細微的聲音說：

「謝謝您，安茲大人。」

「我不覺得我有說什麼該被感謝的話。好了，科塞特斯，馬上就到浴場了。在迪米烏哥斯與馬雷過來之前，把那張陰沉的臉收起來吧。」

「是！」

「納薩力克ＳＰＡ度假村」座落於納薩力克地下九層。這裡男女加起來總共有九種浴場與十七種浴池，是個舒適悠閒的好所在。其中最令人驚嘆的當屬契忍可夫浴。散發刺眼藍光的熱水，讓人得以享受奢華的氣氛。

與科塞特斯一同抵達浴場的安茲，看到一個超乎想像的人物，令他大吃一驚。

「安茲大人！」

是語尾好像加了愛心符號的雅兒貝德。不，不只是雅兒貝德，後面還有夏提雅與全身無力的亞烏菈。

反而是迪米烏哥斯與馬雷不見人影。也許是在更衣室等他們吧。

「雅……雅兒貝德，妳怎麼會來這裡？」

「咦？我只是來跟大家一起洗澡的……安茲大人也是嗎？」

「啊，嗯——對，正是。雅兒貝德，真巧啊。」

「真的好巧喔！……我聽說洗澡之前最好先做點輕度運動流流汗。我是不是也該跟安茲大人一起做做運動，流流汗呢？」

安茲背脊一陣發毛。

「的確，打個桌球什麼的也不錯……」

「人家不是那個意思嘛。您真是不解風情……」

她用百級戰士應有的——身為魔法職業的安茲無法迴避的——身手迅速接近安茲，往只穿著一件長袍的安茲胸口伸出一根手指，想在上頭寫字。然而白魚般纖柔的玉指，卻一下子戳進了安茲的肋骨縫隙。

「啊。」

「啊。」

兩人不約而同地叫出聲。

好笨的一幕。安茲面帶苦笑想跟雅兒貝德說話，表情突然抽搐起來。

「手指插進安茲大人的重要部位了……」

雅兒貝德臉色紅潤，兩眼水汪汪的，身上散發出撲鼻的芳香。那股香氣很像有時候會在床上聞到的味道。

「——喂，我上次也有問過，這傢伙以前有這麼怪嗎？」

安茲認真地用本來講話的方式，向試圖壓制夏提雅而不斷掙扎的亞烏菈問道。

「……對不起，安茲大人，發生了很多事情。呃，請您就當她每天為納薩力克盡心盡力，累積太多疲勞了。請您就這樣想吧。」

「既……既然是這樣那就沒辦法了。唔……唔嗯，雅兒貝德，感謝妳每天的辛勞。」

安茲正想三步併兩步速速離開，卻有人抓住了他的長袍。不，不用看也知道是誰。

「雅兒貝德，妳究竟是怎麼了？是什麼讓妳這麼不顧一切？」

「您對我說了那樣的話……讓我胸中點燃了烈火。腹部也一陣陣酥麻著。所以——安茲大人……」

「呃不，等等，且慢，妳冷靜點，雅兒貝德！科……科塞特斯！」

「遵命！」

一陣寒氣充斥整條通道。劇烈的溫度變化似乎讓雅兒貝德回過神來，眼中恢復了理性的神采。

「對安茲大人如此無禮，縱然是守護者總管，我也不能坐視不管。」

科塞特斯岔入安茲與雅兒貝德之間的位置，手中握著白銀槍矛，無言地聲明只要雅兒貝德態度有異，休怪他槍下無情。

「——失禮了，安茲大人。我似乎有點失常了。」

「我接受妳的謝罪，雅兒貝德。」

聽從主人的判決，科塞特斯退到一旁。但槍還沒收起來。

「我很清楚妳平時的職責有多吃重。有時也會想拋下一切，發洩一下鬱悶吧。總之妳就去洗洗澡，紓解一下壓力吧。科塞特斯，辛苦你了。」

安茲說完，想鑽進男浴池的門簾，但跟上來的腳步聲讓他停了下來。

「……雅兒貝德，妳為什麼要跟過來？也許妳不知道，所以我告訴妳，這邊是男浴池，妳應該去女浴池。」

「我想說可以為大人洗背。」

「……免了。況且我不是一個人入浴，還有其他男性守護者一起。難道妳不怕讓他們看見妳裸露肌膚嗎？」

就在安茲心想「搞不好她會說自己是女夢魔所以ＯＫ」時，雅兒貝德馬上回答：

「那麼，別處還有家庭浴池——」

「家庭浴池不是這樣用的！」

「可是，安茲大人，您只寵幸他們，我覺得好不公平。」

「就是啊，就是啊。」夏提雅堵住了亞烏菈的嘴直嚷嚷。不過被硬是帶來的亞烏菈兩眼無神，只是睜著罷了。她們後面則是似乎不大高興的科塞特斯。

（不過就是一起洗個澡，什麼寵幸啊……上次也是，雅兒貝德會不會變得太奇怪了一點？難不成是那件事造成她有點失控？）

「雅兒貝德，先讓我說一句話。比起男人，我比較喜歡女人。我是個標準的異性戀。」

雅兒貝德好像想說什麼，安茲舉起手制止了她。「的確，將來我也許會找個對象。然而目前我們連自己在這世界上的立場都還沒釐清，身為組織的領袖，不應該與你們發展那種關係。」

「唔唔唔。」雅兒貝德蹙起柳眉。

「何況……你們對我來說就像好友的女兒——我心情很複雜。」
「才在想一群人擠在門口做什麼，原來妳們正在給安茲大人添麻煩啊。」
「姊……姊姊……死……死翹翹了。」
我還沒死啦——少女有氣無力地吐槽。
「我等你們倆好久了。」
「抱歉我們來遲了。不過……守護者總管閣下恐怕該稍微學學壓抑感情的方法喔。」
迪米烏哥斯的細眼稍微睜開了一些，其中蘊藏有明確的敵意。他開始散發出危險氛圍，讓人親身體會到平時溫和的人一生起氣來特別可怕。像是受到影響般，科塞特斯似乎也準備與雅兒貝德一戰。
雅兒貝德還是一樣保持著笑容。不，那笑容好像更深了。
「——愚蠢的東西！」
安茲忍不住憤怒地大吼。
「你們守護者不許在我面前鬧內鬨！一群笨蛋！」
所有守護者頓時渾身發抖，一齊跪下。
「請安茲大人恕罪！」
「……好了。大家都起來吧。」看到所有人都站起來了，安茲用跟小朋友講道理的溫柔語氣勸戒眾人。「不要為這種芝麻蒜皮的小事爭吵，這樣才是最令我失望的。明白了嗎？」

聽到所有人異口同聲表示了解，安茲讓自己的怒氣完全消失。

「好，進去洗澡，轉換一下心情吧，男性陣容隨我來。還有亞烏菈，我命妳負責監視女性陣容，看著後面那兩人，讓她們不能亂來。」

「遵命！」

亞烏菈的眼中噴出熊熊烈火。大概是覺得找到機會報仇了，她散發出燃燒般的沖天熱氣，雅兒貝德與夏提雅都難掩動搖。

安茲穿過寫著「男」的門簾，刻意裝作沒聽見後方傳來的嘈雜聲。

安茲在更衣室脫掉衣服。如果是平常的裝備，有很多配件要脫，相當麻煩，不過他在過來之前已經做好準備，脫起來很快。

他三兩下就脫掉衣服，往裡面走去。

（每次脫光都會讓我納悶，我到底是怎麼動的啊……）

自己是一具沒肉沒筋的骷髏，以鈴木悟的常識來說，自己能動實在不可思議。話雖如此，在這個世界骷髏會動是常態，所以或許只能當作本來就是這樣，但他有時還是會產生這種疑問。

「我先進去了。」

「請……請等等我！」

光著身子的馬雷小跑步追上來。

他雖然是個偽娘，不過這樣一看，的確是個男生。

體格也像個小孩子，幾乎完全沒有隆起的肌肉。這摸起來好像很有彈性的身體，卻能使出那麼大的力氣，大概就跟安茲一樣，是遵從這個世界特有的未知法則吧。

他望著馬雷的裸體，想著這些疑問的同時，還不忘叮嚀他一句：

「不要在裡面奔跑。地板是溼的，很危險。」

守護者不可能摔倒撞到頭而死。然而看到像馬雷這樣小孩子的外形，他還是忍不住會擔心。

「呃，是。非常抱歉。」

也不用這麼認真道歉吧，安茲心想。

「讓大人久等了。」

接著迪米烏哥斯與科塞特斯也現身了。

迪米烏哥斯一身結實的肌肉，可以說是削瘦肌肉男。創造角色時並不能連衣服底下的部分也一起設定，所以他的體格可能是烏爾貝特另外設定的。

「科塞特斯跟平常完全一樣呢。」

「哎，因為他平常就沒穿衣服。」

「可以不要把我講得像變態一樣嗎？」

「不好意思。科塞特斯是外皮鎧嘛，所以平常就這身打扮也是沒辦法的。」

外皮鎧屬於一種肉體武裝，夏提雅的指甲與牙齒也是其中一種，這種武裝會隨著持有者升級而加強硬度與耐久性，能附加的電腦數據水晶的資料量等也會更多。

優點是不用常常替換，可以一直使用下去，就算受到破壞武器的特殊技能或攻擊而破損，只要使用治療魔法，就會與HP一起修復，而且死亡時也不會掉落等等，好處多多。

相對地，缺點就是比起同等級的玩家主要裝備，硬度，耐久性與資料量都比較差。就算是百級的肉體武裝，也幾乎不可能達到神器級。如果練的職業擁有強化肉體武裝的特殊技能，說不定能與神器級並駕齊驅，但就連安茲也不知道是否真有這種可能性。

肉體武裝對玩家來說似乎缺點比較大，不過對NPC來說卻是個好辦法。因為這樣可以不用準備一大堆武器防具——也就是說，創造NPC的玩家可以省去準備裝備的工夫。

「謝謝安茲大人。」

科塞特斯低頭致謝，但安茲那樣說並沒有在袒護他。不過話說回來——

（難道大家常拿這件事整他——取笑他，弄到他要跟我道謝嗎？是不是應該委婉地勸阻一下大家比較好？）

班上發生霸凌的老師是否就是這種心情？不知道夜舞子桑以前是怎樣。安茲邊想邊對男浴池組出聲說道：

「好，我們進去吧。」

由安茲帶頭，一行人走進浴室。

這個大浴場總共分成十二個區域。

首先是浴池區，有最大的叢林浴，充滿情調的古羅馬浴，水面漂浮著柚子的柚子浴，碳酸浴，按摩浴池，加入微量電流使身體發麻的電氣浴，漂著木炭的冷水浴，發出神祕藍光的——不知道放了什麼的——契忍可夫浴，以及男女混浴的露天——雖然外面風景都是假的——浴池。

此外還有三溫暖與岩盤浴區，最後是休息室。

「那麼要去洗哪一個？讓我聽聽你們的意見吧。」

「我想冷水浴是最棒的。希望能讓安茲大人體會一下冷水浴的好。」

安茲具有冰抗性，就算去泡涼颼颼的冷水浴也不以為苦。可是一進浴室就推薦別人洗冷水浴，絕對有哪裡不太對。

「科塞特斯……我們是來洗澡的，所以……」

聽到馬雷好言相勸，科塞特斯才發現自己好像弄錯了什麼。這時又有人落井下石。

「我們是來洗澡的，應該推薦能促進血液循環的熱水澡吧……喔，對了，應該先問你一件事。你可以泡熱水嗎？不會變得像煮熟的龍蝦一樣吧？」

「沒有問題，這副外骨骼讓我具有火焰抗性。雖然你們都把它說成裸體。」

科塞特斯得意地說。

「那……那個，那麼我覺得還是推薦一般的浴池比較好。」

「冷水浴才是最棒的啊……抱著冰塊泡冷水很舒服啊……」

「我不會說只有你才會喜歡，但恐怕很少有人跟你一樣喔……」

「好……好啦，大家各泡各的也很沒趣，就一個一個輪流泡吧。第一個就去普通的叢林浴好了，這可是我的同伴精心製作的喔。」

部下們說「那真是太期待了」——包括顯得有點失落的科塞特斯在內——安茲帶著他們前往叢林浴。

這裡有著假草假樹茂盛生長，形成一片叢林。即使知道是假的，但因為做得太逼真，會讓人以為樹叢中隨時可能爬出魔物。

「這裡是仿造以前曾經存在的亞馬遜河做成的浴池。製作者是貝魯利巴桑，並由藍色星球桑友情贊助。」

背對著大感佩服的守護者們，安茲拿著水盆與浴室凳走到沖洗區。

（為什麼這個ＳＰＡ的水盆全都是黃色的啊？以前我問他的時候，他說是傳統……ＳＰＡ的水盆基本上都是黃色的嗎？）

「不用說，泡澡之前一定要先把身體洗乾淨。不過我的洗法會噴到周圍，你們最好不要靠近我。」

安茲簡短說完，就把水盆裡的熱水潑在身上。水以驚人速度穿過體內，直接潑灑在地上。因為身體空隙太多，潑一次熱水很難把全身打溼。重複幾次之後，確定身體終於都溼了，他才拿出帶來的刷子。

安茲替刷子塗上滿滿的沐浴乳，開始刷身體。還是一樣，因為身上太多空隙，洗起來就像在刷洗籠子一樣，肥皂泡噴得到處都是。

（唔嗯……也許還是應該帶我可愛的刷洗僕人過來的。）

安茲覺得把自己搞得渾身黏液太難看，不應該讓部下看到，所以沒把牠們帶來，不過好久沒自己洗身體了，還真是有夠麻煩。

安茲拚命洗著的時候，馬雷一手拿著黃色凳子靠近過來。他顯得戰戰兢兢，但還是對安茲露出被浴室蒸得泛紅的笑容。

「安……安茲大人！我……我來為您洗背吧！」

「唔？喔，這樣啊。你願意幫我洗啊。不過我的身體洗起來很麻煩，你就用這把刷子吧。用毛巾擦會很累喔。」

安茲轉身背對馬雷後，馬雷用拿到的刷子開始慢慢替他刷背。

「洗得很好嘛。」

「謝謝大人！」

老實說，安茲無從判斷洗得好或不好。不過對馬雷的感謝讓他說出了這句話。

安茲看看另外兩人，他們正在說「那麼，我來幫你洗背好了」「真不好意思」。安茲無法抑止自己露出滿面笑容——雖然骷髏的臉龐不會有表情。

——納薩力克地下大墳墓真是最棒的地方。

背後傳來小孩子的聲音說「這裡應該洗過了吧」，更加深了安茲的笑意。

「謝謝你，馬雷。接下來換我幫你洗了，不用客氣。」

安茲抓住手足無措的小男孩肩膀，把他整個人轉過去，然後在馬雷的毛巾上塗沐浴乳，搓揉出泡沫。

安茲小心翼翼地擦洗馬雷的身體，以免弄痛了他。他回想擦洗自己身體時的力道，動作比那再輕一點。

「會不會痛？」

「不……不會！」

幫不知為何異常僵硬的馬雷洗好背後，安茲把毛巾還給他。

「前面自己可以洗吧？」

「當……當然！」

安茲拿起刷子，小心不讓泡沫噴到在旁邊搓洗身體的馬雷，清潔自己的肋骨。

「那麼我先過去了。」

迪米烏哥斯沖洗完畢後，搖著尾巴走向浴缸。接著是清洗身體或許跟安茲一樣費事，但能夠靈活運用四隻手臂縮短時間的科塞特斯。然後當然是馬雷。直到大家洗完過了幾分鐘後，安茲才終於洗好。

浴缸頗為寬敞，從精巧獅子雕像的嘴巴中流出大量熱水，冒著氤氳的熱氣。安茲穿過水蒸氣走過去，看到只有科塞特斯離得特別遠，其餘兩人則保持著一定的個人空間，正在泡熱水澡。

「啊——好舒服的熱水喔。」

安茲以為小孩子都會在浴池裡游泳，不過馬雷只是把毛巾放在頭上，一臉舒適放鬆的表情。看到他那不像小孩，倒比較像是大人疲勞的態度，安茲心想「納薩力克守護者的工作真的這麼累人嗎」，不禁感到錯愕。

「是啊。感覺得到身體疲勞都流出體外了。」
拿下眼鏡的迪米烏哥斯掬起熱水潑在臉上，發出「啊——」一聲，舉止看起來很像中年歐吉桑。
「好熱……」
「奇……奇怪，呃，你剛才不是說有抗性嗎？」
「有是有，但我不常泡熱水，所以不太適應……」
「……但也不能因為這樣就發出冰靈氣吧。麻煩你不要靠過來，我比較喜歡泡有點燙的熱水。」
這下就知道為什麼只有科塞特斯一個人離那麼遠了。他身邊那一區大概都變成溫水了。
「迪米烏哥斯有火焰抗性，所以當然無所謂……去泡泡冷水浴也不錯喔。」
「我沒興趣。再說我現在沒有啟動抗性，是正常在享受熱水澡喔。科塞特斯，你連這點程度的痛苦都無法忍受嗎？」
「這種挑釁以迪米烏哥斯你來說，略嫌淺薄了點，不過——有意思。」
「住手，泡澡就應該開開心心地泡，想比耐力就到三溫暖去比。不用勉強自己一定要泡喔。」
「哈呼……」

額頭冒汗的馬雷吐出一口熱氣。
「你們看，泡澡就要像馬雷這樣享受。馬雷也不要勉強自己，覺得身體很熱的話就要起來喔。」
「沒……沒問題的，安茲大人！要是有什麼問題，我可以使用魔法！」
用魔法好像也不太對吧。安茲雖然這樣想，但沒說出口，而是看向迪米烏哥斯。
「……使用抗性泡澡是正確的嗎？」
「應該也有這種泡澡方式吧，安茲大人。就像身為不死者的安茲大人泡多久都不會頭暈，這不也是一樣的嗎？」
「……的確是。」
他能夠感受到慢慢滲入體內的溫度，但沒有身為人類時那麼舒服。
（不死者的肉體也是有好有壞呢……）
安茲正在惋惜失去的喜悅時——
「嗯？」
——他抬起頭，隔著水蒸氣環顧周遭。
「怎麼了嗎？」
「好像有人在叫我的名字……」

「是不是從隔壁傳來的？」

科塞特斯指了指自己背靠的牆壁。

「那邊是——原來如此，是女浴池啊。」

「這樣啊。不，可是……牆壁應該沒那麼薄吧？」

「也許是回音讓聲音變大了吧。」

安茲忍不住豎起耳朵偷聽。他這樣做並沒有什麼邪念，只是好奇一群女生在沒有男人在場時會講些什麼話題。所以他沒有把耳朵貼在牆上，那樣有損納薩力克地下大墳墓統治者的威嚴。他甚至還離開牆邊，轉為面對牆壁。

——雅兒貝德下面毛好多喔。

集中精神聽到牆壁另一頭的對話，讓安茲皺起了臉。

——亞烏菈，不要講成這樣啦。啊——安茲大人應該就在這面牆壁後面吧。不曉得有沒有偷窺孔什麼的。

安茲認真地環顧整面牆壁，因為他擔心真的有人裝了什麼奇怪的機關。有一段時期，一部分公會成員著迷於製作奇怪的機關。那時候的遺物很可能留到現在。

——一般會想偷窺的，應該是他們那邊吧？

——反而不可能有這種事呀。不用特地偷窺，只要安茲大人一聲令下，我們都會讓他看的，何必要偷窺呢？

——喔，好難得聽到夏提雅講得這麼有道理。

——什麼叫做好難得，真沒禮貌。是說那個是牙刷嗎？可不可以不要在浴室刷……不對，是洗呀。

——沒辦法啊。我這個洗起來蠻費力的，所以一定要在這麼大的浴室洗，要不然會很麻煩的。

從有點高的位置傳來雅兒貝德的聲音，以及豪爽的刷洗聲。

——嗯……這樣看起來的確蠻費力的。沒辦法，原諒妳好了。

——謝謝。

——嗚哇，不要搖頭晃腦地看著我啦，有點噁心耶。夏提雅不用刷嗎？

——我都在自己的房間裡照正常方式刷，所以不用呀。不過話說回來，我們會得蛀牙什麼的嗎？

——就算沒有，要是接吻的時候有口臭，千百年的戀情都會冷卻喔。

刷動牙刷的聲音戛然而止，接著傳來沉重的腳步聲。

——咦？喂，妳該不會想就這樣進來吧？至少先把身體……

先是特別大的「撲通」一聲，然後傳來水「嘩啦」一下流掉的聲音。她一定是以驚人氣勢跳進了浴池。

——哇啊！咳咳，咳咳！我要是故事裡的吸血鬼，早就沉到水底去啦！

——又不是小孩子，別突然跳下水啦！

——呵呵呵。啊——好舒服喔。以後都來這裡泡好了。

——妳應該多學點入浴的禮儀……喔？

——怎麼了？奇怪？獅子開始動了？

——不懂禮儀之人不許入浴！誅殺！

突然傳來男人的聲音，讓安茲以及其他男性陣容都面面相覷。

「呃，那個，剛才好像有男生的聲音耶。」

「雖然從未耳聞過，但莫非是浴室的領域守護者？不過，女性用浴室怎麼會有男人呢……」

「不，這個聲音我有聽過……是路西★法桑。」

聽到讓人頭痛的男人聲音，安茲腦中浮現出那人好幾次給自己惹的麻煩。老實說，他不太喜歡那個男的。

「難道是無上至尊的聲音？」

——好硬！不是普通的鋼鐵哥雷姆！雅兒貝德！

——去死吧！王八蛋哥雷姆技師！

轟砰一聲，某種物體以激烈速度撞上了牆壁。那一擊甚至撼動了男浴池的牆壁。

「……為了以防萬一，準備一下武裝，一有狀況就衝進女浴池吧。」

安茲對表情顯得沒啥幹勁的守護者們下令。

如果友軍攻擊沒解禁，這事或許會以笑話收場，但目前的狀況下真的有可能演變成自相殘殺。脫掉裝備時戰鬥力會降低，看情況，的確有需要去救她們。

「……希望下次可以悠哉地泡澡。」

安茲走出浴池，發出嘩嘩水聲，並前往更衣室。聽到他脫口而出的這句話，守護者們一齊點頭。

OVERLORD
Characters

角色介紹

Character 35

安莉・艾默特

人類種族

enri emmot

新任族長

職位——族長。

住處——卡恩村艾默特家。

職業等級 —農夫——1lv

中士——1lv

指揮官——2lv

將軍——2lv

生日——中風月10日

興趣——農活（應該說村裡沒有其他娛樂）。

{ personal character }

當上卡恩部落新族長的少女。過著多做事，多吃飯的健康生活，結果練出了結實的肱二頭肌，以及慢慢裂成一塊塊的腹肌。現在，臂力在卡恩村當中（單就人類來說）很可能名列前五名。她的資料是第八集結束時的數據，作品中只有農夫1lv與中士1lv。

Character 36

恩弗雷亞·巴雷亞雷

人類種族

nfirea bareare

天才鍊金藥師

職位——藥師。

住處——卡恩村巴雷亞雷家。

職業等級 —魔法師——3lv

鍊金術士（天才）——4lv

藥劑師（天才）——4lv

醫生——1lv

生日——中風月18日

興趣——鍊金術實驗（獲得新知識）。

{ personal character }

擁有令人驚嘆的天生異能，不只在鍊金術等方面有著無與倫比的才能，相貌也算得上端正。這個少年的存在彷彿證明老天有時是會特別偏愛一個人的。號稱藥師，其實應該是鍊金術師，不過這兩種職業在這個世界有著密不可分的關係，因此自稱哪一種頭銜都不奇怪。

Character 37

哥布林軍團

亞人類種族

goblin troop

強壯的護衛集團

職位——安莉的護衛團。

住處——卡恩村。

各人等級 哥布林魔法師——10 lv

哥布林祭司——10 lv

哥布林士兵——8 lv

哥布林指揮官——12 lv

哥布林弓兵——10 lv

哥布林騎兵&狼——10 lv

{ personal character }

安莉召喚出的哥布林軍團（一共十九人）。他們對召喚者絕對效忠，對安莉的忠誠心幾乎等同於納薩力克成員對安茲的忠心。不過不同於守護者們與安茲，他們跟安莉的關係要更親近一些。此外，他們的體格比其他哥布林強壯許多，外貌與一般哥布林有很大差異。並不是所有哥布林都是這副外貌（體格強壯）。

{ character chart }

各人頭銜——[存在於村裡人數]

- A 哥布林魔法師——[1名]
- B 哥布林祭司——[1名]
- C 哥布林士兵——[12名]
- D 哥布林指揮官——[1名]
- E 哥布林弓兵——[2名]
- F 哥布林騎兵&狼——[2名]

Character 38

露普絲雷其娜·貝塔

異形類種族

lupusregina·β

笑裡藏刀的虐待狂

職位——納薩力克地下大墳墓戰鬥女僕。

住處——地下第九層的傭人房之一。

屬性——凶惡——[正義值:-200]

種族等級——狼人(Werewolf)——5lv

職業等級——祭司——10lv

戰鬥祭司——5lv

督軍——4lv

教宗——5lv

其他

[種族等級]+[職業等級]——合計59級

●種族等級 職業等級●

總級數5級 總級數54級

status

能力表

[最大值爲100時的比例]

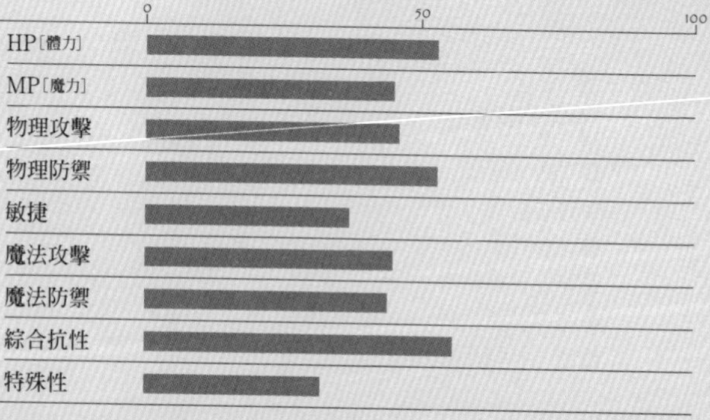

OVERLORD
Characters

四十一位無上至尊——篇

角色介紹

1/41

塔其・米

異形類種族

touch me

純銀聖騎士

personal character

在遊戲YGGDRASIL當中憑實力占有一席之地的著名玩家。
他原本的地位類似公會長，
但在某起事件之後，離開原本的位子，
後來就由飛鼠繼承其地位。
在現實世界中是擁有漂亮老婆與小孩的好父親，
也就是人生勝利組。

大鍊金術師

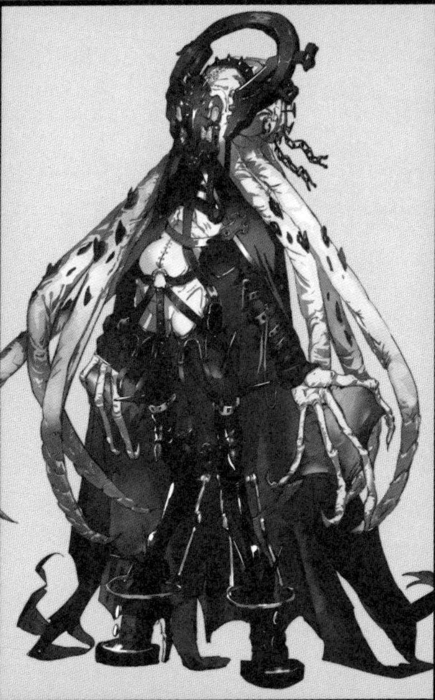

後記

最近忙翻了，所以肚子這圈與下巴都積了好多贅肉。我是再這樣下去真的會變成豬先生的作者丸山くがね。感謝大家購買這本小說，或是拿起來閱讀！

之所以會這麼忙，是因為動畫化加上公司工作等諸多事務累積在一起所造成的結果。

目前動畫製作方面正在一邊談著「安茲都是怎麼微笑的？」「憑感覺！」「導演會想辦法吧」等溫馨話題，一邊順利進行著。

而且不只是動畫，Comp-Ace也開始連載《OVERLORD》的漫畫版（漫畫：深山フギン老師）了。當這本書送到各位手中時，漫畫應該已經刊載兩話了（註：此指日本）。看了會覺得安茲原來這麼帥啊。有興趣的讀者請一定要看看！

那麼，關於本集的首刷限定版，是書衣反面也有插畫的雙書衣版本。

反面的插畫非常精彩，絕對不會輸

給許多輕小說的彩頁插畫。這幅插畫是丸山硬是拜託so-bin老師「即使犧牲其他部分，也拜託千萬要在這裡畫一幅超棒的畫」而畫出來的，相信大家——丸山也是——一定會被打動。比起恐怖公的插畫，還是這種的才真正能洗滌心靈呢。

我想今後恐怕不會再有這種插畫了，不過如果大家實在很想再看一次，請將自己的欲望寫在夾進書中的明信片上，寄回出版社。

也許有人會存疑：為什麼是粉紅色？這是因為我在與編輯大人談到一定要加進安茲的入浴場面時，覺得既然如此，封面當然要粉紅色才搭，所以才會變成這樣。若是把這版封面跟前幾集放在一起，看起來會超級突兀，有膽量敢這樣放在書架上的人，我想頒給您「男子漢」的稱號。

那麼，接著請容我進入謝辭的部分。

萬分感謝so-bin老師在工作繁忙之際，還接受了我強人所難的要求。

非常感謝負責設計的Chord Design Studio，校正的大迫大人，編輯F田大人，以及協助製作《OVERLORD》的各方人士，謝謝你們大家。還有Honey，這次也謝謝你幫我挑錯等許多的忙。

最後要感謝本書的各位讀者。真的非常感謝。希望今後繼續不吝指教！

二〇一四年十二月　**丸山くがね**

Postscript by So-bin

呀！
OVERLORD的漫畫版
開始連載了!!
フギン老師把和樂融融的納薩力克
畫得栩栩如生，真是太強了!!
像是安茲的表情等
我畫設定圖畫得很開心
在漫畫中都用得很棒，感謝!!
真想趕快看到克萊門或是克萊門
還有雅兒貝德，我這傢伙真是夠了。
so-bin

歷年來，王國與帝國之戰向來以僵局告終。然而，自從帝國的統治者鮮血皇帝・吉克尼夫造訪納薩力克地下大墳墓之後，安茲介入兩國之

間的戰爭，
國際紛爭終
於演變爲全
面開戰——
風起雲湧的
第9集
Volume Nine

OVERLORD 9
破軍的魔法吟唱者

OVERLORD Kugane Maruyama | illustration by so-bin

丸山くがね

illustration◉so-bin

敬請期待
第9集

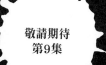

Kadokawa Light Novels

未踏召喚://鮮血印記 1 待續

Kadokawa Fantastic Novels

作者：鎌池和馬　插畫：依河和希

精彩程度不下《禁書目錄》，
鎌池和馬的正統派新系列！

連「比眾神更高次元的存在」都能自由喚出的召喚儀式。在擁有如此技術的尖端召喚師當中，存在著一名實力驚人的少年「不殺王」城山恭介。他唯一的致命弱點就是由少女口中發出的詛咒之言「救我——」。恭介將為此投身於召喚師三大勢力的激烈衝突！

台灣角川

NT$280/HK$85

國家圖書館出版品預行編目資料

OVERLORD. 8, 兩位領導者 / 丸山くがね作 ; 可倫譯. -- 初版. -- 臺北市 : 臺灣角川, 2015.12
面 ; 公分
譯自 : オーバーロード. 8, 二人の指導者
ISBN 978-986-366-857-2(平裝)

861.57 104023039

Kadokawa
Fantastic
Novels

OVERLORD 8
兩位領導者

（原著名：オーバーロード8 二人の指導者）

2015年12月12日 初版第1刷發行
2023年6月19日 初版第12刷發行

作者：丸山くがね
插畫：so-bin
譯者：可倫
發行人：岩崎剛人
總編輯：蔡佩芬
編輯：邱璟萱
美術設計：黃永漢
印務：李明修（主任）、張加恩（主任）、張凱棋
發行所：台灣角川股份有限公司
地址：104台北市中山區松江路223號3樓
電話：（02）2515-3000
傳真：（02）2515-0033
網址：www.kadokawa.com.tw
劃撥帳戶：台灣角川股份有限公司
劃撥帳號：19487412
法律顧問：有澤法律事務所
製版：巨茂科技印刷有限公司
ISBN：978-986-366-857-2